貌合神離

欲語還休，
一段關係背後的隱藏的裂痕

謝宏 著

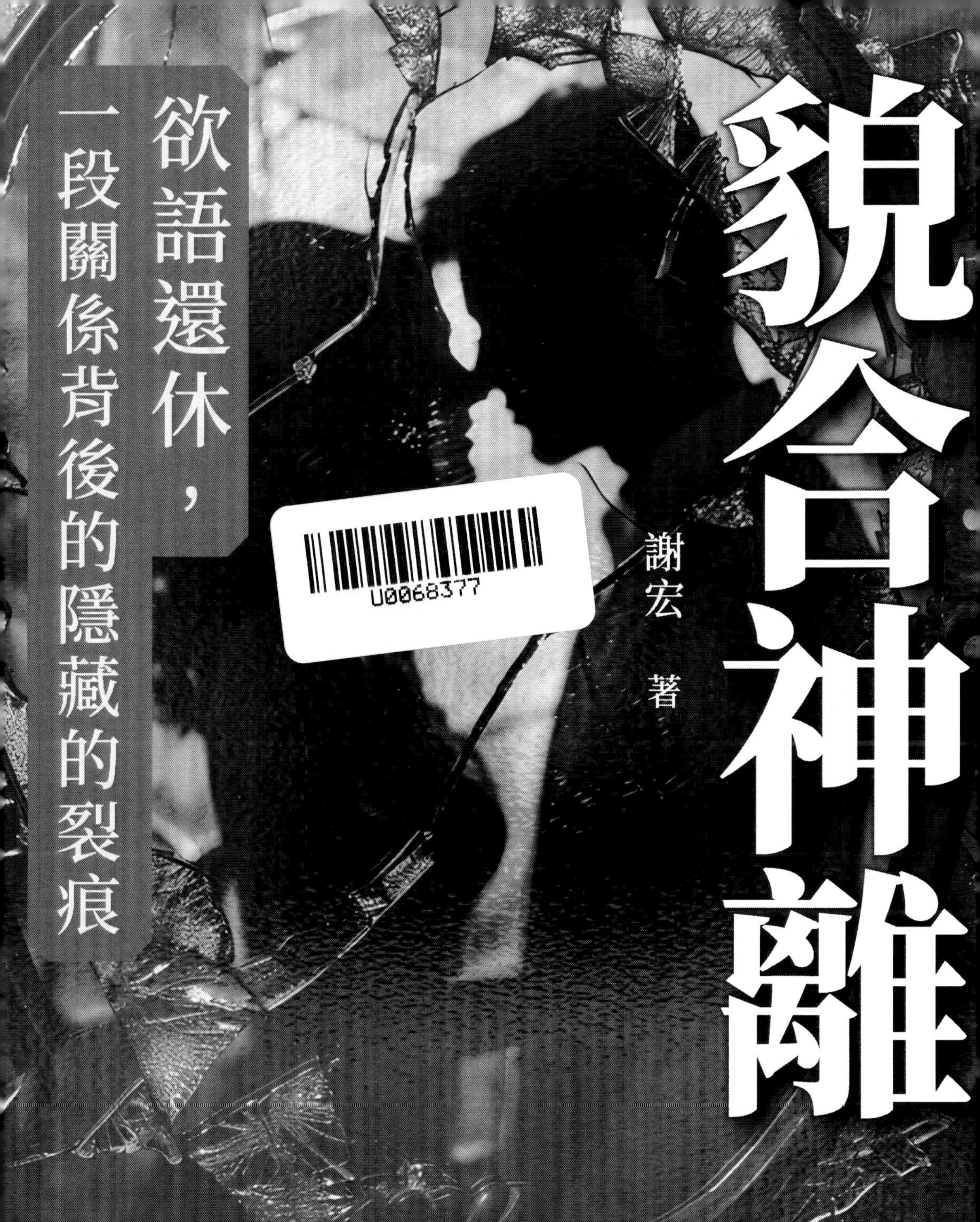

想將生活經營得有聲有色，現實總是給予迎頭痛擊
深知金錢的重要性，又想超脫塵世之外
渴望得到理解和欣賞，卻從未獲得肯定

目錄

上部　沉魚

下部　奔馬

目錄

上部　沉魚

第一章　保全課

李白從錢箱裡拿起三捆「錢磚」抱在胸口，全是一千面額的大鈔，總數是一百萬元，紮成捆的，挺堅實，挺沉手的，就跟抱了三塊紅磚頭沒什麼區別。他要走的路，就幾公尺遠，但他走得身子發熱，頭腦也發熱，氣喘吁吁的。

可李白不是因為抱著這麼多錢要往家裡搬而激動，而是因為站在櫃檯前的那傢伙，那個王八蛋，正揮舞手槍，大聲催他快點，快點！否則就斃了他！

李白看了一眼，那傢伙頭上蒙著白色的絲襪，兩隻在裡面滾動的眼珠閃著凶光。李白心想，那傢伙肯定是看了電影，而且內容是與銀行搶劫有關的，然後學著銀行搶匪如法炮製，將絲襪套在頭上，以防被監視器拍下臉。但可惜沒有學到家。

李白看到襪子上，有兩塊地方是黑色的。對了，是黑色的。這麼看著又想著，李白他就忍不住了，突然「噗哧」一聲，就笑出聲來，他心想這隨手套上的，肯定是穿過的破襪子。不臭死了？他下意識地想用手搧搧鼻子，無奈兩隻手都沒閒著，他馬上感受到胸口堆著的「磚頭」的壓力了。

這時，櫃檯窗前的那個傢伙聽見笑聲，就揮了手槍，用槍口點來點去，高聲喝住李白。

「不准笑，再笑就斃了你！」

李白被嚇了一跳，只好止住笑聲，將剛出口的那半句笑聲猛地吸了回去，慢慢地移步挪過去。他突然有個奇怪的念頭，那就是走過去，再勸他拿下那襪子，還要告訴他，這樣做，好不衛生呀！你媽媽沒這樣教育過你嗎？但他的嘴巴只是動了動，沒有說出話出來。

李白朝櫃檯窗口移過去，越來越接近了！那個蒙臉匪徒見他走過來，突然用槍指著他，大聲斥喝。

「你，站住！別動！你想幹嘛？」

李白停下來，「你腦子有病呀？」他真想大聲叫罵。但李白說出的話卻是：「你不是要錢嗎？」他站著不動。

那個傢伙回過神來，趕緊揮了揮手槍，大叫起來。

「快拿過來！快點！」

李白抱了三捆錢走了過去。真夠沉的，就跟抱了三塊磚頭。他用右手拿了一捆錢，遞過去。那傢伙用左手接過了。李白猛地往他手上一放，就趕緊抽了回去。那個搶匪也嚇了一跳，趕緊將錢抓了過去。李白定住身子，再遞過去一捆。那傢伙也接住了，放在第一捆錢上，有點搖搖晃晃，上面那捆錢動了起來，眼看就要掉到地上。

李白心裡驚叫一聲，啊！與此同時，他手右手一伸，想走去幫他扶穩，但馬上意識到什麼，就猛地將手收了回來，腳步也猛地停下，但慣性讓他的身子還是往櫃檯窗口方向稍稍傾斜地搖晃了一下。

雙方都愣一幾秒鐘之後，李白想將第三捆錢拿在手上，然後遞過去。他想盡快將事情了結掉。那個搶匪一時犯難了，此時他如同玩雜耍一般。他一隻手拿了兩捆錢，就跟拿了兩塊磚頭一樣，夠吃力的，手在抖呢。而另一隻手拿著槍，也沒閒著。他遲疑了一秒鐘後，就將左手上的兩捆錢抱在胸口，準備騰出手去再接第三捆錢。

就在搶匪一低頭，準備用下巴壓住那兩捆搖晃的「錢磚」的瞬間，李白將手上那捆「錢磚」砸在他腦袋上，就砸在太陽穴上。似乎沒有什麼大的聲響，搶匪哼也沒有哼一聲。李白就聽到咕咚一聲，就像聽到一截大木樁倒在地上。兩捆錢也滾落在搶匪的身旁。

但隨即響起「砰」的一聲槍響。後面的李清照「啊」地驚叫了一聲。李白扭過頭去看，就看見她捂住鼓鼓的胸口，一灘鮮血從她的手指縫流了出來，迅速染溼了她的衣服了，鮮紅的顏色與白色的襯衫形成強烈的反差。她滿眼驚恐地望向李白。壞事了！肯定是手槍掉地上時走火了。

李白不禁也「啊」地尖叫一聲，睜大眼睛，卻發現大家都扭過身子望著自己！

李清照就坐在他身後不遠處，也一臉不解地望著他。

李白一驚，抬頭看了眼前面，看見電視的螢幕上還在播放，是一些有關銀行搶劫的紀錄片。他沒有馬上清醒過來，有點睡眼惺忪。他揉著眼睛，等意識清醒過來後，他不好意思地對大家笑了笑。

原來，剛才他看著就犯睏了，便將眼睛閉上，想偷偷打瞌睡，沒想到就做起了惡夢。這時他長長地舒了一口氣，重新回到大夥的中間。

紀錄片一結束，保全部部長唐大鐘站起來，指著李白喊，「你，過來！」讓他到前面來。

李白開始不知道是喊他，也轉過頭看。

「就你了，別看了！」唐大鐘指著他。

李白不解地指著自己的鼻子問：「怎麼，叫我？幹嘛呀？」

唐大鐘說，「沒錯，是你，快點吧。」然後問他，如果遇上剛才影片中的狀況，他會做出什麼反應，並讓他為大家做個示範。

李白一下子愣住了，不知道該如何作答，就磨蹭著站起來，他不願上去。唐大鐘可沒放過他，堅持要他上去示範。大夥也在跟著起鬨，說快點吧，大家等著完事回家呢！李白被催得沒辦法，只好站起來，拉開椅子，慢騰騰地挪到唐大鐘的面前站好，由於沒有心理準備，他腦子裡是一片空白。

「準備好沒有？」唐大鐘問他。

李白有點遲疑，說：「讓我想想嘛。」

「哪有時間讓你想啊。」唐大鐘大聲笑了。

李白有點生氣了，說：「我需要時間。」

「那好吧，給你三分鐘。」

唐大鐘說完，就將衣袖一擼，將左手腕的手錶露出來，很嚴肅地看錶。等他喊，到時間了，就從櫃子上，拿出一根警棍說，這是槍，他說搶匪如果將槍伸進櫃檯窗口，問李白如何處理這種突發事件。

李白腦袋發昏，他伸手抓了抓頭髮，努力讓自己冷靜下來，然後他想了想，慢慢從口袋裡掏東西。大家都很興奮地看著他，看他能掏出什麼來。他將手拉出來後，掏出一包面紙。

大家見狀，就轟地大笑起來！

李白有點不高興了，嚴肅地說，「笑什麼笑！」他說這面紙就當是一捆「錢磚」吧，然後他將這捆錢拿在手上，慢吞吞地遞上去給唐大鐘。唐大鐘伸手一接，李白就突然用手抓住他的「手槍」，用力一扭，將他的手腕反轉過來。

唐大鐘一點也沒有防備，他的手腕被扭了，大聲喊，「哎呀，我的媽，疼呀」！還哧了牙齒嘶嘶地吸著涼氣。

看見這一幕的人，都哈哈大笑起來！

聽見喊疼的聲音，李白趕緊放手。

唐大鐘輕輕甩了甩手，十分不滿地責備說：「你怎麼來真的？！」

「本能反應嘛。」李白有點不好意思。

唐大鐘哭笑不得，瞪了他一眼，然後從桌子上拿了份文件，大概是「三防」（防火防盜防搶）工作之類的資料。唐大鐘邊翻邊問大家，對剛才李白的表現，評價如何。

大家急著想回家，就齊聲喊了起來，「很好！好啊！」

「好？好個屁！」唐大鐘接了大家的話喊了句。

這話將大家嚇了一跳，都愣住了沒說話，畢竟他們都不是保全專業的，不知道問題出在哪裡，心想專業的事情還是交給專業人士來弄吧，就靜靜地等著。

唐大鐘看大家都望著自己，就說：「李白將我的『手槍』搖來擺去，一旦走火，身邊的同事不就遭殃了嗎？」

哦，原來是這樣！大家鬆了一口氣，然後等著看唐大鐘做示範。

唐大鐘卻讓大家先提問。

「搶匪挾持人質，怎麼辦？」丁小路問他。

唐大鐘看了一眼文件，然後說，搶匪手上有人質，當然首先是保護人質的安全，在這個前提下，如果搶匪的手槍伸進窗口，可以乘其不注意，迅速用力抓住其握槍的手，用力反扭過來將槍奪下。但記住，槍口千萬不能對著自己或同事。他放下文件，又拿起那根警棍，做講解和示範奪槍的動作要領。

李清照跟著問，「有炸藥呢？」

「問得好！」唐大鐘猛地拍了一下桌子，嚇了大家一跳，他說這問題提得好，「槍好辦，我們有防彈玻璃，但炸藥嘛，是有點危險，如果在櫃檯上擱炸藥，就要馬上抱頭臥倒在地上，因為炸藥爆炸所產生的衝擊波是斜著向上的。」

「那放毒氣呢？」賀蘭又問了一個問題。

唐大鐘在用左手撫摩著右手掌，大概是剛才砸疼了（這個細節李白注意到了）。他說：「很好，你們想到了這個問題。如果搶匪放毒氣，大家記住啦，千萬不能開啟『二道門』（員工進入營業場所的專用通道門），否則正好中了搶匪『引蛇出洞』的詭計。」

大家一聽就笑起來，說我們都是人啊，應該是「引人出屋」才對嘛。並且議論紛紛，說要是不走，那不全都在裡面燜做一屋的死屍了？

唐大鐘見鬧哄哄的，就趕緊制止大家繼續討論這個問題，他接著往下說：「總之，遇見搶劫的情況，一定要鎮定，沉住氣，先給搶匪少量的小面額鈔票，然後大聲問其他同事——有沒有大鈔？有沒有大鈔？以此引起其他人的注意，要想辦法拖延時間，讓其他人尋機報警。」

大家又開始議論說，哪有這麼傻的搶匪呀，還聽你調遣指揮擺布？

李白這時完全清醒了。他突然變得情緒高昂起來，他說要是李清照等女同事遇見這類事情就好辦啦，沒那麼多麻煩事，三兩下幾招就將問題解決了。

李清照聽了不解地望著他。

唐大鐘也覺得奇怪，就讓他說說是如何好辦。

「你是搶匪！」李白一本正經地立正身體，然後指著唐大鐘。

唐大鐘叫了起來，「你胡說什麼呀？」

「這不是假設嗎？」李白還讓他扮演搶匪。

唐大鐘只好拿了那根警棍，扮演搶匪，「搶劫！」他指著李白喊。

大家都睜大眼睛，想看看李白如何應付這個場面。

李白有點醉眼迷離，好像自己真的進入了角色。他瞥了眼唐大鐘，突然像女人般尖著嗓子，「哎呀」地叫了一聲，馬上假裝暈倒在地上，頭一歪，然後順勢一滾，滾到櫃檯下面，伸手按下報警器的紅色開關，嘴巴還「嗚嗚嗚」地模仿警報聲。

大家都轟地大笑起來，將巴掌拍得啪啪亂響，還有人猛力地拍打桌子，拚命對著李白扮鬼臉。李清照笑疼了肚子，笑到最後，只能捂住肚子彎著腰，臉上有笑容，還有眼淚，卻沒有聲音了。

唐大鐘瞪著李白，足足有幾秒鐘沒有說話。他大聲制止大家的轟笑，滿臉怒氣地盯住李白。

「你就不能嚴肅點嗎？！唯恐天下不亂！」

李白從地上爬起來，拍打著身上的灰塵，一臉委屈地說：「你們笑什麼呀，我可是認真的！」

唐大鐘狠狠地瞪了他一眼，又問大家，「還有什麼問題？」

「沒有啦！」大家異口同聲地喊。

唐大鐘沒立刻放大家離開，又強調了一遍保全工作的重要性，他希望大家平時要注意演練，以備不時之需。他見大家交頭接耳，就提高聲音大聲說：「防火，防盜，這都好對付，畢竟不會傷人死人，但搶，這就嚴重得多，也困難得多，搞不好，還要傷人死人的！」他邊說邊用手指敲打桌面，將大家的注意力拉回到他身上。

他哇啦哇啦講了一通，說完就收拾起桌子上的文件，轉到其他處室去宣講保全資訊，指導如何展開「三防」保全工作。

大家望了眼唐大鐘的背影，偷偷地舒口氣，又將眼睛轉向葉平凡。他這時站起身子，咳嗽了幾聲，他的嗓子由嘶啞轉為清晰。近來存款少了幾千萬，他心裡正煩，這幾天可能菸抽多了。葉平凡將本週大事看了一遍後，又不點名批評了某些同事沒按規矩辦事。

李白感到大家的餘光朝向自己。他裝作事不關己，將十指插在一起，假裝認真聽講。

葉平凡又扼要地將手上的文件看過一遍，加重語氣強調大家要愛崗敬業，幹要幹好，省得被淘汰。他囉嗦了半個小時，才宣布每週例會結束。

臨散前，他拿了個會議紀要讓大家蓋章，以示會議精神都已經傳達給各位員工了，劃清各自的責任嘛。

大家便長長地鬆了一口氣，乒乒乓乓地站起身，抓了自己的私章叭叭地蓋上，然後收拾東西，放進抽屜裡鎖上，還拉了拉，才放心離開，嘩啦啦衝向門口，趕緊回家。

丁小路走了幾步，被椅子絆了一下，他哎呀呀地尖叫了一聲，裝作就要倒地的模樣。他兩隻手朝上舉了做投降狀，還單腳金雞獨立，樣子十分的搞怪滑稽。

大家便看著李白笑了起來。

「我可要翻臉啦！」李白嚴肅地說：「我是認真的啊！」

大家又轟地大笑起來！

出了大門，一看，天已經完全黑了。

李白又累又餓回到家裡，一看家裡空空蕩蕩的。楊小薇還沒有回來，屋裡沒有一絲人氣。他換了拖鞋進客廳，丟下手中的公事包，進浴室洗了個臉，出來打開電視，將音量調大，一邊聽著電視裡的人說話，一邊踱進廚房做晚飯。

他將米倒進電鍋，又拉開冰箱取菜，卻發現只剩下幾根菜心了，葉子都枯了，葉子的水分被吸乾了。他有點洩氣，突然覺得全身沒有一點力氣。他覺得沒勁，便砰地關上冰箱，甩了甩手上的水，走回到客廳，坐在沙發上發呆，電視裡的聲音和人物和他互不相關。

楊小薇快八點鐘才回來。她開門進來，就發覺氣氛不對勁。電視的聲音，在屋子嗡嗡地滾動，將屋子塞得滿滿的。她感到透不過氣來。她將肩上的包包掛好，換了拖鞋進客廳，將電視的音量調小，然後走到沙發邊，拍拍李白的臉頰。看他還在發呆，就用下巴朝飯桌示意，「嘿，開飯啊。」李白還坐著沒動。

「怎麼啦？」楊小薇搖搖他。
李白用手抹了抹臉，說，「沒事啊。」
楊小薇拉著他的手搖了搖，說她餓了。「我們去名典咖啡屋吧。」李白說著就用力站起來，他腿有點發軟，剛才上樓時，他已經被左鄰右舍的飯菜香味弄得飢腸轆轆了。
李白拉了楊小薇走出家門，下樓就揮手攔了輛計程車直奔目的地。
車裡，楊小薇好奇地看著他說：「你中了樂透呀？」
李白嘿嘿勉強一笑，「即使是窮人，也有坐計程車的權利吧？」他扮了個鬼臉。
開始，兩人還互相鬥嘴，後來，李白實在是太餓了，連說話都沒力氣，話就突然少了，甚至沉默起來。好在，車子很快就將他們帶到了目的地。車子還沒停穩，李白就將錢包掏了出來，數了遞給司機，然後拉了楊小薇下車。
他們在咖啡屋坐定後，李白將服務生遞上的冷開水喝了半杯，這才順了氣。他翻翻菜單，問楊小薇想吃什麼。楊小薇這時正在用奇怪的眼神望著他。李白將手中的菜單推過去，他說自己餓壞啦，示意她快點東西了。
楊小薇看著他的眼睛問：「你真的沒事吧？」
「我有什麼事呀？」李白也用奇怪的眼神望著她，反問道。
楊小薇嘆了口氣說，「沒事就好！」她翻開菜單看了起來。

李白將菜單胡亂翻了幾遍，然後拿定主意，說要一份苦瓜排骨飯，他說好下火；楊小薇則要了份海鮮燉飯。然後坐著等。期間，李白就猛地喝水，還叫服務生添水。楊小薇用手托著腮幫子，聽薩克斯風奏出的〈回家〉曲子，偶爾還若有所思地看了李白一眼。

雖然是晚飯時間，但店裡的位子還沒有坐滿。李白蠻喜歡這裡的環境，舒適優雅，適合上班族談天說地，消磨時間。他和朋友在這裡聊過天，也吃過飯。後來他有一段時間沒來了，原因是有一段時間，客人喜歡在這打牌，搞得這裡人聲嘈雜。生意雖是好了，但店裡也沒有了以往的那份安靜，不像西餐廳，倒像是熱炒店。喜歡安靜的人就不來了。後來老闆考慮再三，規定這裡不歡迎打牌。生意雖然受了點影響，但店慢慢又恢復了以往的面貌，喜歡安靜的顧客又回來了。

李白目光飄忽，打量著四周的擺設，有一句沒一句地做些評價。楊小薇沒有回應他，她在想著自己的心事，她對李白今天的舉止十分不解，他平常挺節儉的，白天雖然累個半死，但還是習慣每天回來做晚飯，怎麼突然變得這麼破費呢？

點的飯菜一上來，李白就呼呼地吃得有聲有色。楊小薇聽到他將那些軟骨咬得咯咯響。他肯定是餓壞了，整個是西餐中式吃法，全然沒有了平常的斯文樣。楊小薇只是默默地吃著，不時瞟他一眼。李白並沒有注意到她關切的眼神，全神貫注地對付著盤中的食物。

飯後，他們又坐了一會，本來打算坐在這裡聊一會兒的，說些什麼的，畢竟這裡還是個有情調的地方啊，但沒一會兒，兩人都發覺，對方的興致似乎都不高，猶豫片刻，決定還是結帳走人。

「散步回去吧？」李白用詢問的口氣問她。

楊小薇笑笑說：「幹嘛不搭計程車啊？」

「你出錢呀？」李白捏了一把她的鼻子。

楊小薇用手打了一下他的手說：「走吧！」

他們慢慢晃出門，然後朝家裡的方向晃去。他們走在人行道上，馬路上，不斷有車子猛地按了喇叭催前面的車子讓路，這讓李白很不高興，說催什麼催，趕了去投胎嗎？楊小薇笑他，說，吃飽了有力氣了？然後李白就懶得再說了。

一路上他們都沒說多少話，只是手拉著手，李白感到她的手，涼冷涼冷的，他嘆了一口氣。他們默默地走著。當然，楊小薇不時會瞥他一眼，李白要是注意到了，就回她一個鬼臉。

回到家裡，他們都有點累了，這時候，他們都有點後悔走路了。兩人倒在沙發上，又看了一會兒電視，都是些無聊的節目。

楊小薇一連打了幾個哈欠。李白見了就說，「洗澡睡覺吧。」楊小薇拍拍臉頰，問他是不是她有眼袋了。李白說，「洗澡睡覺。」楊小薇站起身走了兩步，又轉身問，自己是不是變醜了。李白嘻笑著安慰她說：「我怎麼會娶醜女為妻呢？」楊小薇打了一下他的臉說：「貧嘴！」然後滿意地進了浴室。

她從浴室出來，發覺李白已經倒在沙發上睡著了，忽長忽短的呼嚕聲在客廳裡迴盪。她又氣又好笑，捏住他的鼻子，這讓李白猛地抽搐了一下，「啊」的醒了過來。她讓他洗澡，他還磨蹭了一會兒才去。進了浴室，也是慢慢地抹了香皂，仔細地洗了起來。

等他回來躺在床上了，他雖然疲倦，卻怎麼也睡不著了，他責怪楊小薇攪了他的一個好夢。她朝他哼了聲，就側身躺下了，抱住他。李白開著燈，找出張報紙，看了不一會兒就丟開了，心事重重地靠在床頭發呆。

楊小薇問他有什麼心事。

李白悶了一會才說：「其實也沒什麼，就是想出去散散心。」他說，休假想回老家住些日子，他已經好久沒有回去看看了。

楊小薇兩眼發亮，盯住天花板，沉默了好一會，說：「那也挺好的。」

過了一會，她見他爬起身去翻衣架上的衣服，就問他，「找什麼？」

「彩券。」他心想，要是一不小心中了個大獎，呵呵，就一勞永逸了！

快到天亮，李白的意識慢慢模糊起來，在黎明前的黑暗中，一跌進睡夢，就突然看到了李清照舊日的笑容。

第二章　唐詩對宋詞

李白還記得多年前的那個夜晚。

丁小路敲門喊他去打牌時，李白正關在房間看武俠小說，是金庸的《鹿鼎記》。韋小寶和幾個美人正關在房間裡，滾到床上去遊戲人生，顛鸞倒鳳。在一床質地優良、做工精細的錦被下，一段有關活色生香的佳話，變得忽隱忽現起來。哎呀呀，韋小寶真是個人物啊，大膽放肆，全不顧及屋子外面是否有人窺視，也就是說毫不顧及旁人的感受，就說李白吧，他就看得心潮澎湃，思緒萬千，神遊萬里，對這樣的幸福生活頓生羨慕之情。

丁小路推門進來，拿掉他手中的書，翻過來看了眼封面和書名，嘴巴一撇，丟在床上說，「沒有錢，你就做白日夢吧。」他說那邊三缺一，快過去救駕。拉了李白就走。

李白心想他們又在賭錢了。以前他偶爾也去玩玩，畢竟他一個人獨自在這城市裡度日，寂寞孤獨在所難免。後來，他們說老玩素的沒勁，便玩起葷的，還常常為了輸贏，吵吵鬧鬧的。本來，李白就不喜歡賭博，這下就更找到理由了，漸漸就不去了。

李白便很久不去玩了，他不喜歡與人吵架，在他看來，這是沒有修養的表現。銀行上班族啊，這像什麼樣子？他心想，這幫傢伙也真夠膽大的，行裡剛發過通知，嚴禁行裡員工賭博，說要防微杜漸，你想啊，要是賭輸了，上班看了那些大捆小捆的錢，還不動動歪腦筋？沒想到他們竟然還敢如此放肆。

李白掙扎了一下，「我身上沒錢啊，」他不想去，還抬頭看了眼丟在床上的書說。

丁小路有點不高興了，「誰喊你去賭錢呀？」他一臉詭祕說。

「不賭錢？」李白不解。

丁小路說，「騙你是小狗，你老待在這看這破書不悶呀？」

「你沒看吧？挺好看的。」李白說得認真。

丁小路說，「快過去吧，書什麼時候都可以看。」

「給點面子吧。」他見李白還在猶疑，便有點不高興了。

李白揉了揉眼睛，有點不情願，但還是半信半疑地起身，跟他過去。

李白性格內向，生活平淡無奇，在公司裡，也不是什麼風雲人物。他不是歷史上的那個大詩人李白，那個李白風流倜儻，生活是那麼的多姿多采。

他平常最愛，也幹得起勁的事，就是看武俠小說，他宣稱已將市面上的武俠小說都看過了，是真是假沒有人有工夫去探究，此時此刻大家關心的，是如何為自己的經濟建設添磚加瓦，通俗的說法，也就是逮住一切機會賺錢。

而李白說起其中的武俠故事就眉飛色舞，談到賺錢就顯得英雄氣短，或者說是心不在焉，這當然會給大家一個印象，那就是其人與當代生活不合拍，顯得有點孤僻。同事都說李白這人性格古怪。對此評價，李白是不置可否，他不明白為什麼非得和別人一樣。他唯一能做的，也就是隨那些武俠英雄飄遊五湖四海。除此之外，他還喜歡寫點小文章，排遣掉心中的鬱悶，使自己不至於發瘋。他的業餘生活大抵如此了，平淡，無趣。

籠統點來說，丁小路算得上是李白的師傅。李白剛入行，就分在儲蓄部，跟的就是丁小路。雖然李白很快就調離了儲蓄部，但丁小路還是常常以他的師傅自居，他是個愛面子的人，遇見要做介紹了，他總愛說，這是我徒弟呢，所以李白就下意識地讓著他，既然他要李白給點面子，李白就只好給點面子了。

一過去那邊的房間，丁小路指著一個女的介紹說，「李清照。」她對著他笑了笑。李白突然眼前一亮，就變得有點不自然，臉發燙。他不敢正眼好好端詳她。

賀蘭喊：「怎麼半天才過來？」

「李大詩人在做詩啊。」

丁小路說完就哈哈大笑起來，他經常調侃李白。賀蘭也笑，咯咯的好開心。在座的只有李清照沒有笑。這讓李白印象深刻，也有了好奇心，他覺得她有意思。至於是什麼意思，他也說不好，也形容不出來。

「不是不是，你別亂說！」李白有點慌地擺手。

說李白是在牌桌上認識李清照的，這樣說並不為過。以前，他們是聽說過彼此的名字而已，大家都是同事嘛。但全行兩百多人，除了有心人、或白天上班時坐在周圍的，許多同事看上去全是似熟非熟的，名字和人對不上號。兩人並沒有接觸過，他們不在一個部門，各自還在支行下面的辦事處調來調去，而開會時李白也常常眼睛朝下，算個「低頭族」，當然也就無緣在沙礫當中發現隱藏的珍珠了。但總有人拿這兩個名字開玩笑，他們便記住了對方的名字，但人和名字，卻是今天才對上號的。

「原來你就是大詩人啊。」李清照看了他一眼，笑笑說道。

李白不好意思地笑了笑，說：「我爸愛喝酒。」

李白不明白為什麼會說出這句話來，他本來的意思是想說，他父親崇拜喜酒賦詩的李白，所以才給他取了這名字。不過，李清照好像明白他要說的意思，她說她爸也一樣。

這樣簡單的幾句話後，他們算是打過招呼了，便坐下打牌。他和她做對家，因為李清照說了句：「唐詩對宋詞。」賀蘭也笑了，喊著附和。當然，這麼喊的人不包括丁小路，他有點吃醋。

幾個人就這麼一來一去玩開了，剛開始，還有點歡聲笑語，但玩了一會兒素的，丁小路顯得無精打采的，老喊不帶勁，他眼睛轉來轉去。過了一會兒，他離開位子，走到牆角的櫃子，從抽屜裡掏出幾捆錢，丟在大家的桌面。

李白有點緊張說：「不是說好不來葷的嗎？」

「是只玩素的呀。」李清照也附和。

丁小路有點得意地說：「看來，我白帶你這個徒弟了。」他將兩疊鈔票對拍起來，發出啪啪的聲響。他指了指那幾捆鈔票，讓他看清楚。李白推了推眼鏡才看清，是儲蓄員平常練習點鈔票用的「練功鈔」，大小跟真鈔一樣，但顏色有點差別，淺些。他心裡才一陣釋然，繼續接著打。丁小路還去拿了一張紙來做紀錄。

期間，李白利用出牌後等待的機會，對李清照看多了幾眼。在燈光下，她皮膚顯得白皙，左眼邊的幾顆小黑痣，起了點睛之筆作用，氣質挺優雅的。李白心想，是否就是人家說的「淚痣」呢？什麼是櫻桃小嘴？原先李白看那些武俠裡寫到這樣的話，感覺很抽象，總是無法有個具體的理解。看到李清照說話的嘴，這下李白有了具體的理解了。再看她拿牌的手，手掌是綿軟小巧，手指是豐腴剛好不見骨頭。李白看書上說的，這是福相。他沒想到銀行裡竟然還存有這樣的美人，他在心裡輕輕地吸了一口氣。

由於李白有點走神，所以他和李清照輸多贏少。李白有點著急，額頭上泛了幾點汗珠。

丁小路見狀說：「我們換換對家吧，換換風水。」

他的對家賀蘭看了眼桌面上的鈔票，也看出了他的企圖，就說她不幹，她正順手呢。丁小路便無法表現自己的謙讓了。李清照似乎並不在乎，依舊不急不慢地出著牌。輸了就從自己的那捆錢抽出一張，贏了就將鈔票壓在下面。

正打得起勁，突然門被人推開了，「不要動！」幾個大漢一擁而入，大聲喊道。

李白他們四個人嚇了一跳，一時停了手中的牌，呆在座位上。

進來的那幾個人冷笑道：「玩得挺開心的啊？」

丁小路是比較早緩過神來的，他喝問他們是什麼人，私闖民宅想幹什麼？

「什麼人？轄區派出所的！」那個領頭挺強勢的。

哦，原來是這樣！「有什麼事？」丁小路鬆了一口氣，問他們。

「贏了不少吧？」那人指了指桌上的東西。

丁小路有點得意地說：「還可以吧。」

「銬起來！」那人突然喊了句。

李清照這下站了起來，「憑什麼呀？」

那人說，「憑什麼？你們知道聚眾賭博是犯法的嗎？」

李白整個人都懵了，坐在那裡，腦子一片空白。

「誰賭博呀？我們沒賭錢。」賀蘭說。

那個人指了指桌上的那堆「鈔票」，「那是什麼？」得意地問她。

李清照笑了，丁小路也笑了，賀蘭更是笑壞了，都流眼淚了。

「等進了警局，看你們還笑得出聲？」那人火了。

李清照拿起一捆鈔票，「看清楚啦？」放在那人的手上說。

那人接了看也不看，拍著就說，「你們裝傻呀？幹銀行的沒見過鈔票嗎？」

「見過無數鈔票，但很少是你手上的這種。」丁小路說。

那人一聽有點愣住了，拿起手中的那捆鈔票換了幾個角度看，感到是有點不對勁。他看了一會兒他似乎明白了什麼，自作聰明興奮地喊：「銬起來！這些傢伙還弄假鈔呢！」

「什麼假鈔呀，是『練功鈔』！」李清照有點不耐煩了。

那幾個人都張大了嘴，還沒有明白過來。丁小路怕他們繼續糾纏，就趕緊如此這般地做了解釋，說「練功鈔」就是他們練習點算鈔票速度的工具。他還拿過那捆「練功鈔」，現場演練起來，李白知道，他的手上功夫了得，快而準，還發出「唰唰唰」的美妙聲響。丁小路邊演練，還抬頭看了警察幾眼，嘴上還說：「就是這樣練習的。」

李白坐在那裡，用力搓著手，他看見那幾個派出所的人，臉色忽紅忽白地轉變著顏色。最後那個領頭的丟下一句話，「回去找那小子算帳！」就走了。猜想是有什麼人去舉報他們了，但資訊出錯了。

他們怒氣沖沖離開，將門很響的關上，一聲「砰」的聲響後，屋子的空氣突然像洩掉了不少，並頓時沉寂下來。李清照說真掃興，不玩了。她站起身子，背上她的包包。丁小路突然哈哈大笑起來，說：「這下可找到了一個對付他們的方法了。」他將那幾捆「練功鈔」收拾好，丟回抽屜裡。他一邊收拾撲克牌，一邊說肯定有人去派出所檢舉了。

「媽的，等我找出是誰，饒不了他！」丁小路說。

李白一直沒怎麼說話，這下擦擦額角說：「是不是太鬧了？」

丁小路伸了個懶腰，「白天像個機器人，回來就不能輕鬆一下嗎？」白了他一眼。

賀蘭打了個哈欠，對李白說：「送送李清照吧。」

丁小路丟下手上的牌，說他送吧。

「唐詩對宋詞，你省了吧。」

李清照沒說什麼，對著李白笑了笑，說走啦，就走出房間。

李白還愣在那裡。

「還站著幹嘛？」賀蘭努努嘴。

李白才「啊」地回過神來，說：「好吧。」

李白下了樓梯追上去，下了樓，他又有點不好意思，就趕緊收住腳步，改為快步走，喘著氣追趕上去。

李清照已經走在外面的人行道上了。今天她穿了件白色的連衣裙，晚風吹來，她的長髮就飛揚起來，多麼飄逸的一幅畫啊！而她腳下的鞋跟敲在地磚上，噠噠噠的聲音在黑夜中迴響，有種扣人心弦的韻味，這讓李白的心跳也跟隨了那節奏跳動起來了。從後面看過去，李清照大概是一百六左右，體態輕盈，走路的姿態美極了，有一種大家閨秀的風範。

李白看呆了，不禁想起「勝似閒庭信步」這句詩來。他有點氣喘地加快腳步，急急地在後面「喂」喊了聲。但只喊了一聲，他就覺得有失風度，就打住，只是再加快腳步。

李清照聽見喊聲，轉過頭來，對他笑笑，放慢了腳步，然後站住，等他跟上來，才一起走。

李白和李清照並排走著，她的手提包，不時碰一下李白的身體，讓他有種美好的情緒蕩漾開來。李白是不知道說什麼好，所以乾脆不說；李清照呢，主動問李白平常有什麼活動。李白有點不好意思，說也沒有什麼活動，就喜歡看武俠，偶爾丁小路會拉他去打打牌。他一說到打牌，又意識到什麼似的，趕緊說，其實他不喜歡打牌的。他不好意思笑了一下，說：「他是我師傅嘛。」意思是，他總得給丁小路面子。

李清照哦了一聲，說：「是嘛？」

「你也喜歡？」李白聽了這語氣，以為她也喜歡看這類書。

李清照笑了笑說，「我看電視。」

李白也不知道怎麼的，聽了有些失落。

他和她，走啊走呀，最後，他們到了一個住宅區的大門口。

李清照站住，說她到了。李白覺得有點突然，也站住，一時不知道說什麼好。

「你寫詩嗎？」李清照突然又問了句。

李白有點臉紅，說：「寫點小文章消遣。」

李清照哦了聲，「哪天給我看看？」笑笑說。

「現在誰還看這樣的東西啊。」李白有點緊張。

李清照就笑著說，「謝謝你。」

「謝謝你送我。」看見李白臉上的不解，她就加了句。

李白慌慌地說：「也謝謝你啊。」

李清照張了張嘴，笑了笑，沒說什麼，對他搖搖手，就進去了。

李白呆呆地朝她遠去的背影張望了一會，然後在悵然中，慢慢走回去。李白抬頭望去，路邊的玉蘭花開了，香氣沁人心肺，使他在路上浮想聯翩，感到這個夜晚十分的神祕，安靜裡隱閃著一種刺激的光芒。哎，他在心裡長長地嘆息了一聲。

等李白看到銀行宿舍的大門，就突然意識到，覺得那段路太短了，他有點意猶未盡。回到宿舍，他拖拖拉拉了一會兒，才洗過澡上床，拿起丟在上面的《鹿鼎記》看了幾頁，然後才進入夢鄉。半夜醒了的時候，他聽到外面玉蘭花簌簌落地的微小聲音。

早上醒來後，他一掀被子，就嗅到一股精液的腥甜味，他意識到自己的裡面也春暖花開了，心裡頓時是又喜又憂，畢竟這是童男的懷春期啊。

後來，丁小路在行裡搗鼓，要搞牌友俱樂部。李白也挺積極地幫著張羅具體的事務。丁小路對李白的舉動感到奇怪。

「你不是愛看書的嗎？」

李白說：「一個人也挺悶的。」

「就是嘛。」丁小路就笑了。

牌友俱樂部弄起來後，行裡那些凡是家不在本地的年輕人，特別是從外地來的，都愛來湊熱鬧，當然，連一些不打牌的，也來了，男女都想藉機結識對方，私下有個共識，「肥水不流外人田」，一到活動時間，就成了年輕人的聚會。

當然，還有個不言而喻的重要原因，就是幾個行長也喜歡打牌，這種娛樂也就成了接近上司的一個途徑，還不露痕跡，所以很受那些有上進心的同事歡迎。

一開始，李白是每晚必到，即使是沒有座位，也站著觀戰。丁小路總是最起勁的，一般都以他的房間為主戰場。李白不明白，為什麼丁小路打牌總愛來葷的。丁小路只是一個代辦員，薪資不高，為此還經常發牢騷呢。丁小路自那次抓賭事件後，就學聰明了，每次玩葷的，他先用「練功鈔」當籌碼，打完後做個紀錄，算算誰誰輸贏多少，然後再用真鈔票結算，既過癮又安全。這一招還真靈，從來沒有出過事。

賀蘭也經常來玩，老要和丁小路做對家。大家都猜想她對小丁有意思。她不避忌，也不承認。但李清照不常來，只是偶爾來現現身。李白慢慢就有點失望，熱情也就降溫了，去得少了。他常常一個人關在房間裡看武俠，弄得自己思緒萬千，還發出無數的慨嘆。

有次，行裡包場看電影，是《夜半歌聲》，張國榮主演的。許多人都拿了票不去，場子挺空的。李白就壯膽坐到李清照左邊的位子。李清照看得入神，她說過張國榮是她的偶像，連李白頻頻扭頭看她也沒有覺察。後來張國榮那張燒壞的臉出現在銀幕上，她便嚇得「啊」的尖叫一聲，聲音在黑暗中迴盪。當然，尖叫的並不只有她一個人，許多女人都在尖叫，但李白只聽到她的聲音。

伴隨著尖叫聲，李清照緊閉雙眼，伸手抓住了李白的手，將頭和身子埋向李白的肩膀。這是李白最幸福的一刻。李清照的身體在發抖，因為害怕，那個時候，她只有害怕；而李白的身子也在發抖，不過他不是因為害怕，而是因為激動。他還握住了她伸過來的手。但只持續了一會兒，李清照就將眼睛睜開了。

在回去的路上，李清照對李白說，「你要是我的弟弟多好呀。」

「我不願意。」李白低著頭，說了句。

李清照就笑了說，「我大你三歲嘛。」

李白沒話了。

有一天，李白下班看見有一輛車停在門口。當時他沒在意，後來看見李清照出門就上了那輛車，他從此對她死心了。之後，他們也不再提做姊弟的事了。不過後來有一段時間，李白經常會出現在牌局上，他不是因為喜歡打牌，而是喜歡在那樣的一種氛圍裡，去緬懷一個遠去了的美好的夜晚。李白是愛做白日夢，但他做得浪漫而節制，這可能與他的職業有關。

李白和女人的緣分還是發生在牌局上。他後來在牌局上認識了楊小薇。她是李白的校友帶來的。他們也喜歡牌局，人在異鄉人孤獨，年輕人便喜歡湊在一起熱鬧。當時校友在牌桌上介紹李白的名字和職業時，大家都「啊」的發出感嘆。

李白看見周圍的臉就像向日葵似的朝向他這邊。這不奇怪，一九八〇年代和一九九〇年代，甚至，即使金融危機，幹銀行的還是挺吃香的，這職業讓人充滿了羨慕，你看看人們的眼神就清楚了。

李白看到一雙眼睛尤其明亮。「這是楊小薇。」校友是這樣給他介紹的。

牌局開始，楊小薇做了李白的對家。李白看她的時候老走神，他在拿她與李清照做比較，他竟然發現她有點像呢，個子，神態，等等，當時只是區域性相像而已，但已讓李白走神了，結果是李白老犯一些幼稚的錯誤，他們輸多贏少。他們沒賭錢，但輸的一方，要在下巴或腮幫上夾上一個木製的衣夾子。

一場牌局下來，李白的下巴和腮幫都夾滿了衣服夾子。現在要是說起那時候的戰況，李白有時還是忍不住要笑出聲來。楊小薇臉上當然一個夾子也沒有，因為李白都為她代勞了。李白對這樣的結果並沒表示遺憾，相反他神色愉悅，對他來說，受點皮肉疼不算什麼，他又在一場相似的牌局裡重溫了一個舊夢，精神上得到了極大的滿足。當然楊小薇並不知道他心裡在想什麼，她覺得李白挺大方的，因為李白說請她吃宵夜。

散局後，李白的下巴和腮幫上，有一排夾子咬下的印記，他對此毫不在乎。而楊小薇看了都有點不好意思了，痴痴偷笑。李白見了，也用手摸了摸那些印記，也笑了。

校友們則打趣說，李白結婚之後一定是個好丈夫。楊小薇聽了就望住他笑。

在牌局上一來一去，他們就熟了，這不是什麼困難的事，他們都喜歡上了牌局，有時，別人不玩了，兩人就會邀請對方，湊到一起，也打得起勁，一時間歡聲笑語的。

聽李白將牌局談得津津有味，丁小路就奇怪了，問他到哪找對手練去了。李白這時對李清照那件事已經釋然了，他已經能夠很坦然地約楊小薇一起去看電影了，還是去看《夜半歌聲》。

看電影的時候，還是那個同樣的片段，楊小薇也會在黑暗中緊張，也發出尖叫聲，緊閉眼睛，將身子和頭緊靠過來，並且會將手及時地伸過來，抓住李白的手。而李白呢，也順理成章地握住她的手，他拍拍她的手，輕聲說：「等過了這個片段，我再叫你看吧。」楊小薇回了他一個會意的微笑。出了電影院，他們已經左手拉著右手了。

送楊小薇回去的路上，她沒有提過讓他做哥哥或弟弟的話，她一臉的幸福樣，話不多，但眼睛卻像天上的星星，老側著臉朝他眨眼。李白呢，什麼都不用說，他驚訝地發覺生活中，同樣的事，竟然會有如此不同的結果，他感嘆真是一樣的米，養了百樣的人。

這就是李白的戀愛故事，簡單平淡，就像他的工作一樣毫無新意。

結婚時，李白的母親送給了兩把小鎖給他們，是用金銀打製的，說是金銀鎖，寓意他們是金童玉女，長長久久。

從此，李白就將它終日掛在脖子上，連洗澡也不取下來。李白常在低頭時，看到那把鎖閃著金銀的光澤，他常常感慨地自言自語說：「我給鎖上了。」楊小薇不知道他指的是自己還是指銀行。

第三章　李白式幽默

這晚，李白和楊小薇不打牌。事實上，他們有相當長的時間不玩牌了。結婚後，他們打牌的時間越來越少。起先，偶爾想起過去的這個興趣，兩人都會輕輕地嘆息一下，回憶一下，拿當時的趣事來調侃幾句，後來呢，慢慢的，兩人都顧不上提及了。

夫婦兩人還沒有小孩，家裡也沒有多少家務要幹，但他們總提不起精神來，他們有時也問對方，當年的那股幹勁哪裡去了，但誰也答不出來。

李白打開電視，放的又是日劇《第一百零一次求婚》。李白有點煩膩，覺得日本人也真是的，神情呆板，演愛情故事，實在不夠動人。他剛想轉頻道，卻被楊小薇制止了，她有點興奮，說，「哎，就這個了」。她每天晚上追著這些肥皂劇看，看得淚水漣漣。

李白說：「這有什麼看頭啊？」

「是不是你當初追我太容易了？」楊小薇瞥他一眼。

李白不想接話茬兒，他知道後面的陷阱，以前他不知道深淺，一跟進過去，就掉進去了，她興奮莫名，有一副欲追窮寇的熱情，而他就顯得狼狽不堪，每次都這樣，為這樣的話題鬧得不愉快。

此時，他只好站起來伸了個懶腰，一個人進了浴室，頂著花灑的水，呼啦呼啦地洗了起來，在自己家裡，他要讓自己放鬆再放鬆。關上水龍頭，他感到通體鬆弛了。出來後，就悄悄溜去臥室，從床頭翻出金庸的《鹿鼎記》看了起來，他想飄遊四海五湖，當個自由人。

楊小薇不知道什麼時候進來了，就站在臥室的門口，看了他一會。李白沒有發現，他正陶醉在其中的情節裡。楊小薇上床就將被子捲了一半去，將後腦勺留給他。

李白見了，下意識丟下書，過去哄她。楊小薇卻不理睬他，還用被子將自己的身體裹緊。在同樣或相似的時刻或場景裡，楊小薇就沒有讓他得手過。而且，她老是問他，當初她是否太容易讓他得手了？此話一出，這讓李白不知道拿什麼話來作答。

鬧了一會，李白看實在沒法得逞，只好放棄，在一邊生悶氣。他又開了燈，將《鹿鼎記》捧在手上。

他有點感慨，婚姻、女人、男人，就像是一本書，不是頁頁都精采，字字句句都有共鳴的。但作者和讀者還是有區別的。如果作者功力有限，他或她有什麼辦法呢？不過相比之下，讀者的自由度還是大點，不喜歡了，或厭倦了，可以暫時擱下，束之高閣，又或者快快地翻過沒有味道的那幾頁。李白覺得日子還是過得快的，就像他翻動手中的書頁一樣，不覺幾年已過。

看李白還在看書，楊小薇又不滿意了。她翻了個身子說：「整天看這個，裡面有座金山嗎？」李白只好打哈哈說：「不是說『書中自有黃金屋，書中自有顏如玉』嘛。」楊小薇說：「盡說些廢話！」

過了一會兒，見李白還在挑燈夜戰，便又喊了：「開著燈讓人家怎麼睡呀？」李白只好停止了翻書的動作，將燈關了。他嘗試將眼睛閉上，卻也沒有睡意。他怕影響到她的睡眠，只好減少蠕動，躺在床上，看著外面的車燈和窗簾上或亮或暗的光影，想些心事。

第二天，李白醒得早，天矇矇亮他就醒了，他翻了幾個身，也無法再跌進黑暗的深淵。一想到又要去上班，他心裡就煩死了。他在心裡暗暗地喊了句：「六合彩」！

他在床上賴了一會，又嗅到了被子裡精液的腥甜味，他感到一種涼冷貼緊自己的肌膚。他無可奈何地爬起身，躡手躡腳地摸到浴室，用廁紙擦乾內褲的水分，然後睡眼惺忪地坐在客廳的沙發上。他打著瞌睡，打開電視，想看看新聞，上班前看看新聞是他多年來養成的習慣。

畫面上是一幢冒著濃煙的摩天大廈。以往這個時候放的都是粵語片，都是些懷舊片。李白以為是西洋片，看了一會兒，畫面還是不變。他換了一個頻道，還是那樣的畫面。他又換了一遍，有點失望。大概是還沒有到新聞時間吧，他是這樣想的，閉上眼睛打了個瞌睡。再睜開眼睛，畫面上冒煙的大廈變為兩幢了，他看見螢幕下方打有一行字幕，走動得快，他也沒有去看，因為眼睛還是黏黏的難受。不過新聞節目主持人今天的報導語調與平常不同，話說得斷斷續續的。李白聽了好一會兒，才明白那不是西洋片的畫面。

主持人說，「美國紐約市的世界貿易中心遭受襲擊！恐怖分子劫持了兩架民航飛機，撞向世貿大廈！現在是在做現場直播。」

李白跳了起來，衝進臥室，他想叫楊小薇起來看。但他看見楊小薇在睡夢中正露出幸福的微笑，嘴角流出了歡樂的口水，正在向枕巾滲透。李白有點不忍心，他想這世界末日般的消息，還是留給白天吧。

李白重新站回電視前，聽隱在畫面後的主持人，用低沉的語調說著話，將那個悲慘事件的發展，一點點推向電視觀眾的眼前：高聳入雲的冒煙大廈、飛機、恐怖分子、星條旗、驚恐萬分爭相逃跑的人群。

這樣的混亂驚恐的場面，李白一點也不陌生，他在西洋片中見識過無數次，已經到了熟視無睹的程度了，每次看這樣的電影，李白就當是看熱鬧，因為他知道眼前全是假的，是特技的貢獻，而且，好人總歸是要勝利的，壞人呢，一定會受到懲罰的，所以他從來不會去擔心英雄或受害者的結局。只是今天事件的導演是另一群人而已。他的心室流進了成分複雜的液體，他說不清楚該怎樣去形容。

突然鬧鐘炸響了，李白驚得跳了起來。他這才發現，他的鬍鬚未刮，牙齒未刷，臉未洗。他手忙腳亂起來，衝進浴室忙了一番，將每天必備的功課做完，匆匆吃了一塊麵包就出門。

李白沒有趕上公司的接駁車，他剛好看見車屁股後面冒出黑煙跑了。李白只好擠上一輛公車，搖搖晃晃地趕到公司。還沒到營業時間，他從「二道門」進入銀行的營業大廳，就聽見大家正在議論紛紛，話題當然是世貿中心遇襲事件。

丁小路看見他進來，就問他，「看了新聞沒有？」

「看啦。」李白說。

丁小路說：「美國人終於疼了！」

「沒點同情心。」賀蘭搶白他一句。

丁小路正吃著早餐，不知道是被包子，還是這話給噎了一下，他很大聲地咳嗽了幾聲，趕緊找水喝了一口。

賀蘭對事件的評價是一個字：慘！她問李白怎麼看。

李白正往脖子上繫領帶，他說：「要是我在上面，就不用來上班了。」

「你有病啊？」賀蘭白了他一眼。

李白用力一拉領帶，將胸一挺，脖子一扭，狠狠地說：「是啊，我想解放嘛。」

大家對他的奇談怪論恥笑不已。不過，大家也習以為常了，他總是不時發表些怪論。此時李白並不想做解釋，他心裡挺煩的，可煩什麼，他一時又說不清，他只是將領帶拉來拉去的，希望繫得好看些。

這時，李清照從「二道門」進來。她上班總是來得不早不晚，踩中節奏，恰到好處。這段時間，銀行不斷調整或合併部門，李清照和李白終於調到了同一個部門。大家一提到他們，或者拿他們開玩笑，還是那句話：「唐詩對宋詞。」他們終於有機會坐在各自的視線範圍了。

那天，葉平凡領著李清照來到他跟前，李白正拉開抽屜，拿出私章，並用鑷子調整轉訖章上的日期。見了李清照，他還是有點氣喘心跳的，他不知道兩人的到來是為何目的。他手上的鑷子戳疼了他的手，他的眉頭皺了皺，卻沒出聲。李清照就靜靜地站在旁邊，沒有出聲。

葉平凡說，「你帶帶她。」

李白對這樣的安排可以說是措手不及。他愣了幾秒鐘，才笑了說：「她資歷比我老呢。」李清照笑笑，說：「在這你資歷老嘛。」她說著將包包放好，拉了一張椅子坐在李白的旁邊。

李白沉默了一會兒，就聞到李清照身上飄過來的淡淡香水味，這味道讓他有點恍惚，一下子又回到了多年前的某個夜晚。這段時間部門合併調整，各個部門員工輪替職位，他沒想到，她會輪替職位到他所在的結算部，他還會做她的師傅。

「你還玩牌嗎？」李白後來沒話找話。

李清照抿嘴一笑，說：「你還看武俠嗎？」

他們都沒有答對方的問題，但問過後就都笑了起來。

無庸置疑，李清照是個聰明的女人，學東西上手快，手腳也勤快。很快李白也將自己的心態調整過來了，他慢慢就變得自然了，偶爾還隨便起來，有時李清照會喊他「老李」，李白同樣也戲稱她為「小李」，師徒關係挺融洽的，工作配合也很默契。

李白已經有一個星期沒有見到她了。李清照比李白來這個部門晚，跟他學了一個星期，最近又去分行的培訓中心上課，看來今天課程結束了。她今天穿了件粉紅色的西裝套裙，十分醒目，與李白的黑色制服形成鮮明的反差。

李白感到眼前一亮，「你真幸福啊，」他羨慕地說道。
李清照剛從會計部調來，那裡不用穿制服，來這裡又沒有趕上做制服，所以就愛穿什麼是什麼。
李清照就笑著問他，「這話什麼意思？」
「我一身都黑啊。」李白說。
李清照以為他遇到什麼倒楣的事，就一臉不解地望著他。李白指了指身上的制服。李清照「哦」了宣告明白他的意思，笑著說：「去跟人事部說說，調去會計部，那是件幸福的事。」
剛上班，顧客還不多，他們便有一搭沒一搭地閒聊。李白問她看了新聞沒有。李清照是清早剛從分行培訓中心的宿舍趕過來，所以不知道他是問什麼新聞。李白就將世貿中心遇襲事件告訴了她。
李清照顯得有點吃驚，「說不會吧？」李白突然覺得談論這樣的事情，是否太煞風景了，就轉換了話題，問起她有關培訓的事。李清照搖了搖頭說：「簡直是在聽『天書』。」原來上課的老師是個廣東人，普通話本來就難，但他為了照顧所有的人，就堅持說普通話，結果他在臺上講得眉飛色舞，但坐在講臺下面聽課的人卻不知所云。
李白突然想起一則與方言有關的笑話，便說起了這個笑話來。
有次他北京來了個校友，是總部核心幹部，到了廣東T市出公差，也算是遊玩吧，總之是公私兼顧，或者說，不能單獨脫開身，於是順便將李白也叫上去，說一塊遊玩吧，也可以敘舊。李白當然也高興作陪，想想同學幾年不見，這下可以大聊特聊了。

接待的祕書十分熱情，帶他們參觀了市裡的一些景點後，看校友玩得興致勃勃的，幾杯酒下肚，就又將遊玩計畫更新了，為他們安排郊區的一些景點。

他們是坐船去的，一路上兩岸風光秀麗。祕書自然也十分自豪，他說還沒到最美的地方呢，說著就要拉李白的校友坐到船頭去，說這樣看風景可以一覽無遺。

祕書的普通話雖然說得一塌糊塗，但他還非說不可，以示尊重北京來的客人。他說來來，坐在「床頭」看「嬌妻」，才會越看越美麗。李白的校友是帶了夫人隨行的，聽了以為是帶色的黃段子，便臉露不快之色。但還不好發作，只好假裝沒聽見。

祕書的助理大概看出了問題，趕緊解釋說：「主祕普通話不好，他的原話是說，您坐在船頭上看『郊區』，才會越看越『美麗』。」李白的校友一聽，便哈哈大笑起來。李白在這裡工作了多年，對此當然見多不怪，不過也跟著笑了起來。

祕書也趕緊說：「讓北京的朋友見笑啦。」接下來的遊玩途中，雖然還不時有這類小插曲，但李白的校友也已經習慣了，只當是旅途中添了一些趣事，了解了一點地方語言的生動活潑，當是小趣事，說給同事聽。

中午回來吃飯，大家有點疲憊，但興致很好，也喝了不少的酒。用過餐，祕書對服務生喊：「上飯後果。」大家可能吃得有點飽了，或者是累了，都對餐桌上的西瓜眼露猶豫。

祕書以為大家客氣，自己抓起一塊大的西瓜，塞到李白校友手中，說：「別客氣啦，我們這裡沒什麼好招待的，您吃『大便』，」說完他又抓了一塊小塊的說：「我吃『小便』，都別客氣啦，快動手動口啦。吃完我再讓服務生『拉』。」說著哈哈笑著吃起了手中的西瓜。

李白的校友愣住了，正想發作，其他隨行的人也直瞪住祕書。祕書不知道自己出醜了，還揮著手上的西瓜說：「吃啦，都別客氣。」校友的夫人可能是太飽了，更是哇地吐了出來。

祕書一時慌了，不知所措。還是助理反應快，趕緊替祕書「翻譯」說：「主祕剛才是說請您吃大片（塊）的，他自己吃小片（塊）的，吃完他再讓服務生拿，沒有其他意思。」祕書聽著，在一旁尷尬地抹著額頭的汗水。

李白的校友終於沒有拂袖而去，但據說回北京後，專門就這個問題，給廣東的有關部門發了資料，強調廣東的主管級幹部要學好普通話。他說，我們還好，要是換成了老外，這要是起誤會了，就問題大了，所以要重視起來，從主管做起。

李白繪聲繪色地說完這個笑話，李清照已經快要笑斷氣了。賀蘭也笑得捂住了肚子。丁小路跟著笑了幾聲，心裡有點妒忌，他將電腦打得啪啪響，說有什麼好笑的呢，見眾人不回應，又喊：「李白變化真大。」

「變什麼啦？」李清照忍住笑了。

丁小路說，「你沒發現？」

「發現了什麼？」李清照問他。

丁小路說，「過去的李白屁都不放一個，一結婚就油嘴滑舌。」

「又關你事啦？」李白回了他一句。

丁小路沒有接話茬兒。他看了外面一眼，指著一個老外問李白算過沒有，來這辦業務的老外摘走多少花朵？來這個支行辦理業務的老外挺多的，他們有時會拿這個做話題來調侃。李白望出去，看見一個老外站在提款機前領錢，身後站了一個很醜的塌鼻女孩，但擁有一雙傲人的大乳房，走起路來趾高氣揚的。

李白就說：「越多越好啊，都不是優良品種，你該高興啊，老外幫助我們優化品種。」

「屁話，人家的審美眼光不同嘛。」丁小路邊說話，手指邊在電腦上的鍵盤上跳舞。

李白還想說什麼，窗口過來一個顧客，臉拉得老長的，就像被人欠了百萬債務。此時李白雖然意猶未盡，但也只好將話打住，將下面的話隨口水嚥了下去。李白十分討厭這個客戶，公司規模小，但麻煩事就是多，一來就是提現金，帳戶上沒有多少存款。李白私下懷疑，這會不會是個專替人洗黑錢的公司。

那個顧客遞進來一張支票，說他要取五萬元。李白拿了去核對印鑑，發現支票上的印鑑有點走樣了，而且用途也寫了是「備用金」。李白回來就不客氣地說：「對不起，印鑑不符，用途也不能這樣寫。」那顧客扳著臉問：「以前為什麼這樣能取款？」

李白記起他是取過，第一次嘛，算是通融，但他也說過下不為例的，所以李白有點不高興，說以前是以前，現在是現在。他說要重新蓋印鑑，再改寫用途，否則不能取那麼多「備用金」的。那個顧客有點火了，說什麼印鑑不符呀，他們公司就這麼個公章，大家來往了多年，就不能通融嗎？李白說，不行，銀行有制度。

「你這是什麼態度？！」那個顧客高聲喊道。

李清照站起身，緩了口氣說：「我們也是為了你們資金的安全嘛。」

「我自己還不能取自己的錢？」那個顧客說。

他聲稱自己想取多少就多少。他邊說邊將玻璃窗外的大理石櫃檯拍得「啪啪」響。

丁小路則坐在不遠的位子，幸災樂禍地望著這邊。

李白聽了冷笑了幾聲，沒有搭理他。李清照忙解釋說，不是不讓他取，回去開張新的支票，印鑑蓋清晰，改改用途就行了。那個顧客卻不幹，他找理由說回公司太遠了，堅持要給他通融。他還質問李白，是否他不回去重新開過新的支票，就一定不讓他取款？這話將李白噎得臉都漲紅了，一時找不到合適的話回答他，只好氣呼呼地站在那裡。

最後，那個顧客喊了起來：「如果不給取，我就銷戶，轉款去別的銀行！」李白一聽，本來想說我正求之不得呢。這時葉平凡剛外出回來，經過營業大廳時，聽見了吵鬧聲，就趕緊走過來，將那個客戶引進了大戶室，談了一陣才出來。葉平凡手中拿了那張支票，來到櫃檯前，在那張支票後面簽字後，對李白說，「讓他取吧。」那個顧客取款時，又看了李白一眼，露出勝利者的眼神，離開時更顯得趾高氣揚。

「這人怎麼回事呀？」李清照吐了吐舌頭。

李白狠狠地罵了句：「我操！」

他說完又覺得沒勁，他懶洋洋地掉頭，對李清照說：「現在知道我們過的是什麼日子了吧？」

李清照說：「那倒是在會計部的日子滋潤。」她說完就嘆了口氣，本來還想說什麼的，看其他人望向這邊，就打住不說了。

葉平凡將李白叫進他的辦公室罵了一頓。他說：「李白你這樣的態度會將客戶趕跑的。」李白有點不服氣，爭辯說自己只是按制度辦事。葉平凡說：「你是人嘛，腦筋是活的吧，你就不能靈活點？」

聽他這麼一說，李白可不高興了，他一想起上週的每週例會上，葉平凡對他不點名批評，心裡就火了，他委屈得說不出話來。上週也是類似的一件事，他就是沒有跟葉平凡說（因為葉平凡出公差，部裡剛好沒人做主），他就自作主張給一個客戶通融了，心想那出納員他們都熟悉，公司信譽也好，而且人家的戶頭的存款日均餘額也大，是該維護的客戶。可事後一說，葉平凡就有點不高興，他心裡責怪李白擅作主張，只不過沒有把話說出來罷了，但一抓住機會，就會不點名批評他，暗示有人沒有遵守規章制度。

這樣一想，李白還是不服氣，他說：「開會不是講了嗎？要讓小客戶自然流失嗎？」

葉平凡又氣又好笑，罵道：「你是人頭豬腦啊？客戶他要走是他的事，但你不能明白地將話說出來，說出來就是你的錯，懂了嗎？」

李白心想，我懂有什麼用呀？你遵章辦事嘛，就說你不夠靈活，靈活一點呢，又說你不按規章辦事，是亂來，說要犯錯誤的。我又不是部長，也沒有權靈活處理掌握，媽的，真是左右不是人。想到這裡，他乾脆不說了，陰沉著臉，哼哈著聽葉平凡囉嗦完，最後他說：「以後有類似的事就向你請示吧。」

出來後，李清照問他密談了什麼。李白做個鬼臉，沒說什麼。有李清照在，李白覺得日子過得還算可以。李白突然問起李清照，行裡派她去培訓，是不是又有什麼新動作。這段的行裡一有風吹草動，總讓人心煩的。李清照說聽說好像是要上一套新系統吧。李白說不知道是好事還是壞事，他的手指在電腦上的鍵盤上舞動起來，打出啪啪的聲響。

好不容易熬到下班，他們將東西收拾了，然後一起走，他們正好有一段路是同路。

在等車時，李清照望了李白一眼，突然說，「你老婆一定開心死啦。」

「什麼意思啊？」李白對她的話感到困惑。

李清照笑了笑，說想不到李白你是個挺好玩的人。

李白本來想開玩笑問她是否後悔了，但他望了一眼黑下來的天色，卻憂鬱地說：「我們正在變成一個不斷膨脹的氣球！」

李清照聽了若有所思，說：「呀，這話還挺有哲學味的嘛。」

車來了，李清照喊他一起上車。李白剛擠到車門口，突然又返身退了出來，他說自己忘了還有一件事情。李清照站在車上看著他跑過對面的馬路。

李白跑到彩券行買了一注樂透，然後小心地摺好放進錢袋。他望了望華燈初上的街道，跑回去等下一輛公車的到來。

李白近來熱衷買樂透，每期都買，或多或少，他想碰碰運氣，他將楊小薇的夢想寄託在上面。按他的說法，去偷去搶，對他來說是不可能的。股票呢？他玩過，但最後的結果是損手爛腳的，一害怕就不敢玩了，死了靠炒股票發家致富的心思。而買樂透則是個不錯的選擇，中了呢，是運氣，不中呢，就當是為公益做點貢獻吧。

第四章　心驚豔遇

這晚，李白回家後，也沒做飯，叫了兩份外賣，然後和楊小薇草草地吃了起來。這段時間，他們的晚飯吃得很簡單，因為忙啊。李白是個愛下廚的人，這點婚前常受到楊小薇的表揚，至於她是否因為這點才嫁給李白，這就不好說了，因為她一直沒有就此問題發表過正式的看法。但她說過了，這是很重要的優點，希望李白好好發揚光大，當然後來慢慢就少說了，以至最後漸漸不提了。

楊小薇吃了幾口，就撂了筷子，皺著眉頭。李白扒了幾口飯，也將飯盒蓋上。天天吃這個，連他都覺得沒胃口。但自己回來就晚了，還沒進門就飢腸轆轆，身子軟綿綿的，根本就沒有力氣做飯。當然，楊小薇也是早出晚歸，也別指望她了。

李白將便當的蓋子闔上，放進塑膠袋裡，放到廚房，返回客廳後，他有點內疚，看了楊小薇一眼說：「害你連熱飯也吃不上了。」

楊小薇翹了翹嘴巴，沒說什麼。

「暫時的嘛。」李白趕緊又安慰她。

李白洗了手，再進書房拿了個塑膠袋，塞了幾本書進去。他說得馬上走，要不他可快遲到了。他出門前，又跑去廚房，將衝好的奶粉拿給楊小薇，說，「補充點營養吧。」楊小薇接了，但又放回桌上。李白看著她。楊小薇說：「等一會兒。」她說沒有胃口。李白說可能是累的，關門前，又進去廚房，將那裝了飯盒的垃圾袋提上，又對她叮囑了一次。

「過半小時吧。」楊小薇有點不耐煩了。

現在行裡隔三差五地就要搞業務培訓，還占用晚上的時間。李白下班後，沒法再做飯了，只得叫速食，常這樣匆匆扒幾口難吃的便當，就跑去上課。每天他都感到疲憊不堪，常常聽著課就睡了過去，然後在下課時被人吵醒，昏昏沉沉地走在回家的路。

今天上課的還是白老師，他年紀不大，但說話慢條斯理，有點老年病年輕化的跡象。白老師除了向學生傳授書本知識外，還喜歡在上了十五分鐘課後，對面前的學生談很堂皇的人生觀，說一些「今天不努力工作，明天努力找工作」諸如此類的大道理。一節課時六十分鐘，他的語速就像鐘擺一樣勻速，他總是以這樣的語速，按部就班掀動大家手上的書頁，他嚴肅的臉上不時露出自得的神色，告訴你他就像正在掀動手中的鈔票一樣過癮。

在安靜的教室裡，李白總能在他催眠似的語調中睡過去。他就在那樣的時刻，恍然走在了回家的路上，晚風吹打著他的臉盤，眼前常有一些美好的身影閃過。李白在安靜的教室裡發出開心的笑聲。

白老師走過來叫醒他，問李白，「這麼開心，請大家吃宵夜啊？」

「為什麼？」李白揉了揉眼睛。

白老師問：「你中了頭獎吧？」

「誰中獎了？」李白一臉茫然。

白老師說：「那你一個人偷著樂？」

大家就哈哈地笑起來，尤其是丁小路，笑得大聲地咳嗽起來，還砰砰地拍桌子。李清照也掩了嘴，笑咪咪地看過來。李白有點不好意思，臉燒了，他正了正身子，裝作認真，雖然教室裡有空調，但他還是出汗了。

下課後，李白走得快，他看見賀蘭被一輛摩托車接走了。丁小路望著她遠去的背影，惆悵地走上另一條路，也被黑暗吞沒了。李白看見李清照也被一輛車接走了，他心裡空蕩蕩的，低著頭走在回家的路上。

這段時間，他經常走在這條路上，熟悉的景色讓他睏意頻生，連路燈看上去都有點暈乎乎的。李白身上開始冒汗了，他抬頭望前面的路時，目光掃過對面的馬路。

對面馬路邊站著一個女人，穿黑色的紗衣，手拎了一個小手袋，看上去搖曳生姿，線條曲線畢現啊。李白的眼睛馬上被那團黑色的火焰灼了一下。那團火焰有點羞澀，迎著他燒了過來。李白想到了向日葵，開放在黑夜裡的向日葵。不過他有點糊塗，誰向著誰轉啊？他的腳步不由地就停頓了一秒，打了個趔趄，身上的汗糊了上來。

李白感到空氣變得稀薄，他像浮出水面的魚一樣張大嘴呼吸。

那個女人越過馬路，慢慢地斜插過來。李白突然想起自己和楊小薇荒廢了的「功課」，他的臉燒了起來，浩蕩的血衝上了頭頂，他的眼睛發燙，一剎那間似乎失明了，眼前升起一片溫暖的水霧。他感到難受，眼睛裡像有什麼東西咯著，他一閉眼前面就黑了。

那個女人擦身而過，「先生不認識啦？」她帶出這麼一句話。

她的輕聲細語給夜色中添上了一種嫵媚。李白聽她這麼說，思路似乎就順著她的提示去了，想想是覺得有點面熟，但他一時無從想起在哪裡見過，當然更無力做出回答，但腳步遲疑起來了，走得拖泥帶水的。後來他一猶豫，那個女人跟了上來，問他想去哪裡？李白回答得模稜兩可，支吾著指了指前面的一家咖啡館。

一路上，李白的心跳聲壓過了經過的汽車馬達聲，他在鼓聲中漂浮著。那個女人很主動，說自己來這裡兩年了。李白沒有說話，他在想面前這個有點面熟的女人是誰。真的太搞笑了，他似乎認識，但又記不起來，努力了幾回也於事無補。

這時，女人似乎在提醒他似的，又說句：「我見過你的，不記得啦？」

這話讓李白慌張起來，他忍不住問女人，他們第一次見面是在什麼地方。

那女人答得有點狡猾，她說：「你好好想想。」她將皮球踢回給李白。

李白苦思冥想了一會兒也找不到答案。

「先生哪裡人?」那女人又問他。

李白有點警惕起來了,便隨便答。

那女人說她猜中了。

李白說過就後悔了,有點慌,怕她也說是那裡的,要和他認老鄉。他蠻怕那些熱情地自認老鄉的人。還好,那女人突然問李白,「炒股票嗎?」李白愣住了,他知道她幹嘛問起這個來,但他還沒有回答,那個女人就將話題轉到了股市上,她說自己是個業餘股民,閒時炒炒股票,但近期的股市有點不好,否則她可以多睡幾個好覺。這番話讓李白大吃一驚,心情卻放鬆了一點。他媽的,誰不知道啊,這個經濟掛帥的年代。

在咖啡館裡,李白點了杯橙汁。那個女人點了奶咖啡。她曖昧地說,男人辛苦啊,人奶比牛奶有營養。李白坐著有點拘謹,沒有答話。對面的女人端起咖啡喝了一口,然後放下。李白看見她的唇印,淡淡地印在杯沿上,他看著無數道唇印不斷印在杯沿上。

他對紅色有點敏感的。此時見到那紅色的唇印,他想起了那些印泥。白天上班的時候,他在無數的支票或紙張上,要蓋上方的圓的膠的銅的公章或私章,而那些印泥都是紅色的。每天,下班前,他都去洗手間,抹很多的肥皂,努力清洗黏手上的印泥。晚上回家後,有時候,他去撫摩楊小薇的額頭,她就會喊:「咦,什麼味道?」這一下,將李白的興致打斷掉。

現在,在柔和的燈光下,那個女人不停地喝咖啡,又將一串串的話吐出來。他很少說話,只是聽。後來,那個女人也許覺得自己說得太多了,或者說累了,又或者說她突然記起了自己此行的目的。她打了幾個哈欠，挺了挺胸部，瞟了眼李白，嫵媚地問了句：「你真的不記得我啦？」這話讓李白又慌了。

李白慌是有道理的，這個女人的話，讓他突然聯想到一件事來。他待過下面的一個支行，那裡地處繁華的商業街，每天車水馬龍的，業務量比較大，人手也緊，所以他剛去，是有些緊張的，可等他業務上手後，和那裡的同事混熟後，說話也就隨便了，有天，顧客不多，大家停下來閒聊。他們很神祕地問他，有沒有發現這裡與其他支行不同。

「山高皇帝遠啊！」李白感嘆了一句。

他們笑得詭祕，又問：「還有呢？」

「業務量大，可品種少些。」

他們一聽就笑了，說還是沒有說到點子上。李白就說不出了。他們示意他注意營業大廳的門口。「不就人來人往嗎？沒有什麼不同啊。」李白瞪大眼睛望了半天，沒有發現有什麼異常，他一臉茫然不解，帶著好奇又觀察了好幾天，還是一無所獲，只好追問他們是怎麼回事。

他們還是賣關子不說，讓他繼續觀察，而且要他將注意力放在女人身上。起初，李白還有點不好意思呢。後來幾經指點，他終於將幾個女人納入視線範圍，他發現她們總是在營業大廳門口晃來晃去，因為這條街是商業街，來往的行人特別多，於是她們就在這條街道駐紮下來了。

每當街上有保全過來巡邏，這幾個女人就拿了紅色的存摺進來，趴在櫃檯上慢條斯理填寫存款單，剛填好，又撕了，再填寫，反覆數次。甚至到飲水機接上一杯水，坐在營業大廳的沙發上休息，十分愜意地喝著，有時甚至半躺在沙發消磨時間，她們等門外巡邏的人一走，就將杯裡的水一飲而淨，將存摺揣進口袋裡，又走到門口晃蕩。

對這種情況，銀行的保全也拿她們沒有辦法，當她們走進營業大廳，她們就是客戶了，你能拿她怎麼樣？出去後，裡面的保全又管不著，再說呢，誰想都是多一事還不如少一事。據說曾經報過警，但派出所推說警力不足，無法顧及，於是那些「雞」才如此放肆。

李白每當手上沒有業務做，或者覺得無聊，就會觀察門口的動靜，他常常走神，一想就想到了武俠小說中的那些青樓，他不禁就有點想入非非，將那些景象在眼前一字形排開。更有意思的是，有時他剛下班走出大門，她們就會上前攔住他問，「想不想做？」開始，李白沒有馬上反應過來，就問，「做？做什麼呀？」她們對他這樣的反問也不能馬上反應過來，就眼定定地望著李白走掉了。等李白走遠了，回過神來，就哭笑不得，說了句，「我操！」

李白在那支行待了一年。他調回管轄支行不久，就聽說在那條街上營業的幾家銀行為此問題煩死了，向派出所投訴了無數次，但問題都無法妥善解決，因為警察也不能老駐紮在那段街道啊，幾家銀行只好專門就此問題，與管轄派出所開了個協調會，由銀行出錢，讓派出所僱請保全，將她們趕走了。

李白和別人說起這件事，「看吧，錢能使鬼推磨。」他總會感嘆起來。

這個女人不會是個曾經的「舊人」吧？李白越想越不對勁，他有點煩躁地挪動著身子。那個女人以為他想行動了，就問是到她那裡，還是到他那裡？她又挑逗似地挺了挺胸，她說男人還是要多喝點「奶茶」身體才棒。

李白慌張起來，搖了搖頭，連忙說他突然想起還有要事在身。他高聲招呼服務生過來結帳。那個女人有點惱火，正想發作，李白趕緊丟給她一張千元大鈔。她有點驚訝，但沒說什麼，趕緊拿了鈔票，對了燈光檢視真偽。

走在回家的路上，李白身上忽冷忽熱的。回到家裡，李白按亮了電燈，換好拖鞋進了客廳，丟下手中的塑膠袋，他走到臥室的門口，看見楊小薇已經睡下了，她不時翻身，看來也是睡不踏實。李白趕緊進浴室沖乾淨身子進臥室。楊小薇好像嘟囔了一聲。李白俯身抱了楊小薇，又親她的額頭。

楊小薇被弄醒了，「累死啦！」她知道他的心思，但她不願意。

李白弄了幾個來回，還是不得要領。

「你煩不煩呀？」楊小薇也煩了，死活不幹。

這話說得李白身子一冷，打了個噴嚏，沮喪地挪到了一邊，看著她的睡姿發呆。一會他想起了什麼，就退回客廳，偷偷拿了幾張黃片看了起來，他將聲音弄到很小聲。

等他打了哈欠爬上床，又想起樂透還沒有對獎。他打起精神，找出錢包裡的彩券，又拿了茶几上的那張紙，上面有楊小薇抄下的中獎號碼。他的目光在兩張紙片上來回移動，他的心跳或停頓，或加快幾個節拍。

他想像過真的中獎的情景，聽到這好訊息，那楊小薇會是個怎樣的反應呢？會尖叫著擁抱他嗎？李白他自己呢？會大喊大叫地蹦跳起來嗎？他想自己那時就可以天天坐在家中看武俠了，當然也可以像那些英雄那樣，身心輕鬆地飄遊五湖四海了。

想到這裡，他忍不住先暗自笑起來，將未來的快樂透支了一把。

第五章　演習課

大家見到李白，都說他臉色陰鬱。他倒不置可否，不過他用手捂住嘴巴，啊啊地打了幾個哈欠。去洗手間的時候，他看了鏡子裡的自己摸樣。難怪，是有點熊貓眼呢。他早上刷牙洗臉的時候，也沒特別注意。

「昨晚睡街邊了？」丁小路見他回來，就問他。

李白一撇嘴說，「本公子是已婚人士，怎麼會睡街邊呢？」

他說完就笑嘻嘻地看著丁小路。丁小路的臉色有點不好看了，這結算部就剩他是還在享受未婚待遇的男士，說好聽點就是晚婚晚育待遇，每年辦公室通知他去領取這筆獎勵的時候，大家都會調侃他，說丁小路請客啊，搞得他十分尷尬。

丁小路愣了幾秒，「已婚人士也可能會享受未婚待遇！」他才開始反擊。

大家被逗笑了，紛紛說這是個好名詞，記住了以後找機會用用。

李白有點心不在焉，他除了自己櫃檯的活，還要兼顧賀蘭留下的幾個統計報表。她剛調去了零售部做出納。賀蘭不在，丁小路就和李白搭檔。人手一少，事情自然就多。李白做得有點手忙腳亂的，跑前跑後的，而他對賀蘭的那攤活，還不熟悉，看見她桌上的那疊帳本，頭都變大了。

他一忙完櫃檯的那些票據，就跑到後臺趕統計報表。可剛理出個頭緒來，丁小路走過來，又丟給他十張港幣匯票，說客戶等著解付，結匯進帳後，馬上又要付出去的，意思是讓他加快速度。

李白只好丟下手頭的報表，跑進電傳室開啟電腦，檢視匯票的證實電報到了沒有。一看還沒有來，他就開了保險櫃拿出印鑑，心想還是先對好印鑑吧，他從幾十本印鑑本中，找出對方那家銀行的印鑑本比對起來。對完印鑑，就將那幾張匯票丟在桌上了，又趕去做剛才的報表。

「好了沒有？」丁小路在那邊喊。

李白說，「證實電報還沒來呢！」

「客戶在催呢！」

李白說：「那我也沒有辦法。」

「那你過來和客戶說！」丁小路又喊道。

李白不情願地走了過去。

「不是對印鑑了嗎？」那個客戶問道。

李白解釋說：「超過一千美元的匯票都要等證實電報到了才能解付。」

「以前怎麼沒這麼麻煩呢？」

李白說：「一直都是這樣的啊。」

「那打個電話問問香港那邊不就得了嗎？」

李白說：「一定要有書面電報才行的，這是程序。」

「你們的效率真慢，其他行就沒你們這麼麻煩。」

李白被噎了一下，他本來想說，那你幹嘛不去別的分行做，但他沒有說出來，葉平凡早就警告過他了，他最煩這樣的客戶，嘴上老喊某某行如何如何辦事快捷，你們行如何如何不方便，老威脅說要將業務轉到其他行去，但又總懶著不走。李白心想，誰好誰不好，你心裡不最清楚，虛張聲勢有意思嗎？

丁小路在前面朝他喊：「你的電話。」李白衝過去接了，是一個客戶的電話，他問他的錢怎麼還沒到帳。李白說已經替他做了實時支付，肯定到了，讓他去對方收款行檢視，應該是對方行的原因。

那個客戶喊道：「他們說沒到，你們就愛壓票。」這話說得硬邦邦的。

「我們不壓票的，見票即付。」李白解釋說。

那個客戶就喊起來，「幹嘛不壓？鬼才相信呀。」

「壓票對我有什麼好處？」李白氣呼呼地辯解。

那個客戶說：「鬼知道啊。」就將電話掛了。

「你媽的！」李白撂電話時不禁來了句。

丁小路說：「你今天忘了刷牙啊，這麼嘴臭？」

李白有點臉紅，意識到自己也真是的，幹嘛要動怒啊，他沒有說什麼，跑到電傳室，檢視了電腦，那十張匯票的證實電報來了。他趕緊調出那十份電報，列印出來，又拿了電報翻譯手冊翻譯電文內容。

丁小路又喊：「好了沒有？」

「在解付！」李白回了他一句。

他做得有點手忙腳亂，結匯的傳票抄了幾次都錯了，他撕了好幾次，後來有點火了。

丁小路又在喊了：「怎麼還沒好啊？」

「喊什麼喊！不就在做了嗎？」

丁小路說：「人家等著呢！」

「你讓他等好了。」

丁小路說：「這可是你說的啊。」

李白沒再搭理他，說話期間他又寫錯了幣別，他趕緊重新再出一套傳票，然後才跑去做結匯，忙了一陣子，才將一疊傳票交給丁小路。

丁小路拿過那十沓進帳單，一看就喊：「李白你怎麼搞的，寫了港幣的帳號，不是要結匯進另一個帳戶嗎？」李白慌了，媽的，又要重來了，他跑過去拿回來重做。

丁小路嘟囔了一句，「賀蘭在就好了。」

「那你和人事部說，讓她調回來吧。」李白搶白他。

那個客戶在櫃檯外喊：「搞好沒有？」

「就好就好。」李白走到窗口說。

他心裡本來就心煩，被這一催，身上竟然冒汗了！他的脊背和脖子的汗水出來了，收緊了他的領帶和衣服，他感到呼吸有點急促。他看了眼天花板上的空調口，大聲罵道，「他媽的，怎麼停啦？」大家都望了眼天花板，是呀，空調怎麼停了？滯流的空氣使幾乎密封的營業廳裡更是悶熱。李白用力揩了揩額頭的汗珠，他眼一花，手上的汗珠正在膨脹變大，像氣球一樣。他也正在膨脹。

那個客戶揮手讓李白到窗口。李白揪著領帶走了過去。

「還沒弄好？你在耍太極嗎？」那個客戶質問他。

如果平常有人這樣問，李白肯定會說他不愛好這項運動的，太不帶勁啦，慢騰騰的折磨人。他會說自己只做「心體」運動。如果別人還不明白，他就會解釋說，自己愛看武俠小說，做的是精神運動。現在李白聽了這話，一時沒有反應過來，就答了句，「太極運動？有益身體健康啊。」

那個客戶聽了，「你什麼態度？」就高聲問李白。

李白用手壓住了嘴唇，很輕地「噓」了一聲，示意他不要高聲喧譁。

那個客戶火了，「你們主管呢？」他跳起來問。

李白說，「出去了，有話我轉告。」

「我要投訴你！」

李白愣住了，他沒想到他這麼說，雖然他一直有這樣的擔憂和驚恐，也想像過，如果被顧客投訴，結果會怎麼樣，自己會有什麼樣的反應。但此前的一切，只是基於他自己的想像，真實的情形到底是怎麼樣的，他不得而知，雖然偶爾顧客會對服務有微詞，但沒達到要投訴的地步。現在這個時刻終於來到了。

李白的身體慢吞吞地貼緊櫃檯，身上的汗水正朝下流淌，他聽到了從手指尖滴落地面的「吧嗒」聲。

他問那個客戶看清楚了嗎？

「看清楚什麼了？」那個客戶正急得在窗口轉圈，聽見他這麼說，就問了一句。

李白指了指工作證。工作證是白底紅字，佩帶在黑色的制服左胸口，十分醒目。

那個客戶明白過來了，對李白的挑釁怒不可遏，大聲喊起來，「看來你是不想幹了？！你們主管呢？經理呢？」他的唾沫濺到了防彈玻璃上。

李清照見狀趕忙用眼色示意李白，但他現在是目空一切，對什麼都視而不見了。

李白擺了擺頭，下意識地想躲開那堆唾沫，接著他將身子一挺，雙手撐住窗沿，大聲罵道，「你以為你是什麼？上帝？呸，狗屎！」

這下炸鍋了，所有聽到這話的人都愣住了，不知道他腦筋犯那門子毛病了，竟然會突然失控，還說出讓人匪夷所思的話來。當然，員工聽見了，心裡都覺得解氣的，李白給自己出了一口惡氣，但表面卻不敢表現出來。丁小路也走過來拉他。可李白將他的手甩開了。

那個客戶跳起來，「你出來，出來呀！」他憤怒地喊叫。

他讓李白出去，他要單打獨鬥。門口的保全過來勸架，那個客戶更來勁了，他知道鬧下去對自己沒有壞處，他和保全拉扯著，好像他是與保全吵架。他質問李白是不是不想幹了。

李白冷笑了一聲，不發一言，他看著外面，看著一頭被激怒的獅子，他張牙舞爪，卻無法撕破那層玻璃圍牆。李白滿臉漲紅，但又無動於衷，後來他慢慢走到飲水機前，倒了一杯水，回來後放進了窗口。

「先生，喝杯水潤嗓子，再說吧！」

李白說得淡淡的，就跟那杯水一樣沒有味道。

那頭獅子沒有喝水，而是將頭轉向周圍喊：「看見了吧，你們看見了吧？」他的嗓子變得嘶啞，但招攬目光，然後他擺脫保全的手，叫喊著衝去經理室，他讓李白走著瞧。

李白一下軟在椅子上，他抓起桌面上的茶杯，但沒有了茶水。李清照走過去，從丁小路檯面拿過那沓傳票，她打算重做。

「他有毛病啊？」丁小路小聲問。

李清照說，「你也有毛病，催什麼，不都在趕了嗎？都沒閒著。」

「你幫著他幹嘛？」丁小路有點吃醋了。

李清照說，「我是以事論事。」

突然有風了，涼嗖嗖的。看來空調又運作了。李白感到口渴，身上發冷，連骨頭縫裡都疼痛，可能剛才流汗多了，現在皮膚上像貼了一層冰冷的霜。他不想喝冷開水，他摸過那桌面上的水杯，這個水杯原來是一個雀巢咖啡罐，外面織了一層隔熱護手用的漂亮塑膠花。他去後面的茶水間裝了一杯開水回來，這才感到手上有了暖意。

李白將手中的水杯從左手換到右手，他想交替感受傳遞過來的暖意。經過零售部櫃檯賀蘭身後，李白看了她一眼，從後背看去，賀蘭的身子挺豐腴的。李白不知道丁小路為什麼這麼多年了還對她念念不忘，她都已經有了一個小孩了。

「搶劫」！

李白突然聽見有人喝了一聲，是透過外面的小型擴音器傳進來的，聲音沙啞低沉而恐怖。李白心裡一震，手上的水杯差點掉地上了。他轉念一想，可能是誰在開玩笑吧？他馬上望了一眼外面，此時外面只有一個顧客，正一臉緊張地瞪著他和賀蘭。

當然，李白後來才注意到櫃檯窗口晃動的手槍。旁邊的窗口已經沒有顧客，而大門口的保全，笑容燦爛地向一個漂亮的小姐獻殷勤，他站在門口的提款機前，為她做示範操作。

李白釘在原地了，這時他的腦子裡只有兩個字，那就是「快跑」！但人還是釘在那裡。可能是幾秒鐘過去了吧，他聽見賀蘭問他的聲音：「有，有，大額的，大額的大鈔嗎？」

他聽過賀蘭美妙的歌聲，她常在行裡舉辦的聯歡會上露兩手，將〈夫妻雙雙把家還〉唱得餘音繚繞，蕩氣迴腸，現在卻變得結結巴巴，聲音不但發抖，還充滿了恐懼。她的周圍除了李白，就沒有其他同事了，他們大概是上廁所了。

她一個人孤零零地坐著，肩膀在發抖。只有李白還站在她的後面。

「沒，有，沒，沒有大鈔。」

李白愣了幾秒，說話也跟賀蘭一樣結巴起來。

「快點給我錢！」外面的那個傢伙又喝起來。

李白下意識看了眼賀蘭的錢箱，裡面不是有大鈔嗎？他看到幾捆大鈔，也就是紮成捆的千元大鈔，就躺在裡面睡覺呢。他心裡突然想，給了不就結束了嗎？外面的搶匪又揮了揮手槍，壓底聲音威脅說：「再磨蹭就不客氣啦！」

賀蘭「呀」地喊了聲，趕緊將眼睛閉上，嗚嗚地哭了。

外面的搶匪又喊了，「快點！快點給錢！」還晃動手中的手槍。他見賀蘭已經無法按照他的要求做了，就對李白一擺槍口，示意說：「你，快點！」讓他過來拿錢。

「快點，否則一槍斃了你！」那搶匪對李白喊道。

李白這才發現好像哪兒不對勁，這個搶匪竟然沒有蒙臉！而且眼睛裡還有一絲古怪的笑意，看來是個老練的傢伙，要不怎麼那麼鎮定呢？李白看過許多的警匪片，這個搶匪膽大妄為的表現，他似乎在哪部電影裡見過，但一時又想不起來。

空氣變得悶熱起來，悶熱又像一張毯子將李白包裹起來。李白想推開它，但顯得力不從心，他身上呼呼地冒汗，空調不知道什麼時候又停了。

「快點，否則就斃掉你！」

見李白釘在那裡沒動，外面的話又傳了進來，在悶熱的空氣中爆炸了，衝擊波掀動了李白的耳膜。李白先是感到恐懼、困惑，但繼而又感到憤怒，他頭上著火了，他聽到了頭髮燒著的嗤嗤聲音。我操！誰都可以在我面前趾高氣揚！李白一邊想一邊走到賀蘭身邊，左手從錢箱裡抓起一捆「錢磚」，應該是十萬元整，然後賭氣似的將錢磚丟到櫃檯上取款的窗口。他真想罵賀蘭，這不就結了嗎？！真蠢！給了又沒損失，屆時去保險公司理賠就行了。

窗口晃動的手槍突然蔫了下來。那個搶匪對李白的舉動，好像不知所措，或者說他無法理解，他呆呆地瞪大眼睛，並沒有馬上伸手去拿那捆鈔票。他愣了幾秒吧，手槍才又晃動起來，他喊，「快點，再拿！」其實就那捆，即使他想拿出去，也是要費點工夫的，窗口太小啦。

李白聽說還要，突然笑了一下。對這個要求，他真的感到好笑。這個古怪的一笑，讓外面的搶匪感到困惑，他看著李白又走上前問，「還要呀？」李白的臉上一本正經。

「啊？是呀，快點拿！」那個搶匪愣了一下。

李白笑了笑，一言不發地突然就舉起手中的水杯，呼地砸在窗口晃動的的手槍上。玻璃杯碎裂的聲音是沉悶的，但一聲慘叫卻是驚心動魄的。李白失去手中的水杯後，又抄起賀蘭桌面上的電腦砸了下去，頓時碎片四處飛濺，李白的咆哮也四處飛濺：

「媽的！這麼多還不夠？拿呀！王八蛋！」

那個搶匪飛快地逃出了銀行的大門。

李白望著那逃竄的背影在門口消失了，他眼睜睜的都忘了喊，快抓住他呀。那個保全正轉過臉來，一臉的茫然，看樣子還沒有反應過來，他正在四處尋找剛才發出的喊叫聲。

賀蘭的哭聲突然放大起來——嗚——嗚——嗚，李白則全身發抖，虛弱得快要倒地。這時人們開始明白發生了什麼，亂哄哄地動起來，有人打 110 電話報警，有人跑去保全部。

不一會，就看見唐大鐘進來，大家鬆了一口氣，心想這下好了，讓專業人士來解決吧。不過奇怪，唐大鐘的臉上笑容燦爛，並沒有一絲驚慌的神色。唐大鐘是退伍軍人嘛，再說臨陣不慌亂也是保全幹部應要具備的特性，當然還有另一種可能，那就是他剛從外面回來，還不知道剛才發生的事情。大家這樣想著，等著他做善後工作。

賀蘭還在嗚嗚地哭，肩膀一聳一聳地發抖，幾個女同事正在安慰她，說事情過去了，沒事了，人沒傷著就是最好的事。丁小路也走了過來安慰她。

唐大鐘走過去，「表現很好！不要慌張，這是演習。」他拍拍她的肩膀說。

大家一聽，「什麼？演習？！」都大聲喊起來。

於是大家憤怒地責問他們保全部幹嘛不預先通知。

唐大鐘揮揮手，將大家的聲音壓了下去，大聲說，「這是為了演習的逼真。」他說得輕描淡寫的，他說保全部為此準備了很長的時間，看來效果還不錯，但不圓滿，總結一下，看還有哪裡是可以改善的地方。

李白聽了這話，頓時目瞪口呆。

唐大鐘揮了揮手中的本子說：「繼續營業吧。」經過李白的跟前，就教訓了他幾句，說：「怎麼能給一大捆呢？還砸他的手槍，走火傷了人怎麼辦？上次演練還自以為不錯呢，一來真的就犯糊塗了！」臨走，還拍拍李白的肩膀，哈哈大笑著說：「真看不出喲，一介書生，出手還挺狠的嘛！」

李白坐在椅子上，感到一股寒氣遊走在骨髓裡，繞來繞去，他疼了，還打了幾個哆嗦。看著唐大鐘的背影，他咬牙切齒地罵了句，「王八蛋！」他想剛才要是有一把刀在手就好了，說不定可以將那隻手剁下來。李白用力將手掌「咚」地剁在辦公桌上。

大家正在議論紛紛，被他嚇了一跳。大家聽見他罵人，但不知道他罵誰，大家還在對剛才發生的事議論，說差點鬧出人命來啦。

第六章　蜜蜂的浪漫

李白本來不想參加這次郊遊活動的。他早就說好，週末要在家裡陪楊小薇。對這個問題，楊小薇另有看法，也多次發表了自己對這類事情的看法。她說我們晚上都睡在一起了，接觸時間夠多了，她希望李白與同事打成一片，更要和上司多接觸，說這樣對他有好處，對他的前途有好處。「這對你的職業生涯很重要！」她捏了他的耳朵，總結說道。

她問過李白，說週末你就不能幹點有意義的事嗎？

「在家裡陪夫人不是挺有意義的嗎？」

楊小薇說，「算了吧，還不是捧著你的武俠小說，做白日夢大英雄？」

李白知道再爭論，接下去就要過不好週末了。李白只好想想看，還有什麼是有意義的事，後來他想到了，說週末部裡有個活動，不知道算不算是有意義的事。楊小薇說，那你幹嘛還想呆在家裡呢？沒腦筋！楊小薇問他，同事與那些英雄，誰值得打交道呀？李白本來想說，自己與同事天天待一起，都膩煩了，可他想想，終於沒說出口。算了吧，連李清照都說要去。那就去吧！

對這次郊遊，其實大家談論了很多次，說要好好搓一頓，名堂早就想好了，美其名曰送舊迎新，李清照來結算部，賀蘭調出結算部，因為大家一直都忙亂，還所以沒有來得及搞歡迎和歡送呢，二來嘛，也給賀蘭壓壓驚，表示一下戰友的情誼。丁小路每每說起那件事，挺來勁的，他特別強調說，也應該給李白壓壓驚。李白一聽這話，總是沒好氣地白他一眼。

他們去了水庫公園。這是個郊遊的好去處，大家玩得挺開心的，放了風箏，遊了泳，當然水是有點涼，但大家有熱情抗住。丁小路除外，他沒有下水，本來去之前他挺高興的，一路上喊著要做賀蘭的游泳教練，但後來葉平凡告訴他，上週的考試他又掛紅燈籠了。丁小路的臉色便晴轉陰。

李白的臉色一直就是陰的，他上次與客戶吵架的事，已經被通報到上面了，扣一個季度獎金，媽的，五千元沒了！據說這樣的處罰還是輕的，還是考慮了李白在演習中的英勇表現。

晚上聚餐會上，丁小路顯然喝多了，他臉色發紅，快成了紅燒豬頭，他張牙舞爪，捏了個酒杯四處走動，高聲胡說八道，樹立對手，一副自動邀醉的勁頭。他舉了酒杯，繞到賀蘭跟前，說要和她乾了。他說賀蘭一定要喝得見杯底，就為了他這麼多年對她的那份情。

大家聽了就啊啊地起鬨，說想不到啊，我們內部還有潛伏得這麼深的特務分子。

賀蘭當然高興，「幹嘛不早說呢？」她真的就乾了那杯紅酒，還紅著臉。

大家起鬨，「現在也不晚的！加油努力！」

「丁小路，你這話是真的還是假的呀？」李白笑了笑。

賀蘭趕緊搶白說，「不管真假，我都一樣開心！」她的臉上開滿了鮮花。

李白被她的天真可愛逗得拍起了巴掌。丁小路更是一掃白天的不快，和其他人鬥起了酒來，慢慢地，他的嘴巴說話就不俐落了，丁小路說，「來來來，話少酒多」。最後乾脆就不說了，直接走到某人面前，抓了杯子，「咚」地釘在桌子上，抖著手將杯子斟滿，端起示意，一飲而盡，再將杯口倒轉。酒量好的，自然將這套路複製，酒量不好的，就要推來推去，實在沒辦法了，才乾了。大家都誇丁小路鬥志昂揚，他也有點飄飄起來了。

後來，丁小路和賀蘭都喝高了，來了興趣，就玩起了「兩隻小蜜蜂，飛呀飛」的遊戲。

丁小路來一句，「兩隻小蜜蜂呀，飛呀飛，你一口呀，她一口」！

賀蘭和他對拍手掌，她噘起嘴巴，隔著空氣，近距離給丁小路親了兩個響亮的嘴巴。「啪啪」兩聲，清脆響亮。

丁小路做出陶醉樣，瞇了眼睛，用手摸了摸臉頰。

大家轟地大笑起來，扯著嗓子喊，「好啊好啊，再來再來！」又將巴掌拍得「啪啪」亂響。

賀蘭的臉更紅了，心花怒放。丁小路來勁了，端起一杯白的乾了。

賀蘭又唱，「兩隻小蜜蜂呀，飛呀飛呀，你一下來他一下」！

她和丁小路對拍了一下手掌，隔著空氣，她對著丁小路的臉頰，揮手給了兩個「耳光」，嘴巴叫著「啪啪」響。

丁小路跟了賀蘭的動作，作狀挨揍，他偏了偏臉，腦袋也一搖一擺的，咧了嘴巴，露出吃驚和疼痛的樣子。

賀蘭輸了，就笑嘻嘻地端起酒杯，仰頭咕咚就喝了個杯底朝天。

李白的心情也好了起來。他說，「丁小路啊，今晚最幸福，未婚人士享受了已婚人士的待遇。」

丁小路聽了這話也沒有不高興，「當然，賀蘭也是幸福的嘛，已婚人士享受了未婚待遇。」他笑哈哈地點頭說道。

賀蘭也沒有不高興，也笑得身體搖曳生姿。

唱卡拉OK時，丁小路專門選了費翔的歌〈故鄉的雲〉，但將歌詞改了。他衝著麥克風狂喊：「賀蘭呀！賀蘭呀！回來吧，回來吧，我的愛人！」他還衝下舞台，衝到賀蘭的跟前，伸出了雙手，想摟住賀蘭。這動作搞得賀蘭很不好意思，直躲閃他。

眾人起鬨了，都喊著要來一段合唱。丁小路當然熱烈響應，賀蘭也就半推半就，被他拉了上舞台，合唱了〈夫妻雙雙把家還〉。他們一來一回幾個回合，將氣氛推到了高潮。大家的轟笑聲，將整個房頂都快掀起來了。

當然相比之下，李白沒喝多少酒，也就顯得話少，笑聲多。在燈光下，他臉色蒼白和大夥鬨鬧取笑。李清照就拿這與他開玩笑，問他昨晚幹嘛了？她一連幾天見李白無精打采，百思不得其解，後來才知道是為那樁流傳甚廣的「演習事件」。

「晒月光去啦。」李白勉強做了個鬼臉。

丁小路聽見了，就高聲地喊了句：「還是我們李白浪漫嘛。」

他端了酒杯走過來，「我們是不是戰友？」還摟住李白的肩膀問。

「你想幹嘛？」李白問他。

丁小路又問他，「會武功嗎？」

「你幹嘛？」

丁小路說，「想幹嘛？乾吧！」他笑咪咪，將李白桌面上的酒杯斟滿。

李白倒也顯得乾脆，是乾了，他感到喉嚨火辣辣地燒。

酒到酣時，葉平凡透露了一個資訊，說是行裡正準備自願退休計劃。一次性買斷年資，三十萬封頂。大家聽了便議論紛紛，說加入「世貿」後，銀行業的競爭會更大，往後可能就不是自願退休了，怕是要裁員了。

丁小路的臉轉成了白色，「媽的，要我們變回農民呀？」他喊了句。

李白說，「農民也挺好的，起碼有地種，城市的人種馬路呀？」

「屁話，你有學歷，當然好找事做。」丁小路就喊。

李白就閉嘴了，省得丁小路又像被人踩了腳叫起來。其實這樣的問題一討論，就不會是喜劇收場，大家的心情會給攪得一塌糊塗。

此時，葉平凡也放下部長的架子，「喝酒！喝酒吧！」端了酒杯和同事乾杯。

李清照悄悄問李白，如果拿了錢有什麼打算。李白沒就這問題答腔，他又斟滿酒杯，要和李清照乾杯，他將酒乾了，將酒杯口朝天倒過來放在桌子上，他不想喝了。

李白站起來，滿臉通紅，他轉了個話題。他伸開手，作狀向下兩邊壓了壓，示意有話要說。大家便停止起鬨打鬧，或端起酒杯，或停止吃東西，瞪大眼睛，想看看他又有什麼奇談怪論。

李白說，「我要是中了六合彩，哪天一定找一個最可惡的客戶，狠狠地跟他幹一架，然後散夥回家——天天看武俠！」

大家聽了他這怪論就轟笑起來，都說將李白的這番話記錄在案了，以後看見李白跟客戶幹架，那他肯定是中大獎了，一定狠狠地宰他一頓，要刀刀見血，絕不手下留情。「歡迎歡迎！那時誰怕誰呀！千萬別對我手下留情！」李白哈哈大笑。

葉平凡聽了直搖頭。

大家鬧了一陣子，覺得還不過癮，就到舞廳去跳舞。李白沒去，李清照也沒有去，他們都不會，他們回房間坐了聊天。後來，李白突然拿出一副撲克牌。

「你還玩嗎？」李清照問道。

李白說很少了，幾乎不玩了。

他們打起牌局，輸的一方臉上貼紙鬍子，他們第一次這樣兩個人打牌。這情景讓他們都有點唏噓的感覺。他們打牌都很安靜，沒有吵鬧聲，他們依次出著牌。打了一個小時，李白的臉上貼了五條紙鬍子；李清照的臉上貼了十條紙鬍子，他們看對方時，就會相視大笑，臉上的鬍子便在笑聲中脫落。

後來，丁小路推門進來，他走路搖搖晃晃的，他對著他們喊：「哈，怎麼搞的？又是『唐詩對宋詞』啊，也太沒有集體觀念啦。走走，跳舞去！」李清照推說自己不會跳。丁小路說：「不會？我做教練。」李清照說真的不會。

丁小路說：「看在這麼多年戰友的面子上，去吧。」

「不會就是不會嘛，怎麼強人所難呢？」李清照有點不高興了。

丁小路懇求著說：「給點面子吧。」他說做同事都有一把年紀了，還沒有和李清照跳過舞呢。他甚至對李白說，幫幫師傅的忙吧。他瞪著通紅的兩眼，哼哼哈哈地反覆遊說，賴在房間不走了。李白見牌局被攪了，待在房間也挺沒意思的，就說還是去吧。

丁小路一進舞廳就被音樂點燃，他拉了李清照扭起來。李清照只好跟著舞，看樣子真的不會，舞姿有點張牙舞爪。李白真想笑，他沒想到她的舞姿是如此的難看。李白就坐在舞池邊的椅子上看別人跳。

舞曲轉慢，丁小路有點急迫地摟住李清照的腰。李清照有點反感，她躲閃了幾下，當然最後還是被他摟住了。丁小路很親密地將嘴湊到李清照的耳朵邊說什麼。李清照則將頭轉過來，又轉過去。

又跳了幾個曲子，期間，丁小路不時彎下腰去。李白沒見過這樣的舞姿，丁小路的動作有點走形了。丁小路抬起頭來，李白看見他的眉頭皺成了一把。再後來，他竟然放開了李清照，一瘸一瘸地走出舞池，坐在椅子上。

李白看見李清照出了舞廳的門。後來，李白看見賀蘭走到丁小路的椅子旁邊，她也腳步踉蹌，看來也是喝醉了，他們交頭接耳一番後，賀蘭拉著丁小路又進了舞池。

李白坐了片刻，也溜出了舞廳，他回到飯店的房間，敲了敲李清照的門。她開門時有點臉紅。

「怎麼就只跳了一會兒就走？」李白問她。

李清照臉上露出壞笑來，說：「有點不好意思。」

「不好意思？」李白故作驚訝狀。

李清照晃了晃腳上的高跟鞋，說：「受力面積太小了。」

李白明白她的意思了，難怪丁小路臉上老露出痛苦樣。

「不怕他記仇？」李白笑了。

李清照撇了撇嘴沒說什麼。

站著聊了一會兒，李白看著李清照紅潤的臉，「來一曲吧？」他突然有點衝動。

「我們？兩個舞盲呀？」李清照一愣。

李白說：「唐詩對宋詞。」

李清照笑了起來，說有點意思。

李清照不好意思地瞥了眼房門。李白會意，走過去將門關上，然後他們身體貼在一起，互相躲閃著對方的眼睛。手放在哪裡好呢？他們擺弄了好一會，才解決掉這個問題。由於身體的碰撞，雙方的呼吸變得忽而飄忽、又忽而清晰、忽然急促、又忽然消失，他們嗅到了空氣中酒精的香味。李白還是有點慌亂，有點激動的，他和她從沒有如此接近過。

李清照突然踩了他的腳，李白打了一個踉蹌，倒向牆壁。李清照也沒站穩，被拉了過去，靠在他的身上。李白最後壓住的是李清照。他們沒有分開，緊緊地貼在了一起。李白感到下面春潮澎湃，春水氾濫，他感到李清照應該也是這樣的。他們呼吸急促，互相擠壓著對方的身體，他們感到了對方洪水呼嘯決堤的顫抖。

等他們感到疲倦襲來，兩人分開了，臉當然是紅的，李清照的燦爛若桃花。他們整理好了衣服，李白有點尷尬，不好意思地對李清照一笑。

過了片刻，他又問她有沒有興趣去釣魚。李清照說，「現在？」李白點點頭。李清照就拍拍巴掌說：「好啊好啊。」李白說他回房間拿釣竿。李清照就在房間等。李白的心情很好，走路也輕快，腳步飄了起來。

經過丁小路的房間，李白卻聽見了丁小路和賀蘭的笑聲。他有點奇怪，他們兩個是行裡的舞林高手，怎麼這麼快就回來了呢？李白不禁放慢了腳步走過去。

賀蘭和丁小路又在玩「兩隻小蜜蜂」的遊戲。房間裡面響起「啪啪」的親嘴和打耳光的聲音。李白不知道他們來真的還是來假的。後來，賀蘭又說起了那次「演習事件」。賀蘭說她真的嚇壞了，現在還留下了後遺症狀，就是心跳加速。

「不信不信，都事過境遷了嘛。」丁小路連聲說。

賀蘭說，「那你在酒桌上說的話也是過去式嗎？」

「我存的是無限期定期存款，不知道這收益如何啊？」丁小路語氣堅決。

賀蘭說，「那人家的話你又不信？」

「有這麼嚴重嗎？」

賀蘭撒嬌說，「那你摸摸。」

丁小路激動得聲音發抖，「你說真的？」他後來聲音小了下去。

李白趕緊離開回房，他檢視了一下春水氾濫決堤留下的痕跡。他幸福的笑容出現在鏡子裡，讓李白都不好意思面對了，他稍做善後，拿了釣竿出門，叫李清照來到了水庫的岸邊。

周圍寂靜，但有蟲子的鳴叫聲。李白找了處可坐的地方，讓李清照坐在旁邊。他給上好魚餌後，拋進水裡，就安靜地等待起來。李清照一邊和他說話，一邊嗑著香瓜子，長髮在晚風的吹拂下飛揚起來。李白轉頭就看見，她的臉隱閃在黑髮中，他心中又泛起一股甜蜜。

她笑著問李白，「這裡真能釣著魚嗎？」

「視乎心態，胸中有魚，就能釣著。」

李清照吐掉一片瓜子皮，「說得好玄，武俠裡寫的嗎？」她將瓜子袋遞過去。李白搖了搖頭，說自己的手髒。李清照嗑好一個瓜子，塞進李白的嘴。李白一時激動，連水庫的水面也跟著晃動起來了。

突然，李白雙手握緊釣竿猛地一拉，釣竿都彎了，可能是一條大魚。李白讓李清照幫忙穩住釣竿，他用撈網撈，結果拉上來卻是一隻破鞋。李清照嘻嘻地笑起來。李白說：「心中有魚便有魚嘛。」

第七章　錢味

最近一段時間，李白發覺自己的嗅覺異常靈敏，一走進營業大廳內，就嗅到一股怪味，那是混雜著油墨的臭味、汗水和紙質腐爛酸腐的氣味，搞得他老噁心，還老打噴嚏。剛出現這問題，李白也沒怎麼在意，以為不過是鼻子的問題，便抽空到醫院求診，結果無功而返。想不到變得嚴重起來了。他漸漸感覺到變化，幹活累了，李白會來個伸展運動，猛地做個深呼吸，沒想到一吸氣，那股怪味就直捅心窩，攪得他五臟六腑都鬧起來，還想嘔吐。

李白對這種情況有點驚怵，他也想像那些武俠裡的高手那樣，遇事便努力做到心平氣和，希望這能減輕那種不適的反應。可沒有作用呀。那股怪味飄浮在空氣中，若有似無，令他無法躲閃。他一上班，就要浸淫其中。可醫生又說沒事，給的藥也不發揮作用。這樣一來李白漸漸變得有點神經質，一進銀行的營業大廳，人就會變得恍惚起來。

李白觀察過四周，除了空氣不好外，他無法將自己的病因與周圍的環境扯上關係。

整個營業大廳也就兩個處室：結算部和零售部。結算部有前門可進，零售部有後門可進，兩個處室是相連通的。無論從哪個門進去，外面的人都要先進入第一道門，一按門鈴，裡面的人確認來人的身分後，按動電子鎖開啟第一道門。然後，進來的人再自己按第二道門（「二道門」）的密碼鎖進來。

當然，如果非營業大廳內的人員出入，則第二道門也得由裡面的人員幫忙開啟。門鎖門鈴每天被按得吱吱亂叫，李白偶爾想到老鼠的叫聲，心煩得反胃起來。

丁小路坐靠近門的那邊，老要扭頭朝門的方向張望，確定來人的身分，然後按開門鎖讓外面的人進來。要是你仔細觀察一下，丁小路的頭已經習慣性地往左偏了。李白也將門鎖按得吱吱亂叫，每天進出往返其他處室送傳票或者去對帳，不斷重複地將自己鎖進這個幾乎密封的玻璃盒子裡。

今天，李白又請假去了一趟醫院做檢查，結果還是讓他失望而歸。醫生的診斷結果是鼻子沒發生病變的跡象，推斷可能是過敏。李白揉著自己的鼻子問：「那過敏源呢？」醫生沒有明確的答覆，說可能是天氣吧，他一時也想不出。

從醫院回來後，李白進了結算部，他先去電報室，在裡面換好制服，打好了領帶，出來就開始幹活。他看看手錶，下午的三點鐘了。上午他就和葉平凡說好，他先去一躺醫院，剛才去醫院看病花了一個小時。李白邊幹活邊說他突然有了新構思。

李清照表示感興趣，問是關於哪方面的？

「是鬼還是怪，又或者是神？」丁小路撇撇嘴。

李白說，「都不是，是關係到我們的自身利益。」

大家聽見他這句話，都瞪大眼睛，紛紛讓他說說看是什麼。

「是新的銀行營業大廳建築方案。」

李白問道：「將營業大廳建在陽光下，怎麼樣？」

大家異口同聲說，「當然好啦，親近大自然嘛。」大家的臉馬上顯出一片嚮往神色。

李白就有點得意洋洋，將構思中的未來的營業大廳做了一番描述：將營業廳建成一個巨大的玻璃房子，有足夠的空間，裡面有溫控裝置，再種上各種植物，大家在裡面辦公，上班時可以看見外面的風景，幹活心情自然會愉快，當然效率也會提高。說完後，他徵求大家對這個建築方案的意見，「你們說這方案怎麼樣？」

丁小路的嘴角泛起一絲嘲笑。

「你說說看嘛？」李白以為他有什麼高見。

丁小路卻說：「李白你不是給憋出病了吧？可以向行裡索取精神賠償了。」

「你這人真沒趣！」李白回擊他。

李清照說，「建議好是好，但難實現啊。」

「要說難不難，說易不易。」丁小路又搭腔了。

其他同事就讓他說說是什麼意思。

「這需要李白發憤圖強。」

李白問，「此話怎講？」

「等李白做了總行行長，這還不小菜一碟嗎？」丁小路解釋說。

這話說得其他人哈哈笑了起來，讓李白有點尷尬。

丁小路卻不笑了，將一沓傳票丟給李白，說是會計部說要補蓋私章或轉訖章的。李白抓過來，砰砰地敲上了章，補好親自送回會計部，再轉回來。他沒有馬上進營業大廳，而是摸出口袋的存摺，到大門口的提款機拿了點錢，今天剛發薪嘛，他要拿些零用錢。

李白抬頭朝營業大廳張望時，有了驚人的發現：整個營業大廳，裝修得多像是個巨大的玻璃魚缸！當然裡面游泳的，就是李白這些大魚小魚了。李白每天在這個巨大的魚缸裡游泳，他所有的幻想都無法飛越那道厚厚的防彈玻璃。有時他會突然聽到思想撞擊玻璃時發出的聲音，也會感受到一種淤血後的隱痛，但他認為那是自己的一種幻覺而已。

此時，他奇怪自己怎麼從前沒有發覺這祕密呢？難道自己突然開了天眼不成？他若有所思地往回走。

李白回到座位，又數數剛提的鈔票。

「多少呀？」丁小路問他。

李白說，「和以前一樣。」

後來，他將存摺鎖好，突然想到一個問題。

「要是有一千萬，你會做什麼？」李白問李清照。

他問得一本正經。他沒有意識到自己問了個愚蠢的問題。

丁小路笑他說：「你很有幽默感啊！」

「你會做什麼？」李白認真地問他。

丁小路懶得回答他。李白就問其他人。大夥的回答總結起來，無非是用這筆錢去吃喝玩樂，只是沒有人敢說嫖和賭，大家清楚做銀行的都忌諱這兩樣。李白見丁小路還是沒有說，便有點不依不饒地追問他對這個問題的想法。

「做什麼？用來做掉你！做掉你這個空想家！」

丁小路說得咬牙切齒，眼睛充滿了仇恨，你可以說他是對金錢，也可以說他是對李白提的這個問題。說過之後，他瞪著直發愣的李白，哈哈大笑起來。一想到自己與李白是同工不同酬，丁小路當然也有憤怒的理由。丁小路是約聘，每天做的事和李白他們一樣多，甚至還更多，但薪資就少了一大截，他心裡自然憋了一肚子的氣。這時候，他當然要藉機發洩一番了。

李白明白過來後就有些愣然。

李清照說：「丁小路，你說話怎麼這麼惡毒呀？」

丁小路還在笑著。

李白對他的回答十分不滿，「真沒勁！有理想有什麼不好？」他打了個噴嚏說。

丁小路沒聽清楚，他抹了眼角的眼淚，問李白說誰沒勁。

「除了你還有誰？」

丁小路聽了李白的話，就跳起來。正好這時賀蘭和幾個零售部的出納員，推了一輛手推車過來，上面碼了十個沉甸甸的錢箱，他們要將這些錢箱推出門口去裝上押鈔車。賀蘭衝丁小路笑笑。

丁小路指著那些錢箱問李白，「就你有理想呀？你以為這些往你家裡搬嗎？你在大白天夢遊呀？」

大家一聽轟地哇哇怪叫起來。

這時，葉平凡正在裡屋接電話，聽見外面的動靜，就衝了出來，以為出什麼事了，弄明白後就有點不高興了，將臉拉下了。「大會小會都講過了，上班時間不要閒聊！你們以為是在家裡嗎？」他用手指著頭頂上的幾支監視器的攝像鏡頭。他說你們不要太放肆了，上面還有幾雙眼睛盯住你們呢！

大家這一聽，都慌了，剛才一激動，都忘記了，鏡頭下所有的行為，都會在樓上行長和保全部的監視器螢幕裡直播。大家趕緊收住了笑聲，馬上各就各位，忙手上的東西。

李白還嘴硬，「有什麼是不可能的？」他嘟囔著說。

丁小路將一張一百萬元的支票丟給他複核。大聲說：「保住手中的飯碗就不錯了！」

李白不吭聲了，咬緊牙關，使勁地蓋上私章，一用力心急，他的呼吸又急促起來，他又打了好幾個噴嚏。

看來今天李白的病症嚴重了，噴嚏是漫天飛舞，飛沫在燈光下噴濺，聲音也長呼短叫的。剛開始頻率較疏，一次兩個，後來就是連續不斷了。大家就又拿這個亂開玩笑。

「李白又被情人掛念啦。」丁小路調侃他。

李白看了一眼李清照。她臉是紅了紅，很快就沒事了。後來，李白打噴嚏的頻率密了，將整個身子都打得抖動起來，聲音也十分大，讓他自己成為了同事和顧客關注的焦點。

李白一邊打著猛烈的噴嚏，一邊抹了眼淚，等他搞完手中的那疊，他拿傳票給丁小路複核。

「你離我們遠點，省得傳染給人。」丁小路作狀怕他。

李清照就笑了，說：「真是勢利小人。」

「都病了誰幹活呀？」丁小路就說。

他說的也是事實，現在是活多人手緊，一個人休假，其他人就會感到吃力，做起事來手忙腳亂的，頻頻出錯，天天弄到晚上七點甚至八點鐘才平帳回家。搞得家務做不了，甚至還要家裡的人做好晚飯，坐了等吃飯，以至於有人調侃說：「一人乾銀行，全家跟著忙。」

李白看來是頭腦發昏了。丁小路為李白送過來的傳票沖了幾次帳，他火了，就喊：「李白你還大學生呢！又沒了五十元！」知道出錯被罰款了，李白聽了內疚不已，一說對不起，又打了七個噴嚏。

「道歉值幾個錢?你有病不會看醫生嗎?」丁小路不接受他的道歉。

李白說,「看了嘛,醫生也沒轍。」丁小路只好閉上嘴巴。

行裡現在制定了新規章制度,錯帳一次就扣五元或十元。兩個星期前,丁小路將一家公司的兩百萬元進錯另一個小公司的帳戶,而小公司的財務卻渾然不知。還是那個大公司的財務心急,不斷來電話查帳,說一筆香港來的款子,匯出來有兩個星期時間了,為什麼還沒到帳。一查才發現問題所在,有關的人都驚出了一身冷汗。要是那個小公司不懷好意,將錢拿了出去用,那就出大事了,就是能追回來,也不知道要費多少周折。

當時,葉平凡狠狠地臭罵了丁小路一頓,扣了五百元獎金。當然啦,葉平凡也被行長罵了一頓,也被扣了獎金。一級壓一級嘛。丁小路薪資本來就不高,當然有理由表示自己的不滿。他今天早上上班又忘了戴工作證,被辦公室檢查時發現,被告知要罰款,所以他的心情可想而知。

李清照仰起頭,左右搖擺。

「天上掉錢了?」李白見了就問她。

李清照就笑著說:「是呀是呀,都不用工作啦。」

李白勉強一笑,也努力將痠痛的脖子扭了扭,活動一下。

「小心將脖子扭斷了。」丁小路說了句。

李白聽了也沒有答話,他對自己今天的表現當然沮喪不已。瞅了個空檔,他急匆匆往零售部那邊的洗手間走去。經過零售部時，他看見後面櫃檯的幾臺點鈔機在運作，單調重複地嗚叫，嗶嗶地吃進又吐出鈔票。幾個出納員戴著口罩，將點好的鈔票紮成捆，再碼成一面牆或者一座小山包。他們說話聲音怪異，因為戴著口罩，談的都是一些解悶的笑話。

李白像經過一個熱鬧的菜市場，被弄得心煩意亂，那股怪味又在李白的鼻孔氾濫，再進入他的肺部。李白激烈地咳嗽起來，弄出了一把眼淚一把鼻涕。

在洗手間裡，李白灰頭灰腦的樣子出現在鏡子裡。他掬了把水龍頭的冷水洗臉，頓時一股清涼遊走全身的神經。李白長長地吸了一口氣，奇怪，那股怪味消失了，他心身輕鬆舒展開來。他整理好自己的頭髮，又將眼角的眼屎揩掉，貪婪地又做幾個深呼吸，然後按二道門的門鎖返回。

再經過零售部，李白又連續打了幾個噴嚏，那股怪味又在空氣中潛了過來，鑽進他的肺部，還黏滿他的皮膚，又從皮膚的毛孔鑽進去，在全身的血管裡遊走。李白感到絕望將自己捲上了。他於是走得急匆匆的，快步走回結算部。

李白坐回自己的椅子上，打了十個噴嚏。他一邊擦眼淚，一邊問其他人，有沒有嗅到一股怪味。他說自己快頂不住啦。

李清照說：「沒有什麼呀，大概是空氣品質差吧。」

「李白，你是做銀行的嗎？」丁小路陰陽怪氣地問他。

李清照不解地望著他說：「你這不是廢話嗎？說話不要繞圈子。」

「什麼怪味呀，不就鈔票的臭味嗎！把我教你的都忘了？」丁小路沒好氣地喊了句。

大家一聽就轟地大笑起來。此時此刻的李白窘啊，一犯急就又來了一串噴嚏，要是地上有個洞，他肯定鑽進去了。大家這樣笑是有原因的，那個被人遺忘了的故事，又被想起了。

李白剛進行，就去了儲蓄部，現在已經改名叫零售部了。去儲蓄部當然不是李白的意願。在大學時，他參加過一個同學哥哥的婚宴，也參觀過他的新房，雖然李白不是見錢眼開的人，但新房的布置還是讓他大開眼界。從同學曖昧的話中，他隱約知道他哥哥是個信貸員，除了新婚妻子是同學哥哥自找的，其餘的東西都是別人送的。

李白剛來行裡上班，行長和他座談，問他有什麼想法，想做什麼工作時，他就隨口說想做信貸，那時聽說誰是信貸員，周圍的目光就充滿了羨慕。李白當時想到了太陽與向日葵。

行長聽了李白的回答，想了片刻，就笑笑說：「沒有存款，哪有錢放貸呢？什麼事總得要先有個基礎嘛，大廈不能建築在沙地上吧。」就這麼一句話，李白就去了儲蓄部。

丁小路帶他，做他的師傅，看他對新工作有點好奇和興奮，上班第一天就將錢箱的鑰匙丟給他，說是讓他品嘗一下「見錢眼開」的滋味。李白也來勁了，馬上抓過鑰匙開鎖，掀開箱蓋就將頭湊了下去，他想看看錢箱裡一捆一捆的錢磚。

說實話，此前，他是沒見過整箱的錢。讓他意想不到的是，裡面衝出來那股怪味，燻得他哇哇地將吃進去的早餐，全吐了出來，眼睛還淚水漣漣。丁小路見狀，哈哈笑疼了肚子，笑得淚水漣漣。他扮鬼臉問李白，「怎麼啦大學生，激動得哭了吧？沒見過這麼多錢吧？」李白趕緊去廁所做了清理工作，將自己收拾好了，才重新回來聽丁小路教導。

丁小路拿起那些「錢磚」，一本正經地對李白說，「這些鈔票，它經過了無數雙手啊，它黏滿了人世間的所有味道！所以它什麼味道都有！」那時印刷鈔票的紙張，品質的確不是太高，人們也不愛惜，隨便揉作一團，塞在口袋裡，浸透了汗水什麼的，這還算好的，而當這些鈔票經過那些賣菜的，賣海鮮的，肉販的手後，漚出的就更是說不出的怪味了。

現在想起來，李白還是挺佩服丁小路能說出這番話來的。雖然他不是什麼科班生，卻說出了這番簡直就充滿了哲學味道的話來，說得太精闢了，大學教授也未必能說出這樣的話來。大學時，李白聽那些經濟學教授講課，淡而無味，毫無生動感，李白是聽過就忘了。這麼多年來，李白卻記住了丁小路這麼一句話。

後來，每當打開錢箱，李白都要下意識地將頭偏開，腦子裡努力想像春暖花開的景象。

當然，李白很快就調離了儲蓄部，受折磨的日子並不長，但那件事對他刺激很強烈，敗壞了他在學校時對銀行懷有的美好想像。那個「李白見錢眼開」的笑話，曾一度在行裡廣為流傳，後來才漸漸被人遺忘。經過這麼多年，李白以為自己將不愉快的事忘記了，沒想到又被人揭了傷疤。李白的心情糟透了。

一天下來，李白被丁小路罵了多少次，他沒有做過統計，但心裡積聚的憤怒，使他的心情就像外面的天色一樣，漸漸地暗了下來，他苦苦等待著下班的鈴聲。當窗外的景物開始模糊，畫被收進夜的抽屜，李白的眉頭緊了緊，然後鬆開。

他慶幸一天終於結束，雖然他為每天日子這樣流逝感到痛惜，但他又慶幸上班中的瑣事和苦惱正隨白天的結束而離自己遠去。晝夜交替的剎那，就是李白每天緊張和放鬆的臨界點，在那一點上，他恍惚被懸空了。

李白突然將抽屜砰地推上，說了句，「媽的，老子不幹了！」他說得沒頭沒腦的。

李清照看了他一眼。

李白似乎有點興奮，因為他用拳頭「咚」地砸在桌子上，然後鎖上抽屜，拎了個塑膠袋離開座位，他今天不用值班輸傳票，也不用等平帳才走人。當時大家都歸心似箭，忙著結帳，或者在「乒乓」地鎖著抽屜，進機房換衣服準備下班，沒有人去注意他的話。

第八章　夢想與憤怒

這晚，李白和楊小薇突然心血來潮，都說想打牌。他們已經很久沒有打牌了，這個遊戲他們已經荒廢了很久，手都有點生疏了。他們出牌時老忘記了章法，於是邊打邊訂規矩。李白牌風很好，對楊小薇謙讓有加，所以腮幫子上咬滿了夾子。楊小薇的臉上也有紀念品，是三條飄揚的紙鬍子。他們打了一會兒，相視一會兒，笑得東倒西歪的。

楊小薇對李白的表現很滿意，他不再躲在一旁看武俠了，陪她看電視，還一起打牌。他們好久沒有這麼開心了。楊小薇有時會停住手中的牌，說要是我們有足夠的錢，就可以老在家裡打牌了。她說話時臉上充滿了嚮往。

「對呀，我就可以通宵看武俠了。」李白說道。

楊小薇聽了這話，就不高興了，說：「怎麼又是那堆文字垃圾。」

李白不想惹她不高興，「出牌出牌。」他趕緊催她。

中場休息，楊小薇收拾起桌面上的撲克牌，快步上前打開電視，說要看《第一百零一次求婚》。

李白嘀咕了一句，「又是肥皂劇」。他說他要放眼遠眺，便站起來，離開椅子，走到窗戶前，雙手叉腰，將頭仰起來，長長地吐出一口氣，然後，再深深地吸一口氣，反反覆覆地做。幾次之後，又將雙手舉了起來，努力向前後彎壓，「一天八小時，我的腰都坐直了」，他喊了句話。

楊小薇瞥見他這模樣，就咯咯地發笑。她發現李白最近老這樣犯傻，不斷地在重複做這樣的深呼吸運動。楊小薇原來以為他想練氣功，就堅決反對，說沒有教練指導，很容易就走火入魔的。

李白說他那有閒心練氣功啊，他說我還太年輕呢！

「傻得就像一條水中缺氧的大魚！」她是這樣評價他的。

李白挺直腰，「誰都是生活這趟渾水中缺氧的魚兒！」他說得一本正經。

楊小薇從沙發起來，抱住李白，她說抱住了一個埋沒多年的哲學家。

「可惜可惜呀，同床共寢了這麼多年！」對於楊小薇遲到的發現，李白故作失望狀地發出感嘆。「其實呀，生活中人人都是哲學家。」李白又自做了一番評論。他也有點驚訝，今天楊小薇一不小心，也成了哲學家。

他突然興起，將楊小薇推倒在沙發上，用鼻子抵住她的肚臍眼，大口大口地吸著她浴後的體香。楊小薇被他弄得咯咯地笑得喘不過氣來，兩手拚命搖著，想賺脫開來，說：「放手！癢死啦。」

「香噴噴！香噴噴！」

李白喊了一通後，認真地問她，「我的鼻子沒有問題吧？是茉莉花香吧？。」

一番打鬧過後，楊小薇想看的電視節目早過了。楊小薇說還是打牌吧。他們於是繼續開戰，打了一會兒「大老二」，然後又打起了「撿紅點」的遊戲，最後的結果是楊小薇大贏。李白說要藉藉她的運氣用用，他將撲克牌洗好牌，讓楊小薇從中抽出七個號碼，他說要用這幾個數字來填寫「六合彩」的號碼。

「要是中了大獎，你想要什麼？」

楊小薇說想開一間花店，自己做老闆，再不受別人的氣，她要每天置身於春天的美景當中。她邊說邊陶醉地閉上了眼睛，臉上顯出幸福的笑容來。她睜開眼睛後，就跳起來，模仿起花店老闆在打理花店，轉了一圈後，走到李白跟前，稍稍彎下腰，笑吟吟問：「先生，買幾支玫瑰吧。」李白笑著握住她的手，猛地拉入懷抱，歡呼起來，「我將春天全搬回家！」她跌入他的懷抱，滾在沙發上，咯咯地大笑起來。鬧得累了，楊小薇頭用雙手吊住他的脖子，問起李白的計畫。

李白說想去讀讀書。

楊小薇問他想讀什麼專業。

「學中醫，最好能學催眠術。」李白說。

楊小薇對他的這個選擇不解，說你有病呀？現在人人都選經濟管理之類的熱門課。

李白搖搖頭，感嘆說獨木橋難走啊。

楊小薇要他說說選學催眠術的理由。

李白解釋說：「現在人們工作緊張，壓力越來越大，吃不香，也睡不好，所以幹什麼都沒勁。而催眠術則具有廣大的市場潛力，誰不想解憂減壓，不想吃得香，睡得好呀？」李白得意洋洋地解開謎底。楊小薇對他的這個說法半信半疑。

李白用手抓了一張紅方塊，在楊小薇的眼前晃來晃去，讓她數數牌上的紅點，他口中還唸唸有詞，說看著我手中的紅方塊，摒除雜念，然後慢慢地睡去。楊小薇果真就「咚」地倒在了沙發上。「我們可以冬眠啦，不用幹活啦！」李白很得意自己的傑作，喊起來。

楊小薇突然跳起來，「不行！你瞅我睡了，你好幹壞事！」

李白這下有點哭笑不得了。

他們在客廳裡很孩子氣的打鬧，但上床後，他們就像猛虎出山，激情勃發，弄了幾個回合也還興致勃勃。每次李白擦汗時，將床頭的那本《鹿鼎記》拍了拍，說，「韋小寶也不過如此嘛。」楊小薇就狠狠地揪了他的耳朵，「花心！」怪他在這會兒居然還有如此的一番心思做比較。

他們就這樣嘻嘻哈哈地過著日子，他們終於有一個機會，尋找記憶中那些失落的快樂的蛛絲馬跡。楊小薇告訴李白，她有一個月的假期，李白也說自己有半個月的假期。「去哪旅遊吧？」有次，他們停下手中的牌問對方。「累死了，哪也不想去！」他們的回答幾乎一致。他們待在家裡，睡懶覺，看電視，打電話和朋友聊聊天。

有一天，楊小薇突然問起史紅旗，說好久沒見他來玩了。李白說他跳槽去了新公司肯定會很忙的，「他打過一次電話，說很忙。」他們就這樣無所事事地過了半個月。

待在家裡的日子，楊小薇有一個驚人的發現，那就是李白的懶覺越睡越香了。鬧鐘一到點，就是敲鑼打鼓地鬧，但李白卻毫不動心，還用鼾聲給它伴奏。她懷疑他的耳朵出了問題，就將鬧鐘拿到他的耳朵旁。李白轉個身，又睡了過去，臉上還露出幸福的笑容，枕頭上還有他流出的口水。

楊小薇急了，「你以為自己真的中了大獎啊？」揪住他的耳朵喊。

「我將假都休了。」李白眼睛依然閉上。

楊小薇這才暫時放過他。每次，李白都能找到一個理由矇混過關。但後來，許多個星期過去了，李白還是一點也沒有要上班的跡象。這下她開始起疑心了，她決定找個機會好好地審問他。

楊小薇這天起得早，然後坐在客廳的沙發發呆，後來又在不知不覺中打瞌睡。臥室裡，李白的睡相依然千姿百態，呼嚕打得深入淺出，快到中午才睡眼惺忪起來，搖搖晃晃去浴室收拾自己。

楊小薇聽到聲響就睜開眼睛。李白哼著小調出來，見楊小薇坐在沙發上，正一臉嚴肅地望著他。李白有點不好意思，走過去拍拍她的肩膀說：「這麼早起來為國家大事操心呀？」李白想將她臉上的嚴肅拍掉。楊小薇一言不發，認真地審視著他。李白就將臉貼到她的臉上，要她數數上面有幾顆麻子。

「嚴肅點！我覺得你不對勁！」楊小薇嘆了一口氣。

李白就仰面倒在沙發上，「我真累，真他媽的累！」

楊小薇彎下腰，心疼地撫摩他的額頭，臉上蕩漾著一種母性的溫柔。李白很享受地閉上眼睛，「舒服」，他小聲地哼了聲。後來他又用雙手去抱楊小薇。楊小薇反將他的手打落，讓他嚴肅點。

「出了什麼事？」李白有點慌了。

楊小薇說自己沒事，是他出了什麼事。

李白做了個誇張的鬼臉，背書一樣背誦一段廣告詞，說自己的身體特棒，牙沒事，吃什麼都香，睡覺也好。他還將嘴巴張開，露出潔白的牙齒，一左一右地轉動，讓楊小薇檢查。

楊小薇哪有他那份閒心，她一犯急，就揪住他的耳朵，問他是不是失業了。

李白疼得嗷嗷亂叫，疼得淚水漣漣，連聲說快放手，我要翻臉啦。

楊小薇沒想到自己下手重了，趕緊從茶几上的衛生紙盒拿了張衛生紙給他。李白用衛生紙擦掉眼淚，用手捂住耳朵喊了一會兒疼，才將話題轉入正題。他說有好訊息宣布，要楊小薇猜。

升職？加薪？或者調去較輕鬆的部門？楊小薇一連說了好幾種可能，但被李白一一加以否定。「不對，再給你幾次機會。」

楊小薇煩了，說不猜了。

李白這才亮謎底，說是真的失業了。

楊小薇一聽就氣不打一處來，這麼重要的事，他竟然瞞住他這麼久，也不和她商量，她連聲說我就說你這段時間怎麼有病似的呢？「原來如此！」看她又要哭又要發作，李白趕緊宣告性質不一樣。楊小薇一邊抹眼淚，一邊質問他，「還有什麼不一樣的？」李白拉了她的手做解釋，行裡搞自願離休計畫，實行一次性買斷年資，自己也參加了這個計畫。

楊小薇收住了眼淚，「拿了多少？」有點急地問他。

李白聳起三個指頭。

楊小薇說，「三萬？」

李白搖搖頭。

「三十萬？」楊小薇問得有點緊張，她嚥了嚥口水。

李白還是搖頭。

「三百萬？」楊小薇嚥了一口口水。

李白點點頭。

「你是不是有病啊？」楊小薇走過去摸摸他的頭。

李白說昨晚睡眠良好，一夜無夢。

楊小薇聽了，馬上轉哭為笑，抱住他「哇哇」地歡呼起來。開始，李白一動不動，頗有大將風度，但一臉的壞笑，任她窮鬧開心。鬧夠了，楊小薇就問他，「打算怎麼慶祝？」李白擺脫她的手後，就放開嗓子狂笑起來，他倒在沙發上，抱住肚子打滾。

楊小薇剛開始也跟著他笑，後來就覺得不對勁了，她又揪住李白的耳朵，讓他說實話，是不是又在騙她。李白又疼得叫了起來，只好坦白是三十萬。

楊小薇有點急了，這個數目是不多不少，畢竟一輩子的事，這點錢也不夠維持多久的。她說這不就是說你失業了？又責怪他幹嘛事前不與自己商量。李白說過了這村就沒這店了，再說自己也想換換環境。楊小薇急了，說換什麼換，做銀行挺好的，別人想做都做不上呢。

李白嬉笑著問她，當初是不是因為他是做銀行的才嫁給他的。他這時候提出這個問題，楊小薇剛想發作，想想還是算了，她嘆了口氣說算了，再說也晚了。李白不知道她是指婚姻還是指他失業這件事，現在再說，也為時已晚。

楊小薇針對目前的問題，做了一番評估，按照他們的積蓄，省點可以熬幾年的。不過這點錢，去讀書或者做生意是有點緊的，因為李白的下一步還是個未知數，而且房貸也要按月續供。

對於楊小薇的這些擔憂，李白似乎並不關心。他拉起楊小薇的手，說自己就關心一個「解放」的問題，他說著又仰起頭，做了個深呼吸。「我都快瘋了！」

李白突然跳起身子，找了件皺巴巴的便裝穿上。楊小薇對他的舉動莫名其妙，就問他想幹嘛去。李白說上班去呀。楊小薇以為他又犯糊塗了，就問他是否還沒有將工作交接完。李白說這是去給夫人打工，「買菜去！」楊小薇輕輕揪了揪他的耳朵，說以為他又犯了哪門的毛病了。

「你別老揪我的耳朵好不好？」李白裂了裂嘴說。

楊小薇趕緊放手，「以後凡事都要與我商量，」她嚴肅起來。

「我還敢嗎？」李白用手揉了揉耳朵。

楊小薇就有點不好意思地湊過去，親了一下他的臉頰。

李白正在換鞋子，楊小薇叫住了他。李白問她還有什麼吩咐。楊小薇指了指他的臉上。李白以為臉上黏有什麼，就用手抹了一把，還問她怎麼啦。楊小薇說，「鬍子！」李白一聽原來是這樣，就笑說沒有長長的鬍子，還叫什麼李白呀。他已經好長時間沒有刮鬍子了。以前，楊小薇見慣了他衣冠楚楚地出門上班，所以聽了他這話，也笑了起來。

李白心情輕快地「咚咚」地下樓了，走了一段路後，上了去菜市場的 301 公車。他擠到車的尾部站好，望著窗外閃過的景物想心事。車子搖搖晃晃地啟動，又或急或緩地剎住，乘客上上落落，潮水一樣湧上來，又湧下去了，這些李白都沒有去關心，他知道自己還沒有到達目的地。

後來，李白聽到有人叫買票。他開始沒有在意，自己早就買過了，他以為是叫別人，他就沒有將視線從窗外撤回來。這時有人拍了拍李白的肩膀。當時車子正好啟動，李白也沒在意，心想肯定是車子顛，某位乘客沒站穩。但肩膀又被拍了拍，力量加大了。

李白有點煩了，「別拍我的肩膀！」他轉過頭來說。

穿制服的售票員說，「請買票！」還想再拍他的肩膀。

「早買過了！」李白躲閃了一下。

售票員說，「請出示車票！」

車上人擠人鬧哄哄的。李白不願伸手找什麼車票，他說自己上車就買了。售票員堅持要看車票，還催他快點，不要浪費時間。李白有點惱火了，他轉過身才發現，此售票員非他上車時買票的那個售票員。李白心想也許是她們剛在前幾站換班了。

這個女售票員四十歲左右，長臉薄嘴唇，嘴角邊還有一顆黑痣，額頭上泛起密密的汗珠。長臉售票員堅持要看李白的車票。

李白看了周圍一眼，發覺自己置身於一群四川民工當中，他們身穿黏滿泥水的工作服，旁若無人地用四川方言在說笑，他們或者剛從工地上下來，或者正要趕往某個工地。

李白心想這人是不是有病，就幾塊錢也非得這麼認真。他想發作，但又想，多一事不如少一事。他趕緊將抓住扶手的右手換下來，左手抓住了扶手，翻動起口袋，上面便裝的兩個口袋找過了，沒有，兩側的褲袋也找過了，也沒有。後面的褲袋沒有找，他沒有將車票放後面褲袋的習慣。這時李白尷尬起來。

長臉售票員的眼光開始變得鄙夷起來。

李白甚至看到她嘴角泛起了一絲嘲笑。李白這下有點著急了，他感到渾身不自在，身子開始冒汗了，因為自己不能理直氣壯。是呀，沒有證據或原始憑據，怎麼證實其真實性呢？這是他多年銀行工作養成的一種習慣或說價值觀。

李白有點心虛了。李白說我真的上車就買了，他還說身邊的人可以給他做證明。但身邊的乘客只是好奇地看著他。李白掃了一眼，失望了，與他同時上車的乘客早下車了。

「票呢？還狡辯！」長臉售票員不依不饒。

李白看看她額頭上的汗珠，也擦把自己額頭上的汗。李白發誓說沒買的是小狗，他一上車就買了票。他還描述了一番，當時他是怎麼上車的，大概有多少人，身邊的乘客穿了什麼衣服，等等。

「發誓有什麼用？我要票！」長臉售票員堅持道。

李白變得不那麼肯定了，小聲嘟囔說可能弄丟了。

「丟什麼呀，看你的樣子！」長臉售票員哼了一聲。

李白看見她兩片薄薄的嘴唇飛快地翻動，吐出一串串刻薄話，而她嘴角邊的那顆黑痣，蠕動起來了，像要飛起來。李白想到了一隻蒼蠅停在嘴角的情景。

周圍的人看著李白似笑非笑，目光異樣。李白想到了向日葵與太陽，他身子又熱了起來，他感到孤立無助，他像是一尾夏天裡被潮水帶上沙灘後滯留的魚，被陽光曝晒，乾渴得直張嘴喘氣。

李白虛弱地說：「那——我就補票吧？」他想盡快結束這一切。

「哈哈哈哈！」

李白聽到長臉售票員嘲諷的笑聲在車廂裡滾動起來。

「早知道結果，何必當初呢？」

「看你的樣子！」

「沒錢就走路嘛！」

李白身邊響起了紛紛的議論聲。人們這麼議論他，也不奇怪的，看看李白此時的樣子吧！鬍子沒刮，頭髮蓬亂，衣服又是皺巴巴，整個人是一副落魄的樣子。

長臉售票員笑得很自信，笑得很痛快，雖然她也不過是一個普通的售票員而已，在公車上來回顛簸，穿梭在各色人群，呼吸著令人作嘔的充滿汗酸和灰塵的空氣，每天就為這一塊兩塊錢的車票喊破了嗓子，她可能也受了許多人的氣，上司的、同事的、家人的、乘客的，等等，心裡憋滿了委屈，她也需要放鬆，需要發洩，她也不想自己像一個氣球那樣無限膨脹，最後飛上天空爆炸。謝天謝地！她終於找到一個合適的發洩對象了。

李白窘啊，他沒法子不窘，臉上紅一陣白一陣，身上的汗水也冷了下去，冰涼冰涼的。可李白的頭腦卻被大火燒灼，他突然想到一個很色情的名詞「冰火兩重天」，他在報紙上見過這個詞。

李白的手摸向屁股上的褲袋，他想盡快擺脫目前的處境。他的他手有點發抖，但他摸出了錢包，並掏出了一沓千元大鈔，很厚的一沓，這沓千元大鈔是嶄新的，拿在手上發出一陣咯咯的脆響，是很有力量的那種脆響，而顏色則十分的可愛，鮮豔奪目。李白一時想不起自己為什麼會放這麼多錢在身上。平常他很少帶現金的，因為做銀行的，要用錢時隨時可以取，那樣還安全。這時手上的這沓東西，突然讓他自信起來，他的手也慢慢不抖了，他端正了自己的態度，變得渾身是雄糾糾，還咧嘴一笑。

李白的這一連串舉動，讓周圍的聲音突然消音了。大家都瞪大眼睛，看著他怎麼用千元大鈔來補票。肯定有人會想，這小子真不像話，這麼有錢還要逃票，現在活該了吧。車子的前半部分也是鬧哄哄的，後半部分卻是有點安靜了，司機一點也沒有發現後面有什麼變故，依舊搖搖晃晃地往前開。

李白突然舉起手中的鈔票，狠狠地抽打長臉售票員嘴角邊的那隻蒼蠅，他討厭它，他想趕走它，讓它在他眼前消失。李白開始一言不發，周圍也沒有什麼聲音，後來大家才聽到他的罵聲：

「媽的，罵我沒有錢？老子抽死你！是上帝抽死你！上過職業道德培訓課嗎？啊？我告訴你，乘客就是上帝，上帝！」

和李白憤怒的罵聲相伴奏的，是鈔票擊打臉上的啪啪聲。對於眼前突然發生的變故，周圍的人都有點傻了，他們要麼無動於衷地看熱鬧，要麼愕然地瞪大眼睛。

那個長臉售票員被李白打傻了，她手中拿著票夾子和一疊零鈔，愣愣地站在那裡挨揍，回過神來後，才哇哇地邊躲邊哭起來。

車子在這時剎住了，又一波的乘客湧了上來，又一波乘客湧下去。李白反應過來，奮力擠開擁擠的人群，衝了下去，他走了幾步，揮手攔了輛計程車，對司機喊了句：「去菜市場！」他還沒忘記自己的任務。可等李白喘定氣，就後怕了，不斷叫司機開快點。

第九章　夢遊一樣

李白的春節是在澳門過的。在澳門期間，他每天都東遊西逛。這裡的街道本來就窄小，坡路又多，小車更是常常擠著停放，也就使它顯得小氣了。他一邊走，一邊拿國內的某個城市與之做對比。

李白走路的速度慢悠悠的，他想時間不能停留，自己總該可以慢點吧。當然，走的時間一久，人也會累，會感到蠻吃力的。這麼幾天下來，李白慢慢就有了一個籠統的體會，澳門比山城重慶漂亮，更有韻味，當然也比深圳有歷史感，澳門的建築有種淡淡的黃色調，看上去眼睛挺舒服的。

李白走累了，就隨意找間咖啡店，或者茶餐廳，坐下歇歇。他要一杯奶茶，或者要一杯咖啡，然後呢，就坐在臨窗的座位，喝著手中的咖啡，望著窗外的景物發呆。他想，要是楊小薇也一起來，肯定更有味道。但楊小薇說了，澳門有什麼好玩的，小氣，老舊，她和同事去了「星馬泰」玩。

幾天玩下來，李白得出了一個結論，那就是自己選擇來澳門過春節的決定是多麼的正確。假如待在深圳的話，那他必定會接到許多的拜年電話，說許多恭維好聽的話，或者要向親戚或朋友同事什麼的拜年，或去他們的家裡坐坐，又或者他們來自己的家裡坐坐，說不定還要接受打牌或者打麻將的邀請。諸如此類等等。他肯定不能安心地看幾頁武俠。

在澳門，李白誰也不理，只要他不做違法的事，自然就不會有人來管他。李白就喜歡這種自由自在的滋味，他想，武俠英雄大多是自由飄蕩的人，他想像他們一樣。而且在澳門沒有人會說李白性格古怪。李白在這裡找到了充分的理由來證明自己的這些觀點。

深圳和澳門，你能說哪個城市的性格古怪呢？李白在深圳是不會做這樣的比較的，因為丁小路他們都會說他偏執。

離開澳門的前一天，李白握住手中的咖啡，在心裡做著如此這般的比較，他臉上露出燦爛的笑容來，和照進視窗的陽光相輝映。當然，李白也在想晚上的行程。誰要是說來過澳門而沒有去葡京賭場玩一趟，就算是白來了。對這樣的說法，李白是認同的。他沒有一到港就撲進葡京賭場，主要是他這人沒有賭性，當然，他也想好好地對澳門做一番考察。

人們都說，澳門是個萬花筒，李白就想從外圍向中心走，慢慢地深入這個陌生城市，看看其中是如何的精采萬分。他看過白天的澳門了，他還想一睹夜妝下的賭城豐姿。

華燈初上，夜幕降臨了。李白慢慢地吃掉盤中餐，用紙巾擦擦嘴角，喝了幾口清水，然後，往葡京賭場的方向踱去。他選擇葡京並沒有什麼特殊的原因，主要是它早就聞名遐邇。選擇步行而去，也沒有什麼原因，李白想看看澳門的夜景，也有助於消化。

李白知道，澳門的治安時好時壞，看新聞報導知道的，幫派不時會爭地盤而發生火拚，但也不針對普通市民的，當然，他知道，坐計程車會安全些。他只在口袋揣了五百港幣，所以也沒有什麼好擔心的。

走在路上，李白對自己夜訪賭場的舉動有點好笑。他對賭術一竅不通，武俠小說中對賭術的描述倒是看了無數次了，但似乎從無實戰的經驗。而去葡京賭場，也說不上有什麼特殊的意義，李白只不過將此行看做是離開澳門前要完成的一個旅遊行程而已。

吹上臉的夜風有點冷涼，李白身上的皮膚起了雞皮疙瘩，但頭腦特別的清醒。李白打算，一輸掉口袋裡的四百港幣，就立刻離開賭場。幹了那麼多年銀行了，經手過的錢數，何止千萬呢，他都能毫不動心，這點自制力他還是有的。李白邊走邊欣賞澳門的夜色，內心的節拍，也慢慢和這個城市的脈搏和應起來。

一踏進葡京的大門，風就消失了，風被堵在了門外，李白身上被一種暖意纏綿上了。這裡真的熱鬧，除了衣著繽紛的遊客外，還有一些妖豔的女子，她們四處遊蕩或靜靜地站在某個角落等待，她們與眾不同，目光放肆，臉不改色。

他媽的，她們怎麼就能顯得那麼的理直氣壯呢？而自己呢？哈哈！夾緊尾巴做人！李白邊想邊趕緊收回目光，生怕被蜘蛛網纏住了。對此情景，李白心裡不免有點不平衡，掉頭走開時就有種憤怒的情緒燃燒，身子開始熱了起來。

進賭場是要搜身的。門口堵著等待進場的賭客，人潮緩慢又急躁地朝前湧動，像水中的暗流，看不清但可以感受到那股力量。李白也被裹進去了。保全摸到他右邊的褲袋就叫喊了起來，問李白是否帶槍了。李白愣了幾秒，心裡罵了句，媽的，我像這樣的人嗎？「鑰匙包。」但李白嘴上是這麼解釋的。

來澳門幾天了，他什麼東西也沒有買，就買了個真皮的鑰匙包。至於給楊小薇買什麼做禮物，他到此刻也沒有想好。他沒想到一個鑰匙包也會鬧出麻煩來。他趕緊奮力推開身邊壓住他的人，掏出了鑰匙包示眾。那個保全見狀趕緊揮手推他走，還說快快進去。李白步履不穩，跌跌撞撞的，馬上被人潮裹挾著進去了。

李白身體內外的溫度又升高了幾度，臉上熱烘烘的。雖然李白看過武俠書中或港臺影視片《賭神》、《賭俠》之類的電影對賭場的描述，但真正身臨其景，李白卻還是顯得有點不知所措，有點茫然，反倒有了想置身事外的渴望了。但人已經進來了，當然不能白來。至於要玩什麼和先玩什麼，這問題讓李白有點費腦筋。

李白在大廳裡四處遊蕩，觀察別人玩各種花樣的賭博。李白轉了一圈才有發現，玩大小的賭客，並不像他想像的那樣狂躁，反倒像指揮若定的大將，出手鎮定自如，有一股贏了不驕傲，輸了不氣餒的風度。這樣高的境界，讓李白自嘆不如，他想這自己永遠都無法達到。

李白在老虎機的場子轉了轉，發覺這簡單的玩法比較適合自己。一對一的玩法，就像他面對一本武俠小說一樣。選擇這樣的玩法，還有另外一個原因，就是玩老虎機所需的金額小，也比較耐玩。

李白摸了摸口袋的錢包，思想四百元可以玩多長的時間。李白做了決定，就到換籌碼的窗口換了一百元籌碼，籌碼裝滿了一個小塑膠筐，捧在手上沉甸甸的。李白看著手中的東西若有所思起來，他心裡有個奇怪的疑問，為什麼同樣是一百元，紙幣輕飄飄的，面積有限；而硬幣或者說這些籌碼是沉甸甸的，滿滿的一筐，而且還不是真正的錢，為什麼又是等價值的呢？

李白的腦子沒有明確的答案，看來四年的金融專業白唸了。李白邊想邊四處走動，試了幾臺機子，最後才選了一臺角落裡的玩起來。

李白給老虎機張大的口餵了一個籌碼，然後拉了一下操縱桿，輪盤上的數字呀、香蕉呀等圖案就滴溜溜地轉起來。老虎機吞了一個籌碼後，依然張大嘴巴，它無聲地喊著餓啊！李白又給它餵了一個籌碼，它又吞了，依然餓啊餓啊地張大嘴巴。李白就像一個勤勞的動物園飼養員，不斷地給這隻鐵老虎投食物。李白投下飼料，然後拉操縱桿，看老虎的屁股有沒有什麼反應。

李白給老虎機第四次投料，它才有反應，屁股一蹶，拉下了幾個金蛋，叮噹叮噹的聲音十分好聽。李白贏了十元，臉上馬上洋溢著收穫的喜悅。接下來他輸了二十元。之後又贏了三十元。這樣輸輸贏贏，慢慢地塑膠筐裡的籌碼都被鐵老虎吞掉了。李白這才明白，這種角子機為什麼被人習慣叫做老虎機，真的很形象的，它不但吃掉獵物，甚至連骨頭都不吐出來的。這樣一想，李白倒吐舌頭了。

李白抬腕看看手錶，已經玩了一個小時的時間了。李白去了一趟洗手間，他的手被籌碼染得灰黑的，他討厭這樣的顏色和氣味，他要將手上的晦氣洗掉。他出來後，又去換了一百元籌碼回來，繼續戰鬥，結果還是輸了個精光。

不過，這趟玩了兩個小時時間，可見李白的技術有了一定程度的提高。當然，他也開始感到疲勞了。等他輸掉第三張百元港幣時，眼睛已經開始發澀了，老出現幻覺，也總走神，心情有點煩躁起來。

李白這時給老虎機餵食物，已經沒有耐心了，他將籌碼胡亂地投進虎口，眼睛卻老朝旁邊的機子張望，拉操縱桿也顯得心不在焉。李白此時已經不在乎輸贏了，他的賭性的確不大，因為夜越深，別的賭客是越發精神，他剛好是相反，他漸漸感到厭煩了。

事實上，李白來這的目的，無非是想感受一下賭場的氣氛而已，他從來就沒有對賭博贏錢抱什麼希望，雖然他平日也買「六合彩」，也想中個大獎，但他認為這是兩件不同性質的東西，「六合彩」還帶有公益性質呢。你想想，要是賭博能致富的話，那誰還敢開賭場呀？

李白幹銀行也這麼多年了，他經手過的錢，無論是現金還是非現金，無論金額大小，他看來像是過眼雲煙，擦屁股的草紙，已經熟視無睹了。當然，剛開始見識那麼多的鈔票，沒有一點想法是假的。「要是那些鈔票是自己的多好啊！」這樣無非想想而已，那些想將它們弄進口袋的員工，就都進了警局。

現在。李白感到很累了，他決定將剩下的那張百元港幣當草紙。李白將換好的籌碼餵一個就拉一下操縱桿。他這會兒只想趕緊將手中的飼料投放掉，他就會理所當然地脫身，安心地回旅館睡覺。

李白時贏時輸，眼看著筐裡的籌碼剩下九個了，他將它們都嘩地投進張大的虎口。他一拉桿，心想自己終於可以回去睡覺啦。他站起身想走。他還用雙手扶住腰，往左右轉動了一下，向後一仰頭，長長地舒了一口氣，就像一件事情終於完事了。

那隻鐵老虎卻叫了起來！上面的彩燈拚命地閃爍起來，老虎下蛋了，屁股眼就像掘開了的泉眼，叮叮噹噹地拉著金蛋。四周的賭客哇哇地尖叫起來，都往這邊跑來看熱鬧，鬧鬨哄哄的。賭場的服務生也過來了。老虎機像拉肚子似的，止也止不住，那金蛋落得越發歡了，一下一下地砸在李白的胸口，搞得他的呼吸急促起來……

李白是有點恍惚地離開澳門的。走在路上，他感到眼前的一切，似乎都那麼的不真實。做個比喻吧，他是騰雲駕霧般回到深圳的。他考慮到楊小薇還沒有回來，就突然想回一趟老家，便跑到火車站的售票處。

此時，春運的高峰期已經過去了，火車站偌大的售票大廳，顯得空曠而冷清。他輕而易舉就弄到了一張臥鋪票。他不想乘飛機，他有的是時間，他需要多一點的時間，來冷卻發熱的腦袋。

登上火車後，他找到自己的座位，安靜地等待火車啟動，慢慢地駛出了深圳市區。火車等速行進，「匡——匡——匡」的聲音響徹了晝夜的原野。李白坐在臨窗的座位，看著外面忽閃的景緻發呆。在空曠的車廂裡，李白心事浩淼，他在黑夜降臨後的寂靜中，掏出掛在脖子上的那把金銀鎖把玩，竟然無端地痛哭起來。

車掌走過來，「有什麼需要幫忙？」還拍拍他的肩膀問他。

李白抬起滿是淚水的臉，「沒什麼沒什麼。」他搖搖手回答。

李白透過朦朧的淚眼，他知道有一兩個半寐的旅客，朝這邊奇怪地張望。

等李白突然出現在家門口，讓父母始料不及地驚喜起來，因為他說過春節不回來的，這會兒見到他，自然有另一份喜悅了。待在家裡的那些日子，李白顯得低調，沒有去走訪親戚什麼的，終日懶散地待在家，吃了睡，睡了吃。李白的母親問過他，楊小薇怎麼沒一起回來。李白說她和公司裡的人去旅遊了。

「你們也玩夠啦，三十好幾的人了，該做什麼事自己應該明白。」母親一提起這個話題，就要嘆氣。李白不回來就是怕母親提這個問題，他和楊小薇還沒有就此事達成一致的意見呢。他母親說，「趁我身體還能為你們分憂早點辦了吧？」李白始終環顧左右而言他。而母親呢，對那個問題不問又不甘心，問吧又怕李白心煩，弄得大家說話都變得小心翼翼的。再後來，李白說回去和楊小薇再商量商量，就坐上了回程的火車。

李白夢遊似地回到自己家門口的時候，他沒有按門鈴，他想給楊小薇一個驚喜。他剛掏出鑰匙在手上擺弄的當口，突然被從樓道角落裡撲出來的漢子扭住了雙手，還將他往地下壓。

李白當時就懵了，還過神來後，就本能地拚命掙扎。

「救命呀！救命呀！」

他喊出的聲音嘹亮高亢，在走廊和住宅區的上空迴盪，將他自己也嚇了一跳，還引得左鄰右舍都開門想看個究竟。那兩個漢子趕緊亮了工作證，說他們是刑警隊的。鄰居立刻就成了一群看熱鬧的人，他們對李白議論紛紛。聽說是刑警隊的，李白鎮定了下來。

「你們將我的手弄疼啦！」李白十分不滿。

那個高個子子刑警笑了，說：「看來找到一個對手了。」

然後和矮個子子刑警押著李白進了屋裡。

李白掃了眼屋子，沒有什麼人氣，絲毫沒有楊小薇回來過的跡象。李白看見飯桌上還放著一個便當，他嗅到了一股餿味，他想動手收拾，無奈雙手被銬著。李白看見高個子子直接走進客廳，就忙喊他換拖鞋。看他們不予理睬自己的話，就有點生氣，說等會兒她回來又要說我了。那兩個刑警將李白撂在客廳的中央，開始分頭搜查起來。

「你們放開我的手呀。」李白伸出他的手。

那兩個刑警停住行動，奇怪地望著他。

「我是屋主啊，你們不放開我的手，怎麼給你們倒水啊？」

那兩個刑警聽了這話，不禁冷笑了起來，「存摺放哪裡？」他們揪住他的衣領問。

李白走進臥室指了指牆角的櫃子。他們翻出一看，「就這麼少呀？其他的存哪去啦？」

就皺了皺眉頭問李白。

「這就是全部啦。」

矮個子子將存摺放進了自己的口袋。

「你要幹什麼？那是我的存摺！」李白一見就喊了起來。

高個子子狠狠地踢了李白一腳，說：「到了警局看你還怎麼狡辯？」

兩人又搜了一會兒，就合力將李白押了出去。

「我沒犯罪啊！」李白邊走邊掙扎，還高喊起來。

高個子子瞪了他一眼，說：「沒事我們找你幹嘛？」

李白突然想到了一件事，就趕緊停止呼喊。

「是我不對，是我錯了，我改正。」他改口說。

矮個子子就笑了說：「到了警局再詳細交代吧。」

李白只好沮喪地跟著他們走。在路上，李白心裡悔恨自己當初的魯莽，什麼事情還不是忍一時就海闊天空？那事他一直不敢告訴楊小薇。他現在是越想越悔，簡直將腸子都悔青了。

到了警察局，在審訊室裡，矮個子子和高個子子刑警好久沒說話，拿眼睛盯牢他。屋子裡的擺設十分簡單，一張長桌子，後面是兩把有靠背的椅子，高個子子和矮個子子刑警各坐一把。李白坐在他們對面，大約幾公尺的距離。屋子裡的空氣彷彿滯流了一般，李白努力伸了伸脖子，他感到胸悶，他被盯得心裡發毛，張了張嘴，卻沒有說出話來。

「你知道自己犯了什麼大罪嗎？」矮個子子刑警終於發問了。

李白感到空氣開始有了流動，他勾著頭想哭，所以說出的話都帶著哭腔。李白說得很小聲，他說自己就打了她幾下，他說自己可以向她賠禮道歉的。

高個子子刑警冷笑了一聲，猛地一拍桌子。上面的茶杯也跳了起來。矮個子子刑警忙用手按住，嚴肅地哼了聲，說：「李白你將事態說得也太輕鬆了吧？人都死了，道歉有鳥用？」

李白聽了這話，就像心裡的大廈轟地塌了，他驚恐萬分，但又極力辯解說：「不可能！」

「為什麼不可能？」高個子子刑警問他。

李白就高聲喊了起來，是不可能，他說自己就打了她五六下。

「只有五六下？」矮個子刑警吐了一口菸。

這話一問，讓李白變得不肯定起來，事過境遷了，當時又慌亂，現在哪還記得清楚呢，他說：「可能是，十下吧，就抽在左邊的臉和嘴角上。」他唯一有印象的，就是他很討厭那隻蒼蠅。他說話的聲音小了下去，低頭嗚嗚地哭起來。

高個子子刑警又拍了一下桌子，「不是什麼臉上嘴上，而是在太陽穴上！」他厲聲更正。

矮個子子刑警從菸盒倒出一支香菸，又用手上的菸對著，然後上前塞給李白。李白有點茫然地接過香菸，他平常並不抽菸，他只是機械地做出反應而已。

「理一理思路，將做案經過詳細交代清楚！」矮個子子刑警坐回椅子對他說。

李白身體發抖，發冷，一直坐在椅子上沒開口。後來，手上的菸頭咬了他一口，他痛得跳起來。他抬頭看了一眼前面，心虛地躲閃著對面射過來的目光。他看見矮個子子刑警用手中的香菸朝他示意了一下。李白便抬起發抖的手，將香菸塞進嘴裡，吸了一口，就被嗆得猛烈地咳嗽起來，眼睛充盈著淚水。

「說吧！」兩個刑警同時喊了起來。

李白身體一陣顫抖，就思維混亂地說起來。「我沒罵她，是我罵她沒錢，所以，她火了，就打了我，打在左臉上。」李白還沒有說完，就又嗚嗚地哭起來。

高個子子刑警見他這樣說得顛三倒四，就火了，叫他別哭了，說：「哭有什麼鳥用呢，打的時候怎麼就不見你害怕呢？」他說繼續抵賴是沒用的，還是盡快交代清楚，那樣大家可以早點休息。

矮個子子刑警又追問李白，他的其他同黨藏在哪裡了。

李白膽怯地說自己沒有同黨，那件事是自己一人所為。

高個子刑警冷笑了一聲，對李白說，他死扛是沒有用的，想保護他們是辦不到的。

「那件事真的是我一人所為，不關別人的事。」李白趕緊分辨。

高個子刑警拍著桌子說：「你以為自己是超人嗎？一個人可以幹出如此驚天大案。你老婆呢？」

李白趕緊說楊小薇沒有去，那件事與她無關的，她一直就待在家裡。他從未向她透露過半點風聲。他看他們都懷疑地看著自己，「楊小薇那天就沒出過門。」他強調了這點。

「分工合作？她在家裡接贓？」矮個子刑警笑了笑，問李白。

高個子刑警還嘲諷說，「這樣的分工挺不賴的嘛。」

李白解釋說平常都是他去買菜做飯的。

「真有想像力，竟然想到用買菜來做掩護。」矮個子刑警也忍不住笑了起來李白小聲說：「家裡當時是真的沒菜了。」他解釋說，他們平常都是一星期買一次菜的，因為大家工作都很忙，所以集中一次買夠，因為挺重的，所以買菜的工作就自己挑了。

高個子刑警一拍桌子，讓李白不要裝糊塗了，說楊小薇都已經招供了。

李白一聽就喊了起來，說不關楊小薇的事，是我一個人乾的，你們放了她吧。

「那三十萬藏哪了？」矮個子刑警喝了一口杯子裡的水。

李白突然不出聲了。兩個刑警又催問了一遍，讓他快說出錢藏哪裡了。

「三十萬？」李白睜大眼睛。

高個子刑警被問得笑了起來，說：「看吧，一說起錢來，眼睛就大了。」

李白抬起銬著的手，指了指他們桌子上的存摺，說都在上面了。

高個子刑警拿起存摺，在手上拍了拍，說他剛才所說的三十萬隻是個零頭而已，從銀行弄了一千萬走，難道就只分了這點錢？鬼都不信！你可是個聰明人。他邊說邊搖頭。

李白不明白他說什麼，就問他說從銀行弄了一千萬走是什麼意思。

矮個子刑警說什麼意思你清楚，你還騙老婆說那天你只從銀行搞了三十萬。

李白這時真有點哭笑不得了，「什麼三十萬呀，我是騙騙老婆玩的，」他喊了起來。

高個子刑警就笑了，說想不到李白跟老婆還留一手。

李白說，什麼留一手啊，他的確是不想幹了，但怕她罵自己，當時他被她逼急了，便先逗逗她玩才說自己拿了三十萬。

「這事你們到銀行去調查一下，不就清楚了？」

兩個刑警聽了不明白，互相看了一眼，一同大聲地喝道：「還想狡辯？」李白還想說什麼，這時外面有人敲門，高個子刑警走到門口，外面的人湊在他的耳朵，嘀咕了一會兒才離開。

李白看見那個刑警臉上有點尷尬，他走回審訊室後，對矮個子刑警也如此這般地耳語了一番，就走過來，將李白手上的手銬打開，「對不起，有點誤會，等會兒你老婆會過來的。」還換上笑容，和藹地對他說。

楊小薇一見李白，就哭著問他幹了什麼事。

李白趕緊說是一場誤會。

兩人都感到疲憊不堪，彼此的身體在發抖，雙腳發軟，他們互相攙扶著走出來。外面的陽光十分地刺眼，他們感到眼前一片發白，什麼也看不見，在臺階上站了一會，才感覺好點，走到路口，招手攔了輛計程車。

楊小薇說她想吐。

「回家就沒事了。」李白安慰她。

在家裡待了幾天，楊小薇還是老想嘔吐，但又嘔不出什麼來。李白懷疑是在拘留所吃的飯菜不衛生，當然他也想到有可能是受了刺激，他安慰她說，休息幾天就會沒事的。他跑去菜市場買了好些菜，說要給自己和她好好補償一下。

可情況似乎沒改善，還更嚴重了，楊小薇感到自己要將五腑六臟都嘔出來了，可事實上，什麼也沒有，最後她實在挺不住了，李白只有陪她去了一趟醫院，檢查的結果讓他們都有點意外。「楊小薇有啦！」醫生是這麼告訴他的。

李白心想，肯定是那些日子不小心種下的種子發芽了。真是有心栽花花不發，無心插柳柳成蔭。連著幾天，李白被這份意外的甜蜜折磨得心煩意亂。

第十章　劫案後遺症

李白這天去得早。大家一見他，都有點意外，沒像以前那樣跟他打哈哈，只是點點頭。李白覺得有點奇怪，但心想，也許是大家有一段較長的時間沒見面的緣故吧。後來，上班的人漸漸多了。李白就發現大家在交頭接耳，還朝他這邊張望，眼神有點曖昧。

李白也有點尷尬。他決定再來上班之前，已經思前顧後想了好幾天，才做出決定的。李白覺得被人關注，坐在自己原先的位子上，也有點不自在了，他變得坐立不安，伸手習慣性地掏出鑰匙，想打開抽屜。可他發覺抽屜被撬了，他本來有點惱火的，但想想就釋然了。

李白見大家不與他搭話，雖然覺得怪，覺得有點難受，但又不知道原因。

李清照進來後，對他的出現似乎也有點意外。

「去了火星？還是去了月球啊？」

李白說有點事回去了。他沒有指明是回老家還是自己的家。

後來，丁小路進來，看了一眼李白，沒有說話，顯得心事重重的。李白感到氣氛有點沉悶和壓抑，他想望遠點，舒展一下視線，他望了眼營業大廳，然後收回目光，望了一眼隔壁零售部那邊，卻不見賀蘭。

「心上人沒來啊？」李白就開玩笑問丁小路。

丁小路突然喊：「你少說一句沒有人說你是啞巴！」讓他閉上嘴。

李白有點沒趣，臉也有點發燙，就拿起電腦打起來，他發覺自己的手指有點發硬了，他不知道是否因為這段時間沒幹活的緣故，還是心裡有點緊張所致。李白望了眼葉平凡的辦公室，門還沒有開呢。

李清照進電腦房，李白跟了進去。

他問丁小路怎麼跟吃了火藥一樣猛。

李清照奇怪地盯住他。

李白臉有點發燙，他問她那樣看住他幹嘛？

「春節你不在市裡嗎？」

李白支吾了一會，後來才說自己回老家了。

「還以為你裝不知道呢。」

李白一臉茫然，就問：「裝，什麼呀？」

李清照見他真的不知道，就將那件事情告訴他。原來春節期間，行裡真的發生了一樁銀行劫案。當時營業終了，賀蘭正在和幾個同事合力，將尾箱推到銀行門口，往押鈔車上裝運。這時四個蒙臉搶匪衝上來，用槍制服了警察。

賀蘭和幾個同事以為又是演習，都想爭取好的表現，便赤手空拳和搶匪搏鬥起來。賀蘭本能地衝上去，伸出手一抓，其中一個搶匪的臉上馬上就出現幾道血印，疼得他「嗷」的叫起來。

四個搶匪有點惱火，本來以為制服了押鈔的警察，就沒有將幾個手無寸鐵的銀行職員放在眼裡，他們原以為無須再費什麼力了，剩下來的事情只是將尾箱如何搬走罷了，沒想到會遇上激烈的反抗，便氣急敗壞地開了幾槍，一槍擊中了賀蘭的太陽穴，當場死亡。另外幾個同事則不同程度地受了傷。

李清照將事件描述得挺簡單的，但李白卻聽得「啊」地驚叫起來。

「你讓好多人睡不好覺呢。」李清照對他說。

李白不解地問，「為什麼？」

「你突然失蹤嘛。」

李白有點尷尬地笑了笑，問包不包括她沒睡好覺。

「你還有心情開玩笑啊？」李清照嘆了口氣。

李白臉上只好嚴肅起來。

由於許多公司還在放春假，來銀行辦業務的顧客顯得挺零落的，大家閒聊的時間比真正辦業務的時間還多，甚至還有人踱到零售部去說笑，他們談得最多的，還是節日裡發生的事，譬如給人一共派了多少的紅包，哪個新來的小青年一共拿了多少封紅包，自家的孩子收了多少，自己又給出了多少。大家說得有點放肆，聲調有點高了，但都少了戒心，因為過年嘛，做科長的也不會像平時那樣給人臉色，反會湊上來說上幾句。

李白不知道說什麼好，除了和李清照搭搭話，只好打著電腦玩，他一邊打眼睛一邊老向葉平凡的辦公室那邊張望。他奇怪他們怎麼不談發生的那樁銀行劫案，大家似乎都心照不宣地避開這個話題。

丁小路也不談，他神情憂鬱，不時地喝著茶杯裡的水。要是往常，李白肯定會逗他玩，走過去給他一個紅包，因為他是未婚人士嘛，按廣東人過年的風俗習慣，不管男女，只要沒結婚，都有資格拿紅包的，但今天他不敢造次。

快到中午了，葉平凡才從外面進來。李白長長地舒了一口氣，又做了一次深呼吸，他打了幾個噴嚏。葉平凡進來看見他，有點意外地輕輕「哦」了聲，愣了一下，才對李白說來一趟他的辦公室。

葉平凡放下手中的提包，坐下就問他曠工是怎麼回事。

李白知道他問什麼，就說老家有點事。

「那怎麼不見假條，也沒有打招呼？」

李白張了張嘴，沒有說出話來。

「人事部一直在找你，你去去吧。」

李白從部長室出來時，看見大家都望著自己。他看見丁小路的眼神裡，少了往日的那種幸災樂禍。大家似乎都為他擔憂什麼。李白返回自己的座位前，將抽屜鎖好，開了「二道門」出去，上二樓的人事部去找老石。

人事部長老石見了李白，也有點驚訝，但也好像鬆了一口氣似的。老石對李白笑咪咪地說：「等等吧，行長室這段時間都忙，你的情況都知道了，等消息吧，啊？」李白只好悵然地離開。回到結算部也不知道該幹什麼，因為他已經沒有了辦理業務的印章，也沒有了電腦授權卡。他只好坐在椅子上，無聊地等待著下班鈴聲。

下班鈴響過後，李白是和李清照一起離開的，他有太多的東西想問她了。但真的走在一起，又不知道問什麼好，從哪問起，又覺得問也是多餘的。

在車站等車的時候，李白才突然問李清照，這些日子有沒有誰牽掛他。李清照沒有直接回答他這話，笑了笑說他失蹤的那些日子，葉平凡就憔悴多了。李白說除了李清照外，其他的人和自己沒什麼關係。後來，他想想又說，也許自己是有點意氣用事吧。李清照說也不完全這樣，「只要做一點工作就行了。」李白問她說的是什麼意思。

「只要留下一張紙條呀。」

李白問，「紙條？」他不明白她的意思所指。

「在上面寫上，我李白沒有經濟問題，請主管安心睡覺！」

李白一聽，就哈哈地笑起來，旁邊的人都對他側目而視。李白覺得李清照真是太聰敏了。李白和她分手前，讚她，「你真是太聰明了！」

「是嗎？」李清照笑了笑說。

李白又補了句說：「只是不太精明。」

「你也一樣啊。」李清照也笑著回敬他。

這話突然讓他們感慨起來，有點同病相憐起來，當然也惺惺相惜。在銀行混了這麼多年，還是小小的一個職員，而許多學歷能力比他們低的同事，都已經混了個一官半職，他們想到這些，不禁都心酸地笑起來。

晚上回到家裡，楊小薇有點急迫地問他，事情辦得怎麼樣。李白心虛地說，行裡讓他等訊息。楊小薇的臉便陰了下去。李白趕緊洗菜做飯，雖然他做得挺賣力的，但楊小薇吃得似乎並不開心。李白總是勸她多吃點，開玩笑說他可是做了三人份的量。楊小薇只是默默地小口吃著，李白則在一邊小心地陪著笑臉。

這些日子，楊小薇因為孕後反應太強烈，也無法上班了，只好待在家裡療養，但她總是憂心忡忡的，人也總是感到疲倦不已。楊小薇吃過晚飯，看了一會兒電視就上床了。

李白自然也跟了上去，可在床上躺了一會兒，心裡煩，就連《鹿鼎記》也看不下去了。他覺得夜晚怎麼一下子變得長了，看著側轉翻身的楊小薇，李白突然覺得難受極了。

午夜時分，他突然變得無法控制地起來，他靜悄悄地摸出臥室門，穿上衣服，在門口換好了鞋子，摸出了門，騎上腳踏車，在午夜的街頭遊蕩起來。

街上沒有什麼人，路上是那些違規行駛的卡車，他們在午夜的路上一路狂奔。微冷的風撩起他的衣服和頭髮，讓他的腦子清醒起來，他突然又變得小心翼翼，轉入到路燈明亮的街道。李白開始有點擔心，哪個角落會突然衝出一輛車子將他撞上。

後來，他轉上一條直路，燈光也明亮，李白一時興起，就將車子騎得飛快，卻在一個路口被巡邏的警察喝停了。他們如臨大敵地做好了準備，喝問李白快將證件拿出來。李白呼呼地喘著氣，費力地將褲袋的錢包證件掏出來。

原來，警察以為他是飛車搶奪後逃走的搶匪。李白擦著額頭上的汗水，看他們仔細檢查著。等證實他是個守法的市民後，那幾個警察就告戒他，午夜時分，不要到處亂逛，趕緊回去睡覺。

往回騎的路上，李白感到了疲倦朝他襲來，汗溼的身上開始發冷。他有點弄明白自己的舉動了。李白心想還是忍忍吧，現在自己的境況和以前是多麼地不同了，他要考慮的事情多了起來。李白緩緩地騎回自己家的樓下，然後慢慢地上樓回家。

楊小薇還是睡睡醒醒的，翻側著身子。對這個小孩，楊小薇本來不想要的，說自己還沒有做好充分的準備。李白開始好言相勸而不得其法，就有點憤怒地和她吵了幾次架，這是他第一次發火，他說起了他們的年紀，「我們都快過了最佳生育年齡了！」還說起他母親的期待，最後才打消了楊小薇的念頭。

李白脫了衣服，進浴室洗過澡後，躺在床上，拿起《鹿鼎記》一書，數著書上韋小寶的名字，慢慢地使自己進入睡眠狀態，但更多的時候，他是半睡半醒的。

一連幾天，李白都是帶著熊貓眼去上班的。其實說上班，也不完全是事實，李白還是沒有被安排做具體的工作，葉平凡讓他哪兒忙就幫哪兒。這樣李白就得眼觀四方，耳聽八面，並快速地來回地走位。

「晒月光去了？」李清照看他的眼睛那樣，就開玩笑問他。

李白就開玩笑說：「正在練輕功，晚上也加班。」

「也許一不小心就練成了高手。」李清照笑了說。

丁小路就嘲笑說：「看你的架勢，必敗無疑。」

李白就回敬他狗嘴裡吐不出象牙來。

「那我們打賭吧。」丁小路說。

李白說，「你這人怎麼總是賭啊。」

臨近中午，人事部長老石來了電話，讓李白來一趟。李白趕緊丟下手頭的活上樓去了。李白有點緊張地進了人事部。老石見了他，依舊是笑咪咪的模樣，他並沒有讓李白坐下，而是將他帶到了行長辦公室，說了句你們談吧，就離開了。李白竟然有種被拋棄的感覺。

行長是剛來的，姓魏，名字李白不記得了，他只記得大家喊他魏行長。做行長的幾年一個輪換，就像走馬燈似的。李白也不想去關心這樣的人事變動，他覺得這些事離自己太遙遠了。李白喊了聲：「魏行長。」

行長招呼李白坐在沙發上，還給他倒了一杯水，這讓李白有點詫異，因為行長從來就很忙的。李白和行長打過幾次交道，都是他來處室檢查工作，匆匆走過，和他們見面打個招呼，或者點點頭就過去了，說話就更少，按他的想法，有什麼事需要向上反映，到葉平凡那裡就可以了，他只管做好手頭的工作就行了。

李白現在坐在行長的對面，心情有點忐忑不安，他打算對行長提的問題，要盡量回答得簡潔，省得牽出更多的事來。後來，唐大鐘也進來了。這更讓李白緊張起來，心跳也加速了。

「坐，坐。」魏行長指了指沙發。

李白說：「你們有事，那我先走吧。」他以為唐大鐘是來找行長談事的。他想站起身，但被行長用手制止，說：「不礙事，一起聊聊。」魏行長的話讓李白有點奇怪，但他只得坐下。

「工作還順利吧？」魏行長突然問了他一句。

李白鬆了口氣，他覺得終於談到正題了，他說還過得去吧，然後，他嚥了口口水，想對自己曠工行為做點解釋。但魏行長只是「哦」一聲，沒有追問下去，而是走到辦公桌前，拿了自己的茶杯回來喝了一口水。李白只好繼續等待。

魏行長問李白，「春節過得還好吧？」

「還，可以。」

唐大鐘插了一句話進來，問李白是否待在市裡過年。

李白說回了一趟老家。

唐大鐘「哦」了聲，沒再說話。

魏行長又問李白是哪裡的人。李白心想要是老石在，肯定就會替他答說是T城人。李白只好自己回答說是T城人。他對行長的耐心有點疑惑，他怎麼會突然關心起他的情況來呢。

魏行長又問李白業餘有什麼愛好。

李白有點不好意思說，愛看武俠小說。

「也好也好。」

李白喝了幾口水。因為有唐大鐘在身邊，他感到有點不自在。唐大鐘走到飲水機前，倒了杯水回來喝了一口。他坐在沙發上，翹了二郎腿。

「有沒有海外關係？」他問李白。

李白心想老石這點是清楚的啊，「沒有。」他總結了說。

唐大鐘想想，「最近剛出去的親戚呢？」然後問他。

李白想了想，還是搖頭。

「關係遠一點的呢？」魏行長問他能肯定嗎。

李白又努力想了一次，「沒有。」還是那句話。

魏行長點上一支香菸抽上，臉上變得凝重起來。唐大鐘則不停地喝著手中的水。這沉默的局面讓李白心裡發怵，雖然心裡著急萬分，但也只好一言不發地等待下文。

魏行長也許思考了幾種詢問的方式，才艱難地做出決定似地打破沉悶地局面，他問李白是否知道請他來的原因。李白有點急了，說是自己曠工了一段日子。魏行長搖了搖頭。李白見了有點驚訝和迷茫。「不為此事，還會為什麼事呢？」唐大鐘看他的眼神有點怪異。李白只好不再說下去了。

「據彙報，你從澳門來了一筆款子。」魏行長慢慢地揭開了謎底。

李白一聽，激動了，「真的到了？」他馬上站起來。

他發覺自己失態後，又重新坐下，臉有點發燙。

「錢是誰的？」唐大鐘問了句。

李白激動起來，趕忙說當然是自己的，說過之後，他懷疑是否哪出錯了，就又不放心地問：「難道收款人的名字寫錯了嗎？」

魏行長肯定收款人名字是「李白」。李白這才如釋重負地鬆了口氣，「那就好！」

魏行長說，「名字是沒寫錯，收款人帳號也正確無誤，但因為數額巨大，行裡想搞清楚。」

李白站了起來，肯定地說，就是自己的，沒錯。

行長用手示意他坐下，「不要激動，坐下來談。」他又抽了口菸，說想搞清楚一個問題，那就是李白既然沒有海外關係，又何來的匯款呢？

李白感到事情變得有點棘手起來。這個問題不好回答呀。李白不想說自己是從葡京賭來的，做銀行的都忌諱這個的，所以他對回答這個問題感到左右為難，他不想把事情複雜化，他想既然錢是自己的，那銀行是無法扣住不給他的，所以他選擇了沉默等待。

「李白啊，你要給行裡說實話，你沒有海外關係，難道錢會從天上掉下來不成？」魏行長吐出一口菸說道。

李白給這麼一說，心裡就有點虛了。「是，是一個老同學匯給他的。」他嚥著口水說。

唐大鐘變得嚴肅起來，說李白你要老實，剛才還說沒有海外關係的！

「這個——」，李白一時也找不出別的更合適的話來回答，當然也不想給別人更多的猜疑，只好咬死這個答案。他辯解說，同學又不是親戚，不算是自己的海外關係。魏行長又問了一句，「那他給你匯錢幹嘛？」這點李白就找不出個合情合理的理由來。

「你不是替人洗錢吧？」唐大鐘盯住李白的眼睛。

這話將李白嚇壞了，他辯解說，千萬不要冤枉他，這等犯法的事，他可從不會幹的。

魏行長看局面有點僵持，就換了口氣問李白，「要不要添點水？」

「不用了。」

「這樣吧，」魏行長對李白說：「你還是回去考慮考慮剛才的問題吧。」

李白站起來時，又問那筆錢他何時可以取。

魏行長拍了拍他的肩膀，說是他的就不會跑掉的，還提醒說行裡在等李白的回答呢。

李白心煩意亂地出了行長室，一路上，腦子裡淨是亂七八糟的想法。

第十一章　錢事

這段日子，李白下班回來，楊小薇一見面，就會問他有什麼訊息，行裡什麼時候讓他上班。李白照例回答在等行裡的處理。楊小薇便會責怪李白，說他真是沒事找事。這樣的話說多了，李白心裡也煩，但他也不想頂嘴，心想事情已經這樣了，更何況也不能讓楊小薇動怒。那就忍耐和等待吧。這是他給自己的意見。

這天，下班後又是一番老問答之後，李白進去廚房，打開冰箱，將菜拿出來，準備做飯。楊小薇踱進來，依在門口，說她沒胃口，還說李白昨天將魚膽剖破了，吃到嘴裡苦死了。李白有點惱火，心想這不是找碴嗎。他丟下菜刀，洗了手，回到客廳，坐在沙發上生悶氣。這時史紅旗的電話來了。

史紅旗從機關跳槽出來後，就進了一家商業銀行，據說待遇不錯。說到待遇，這也是當初促使他跳槽的一個原因。他向李白徵求意見時，李白說，現在幹公務員多舒服啊，讓他別挑剔了。史紅旗卻說自己幹得沒勁。李白所說的理由，也只是他自己的理由，史紅旗當然聽不進去，他說你的薪資就比我的高嘛，所以李白的理由也就自然而然地沒有了說服力。

他們已經有段日子沒有見面了，平常聯繫也只是透過電話聊聊彼此的狀況。聽聲音史紅旗過得挺滋潤的，他聲音洪亮，一副上位者的口氣，他問李白死哪去了，老不見人，打電話到公司去，也問不出個確切的去向，打手機又總關機的。

史紅旗問李白最近忙什麼。

「焦頭爛額！」李白沒好氣地說道。

他問李白什麼事忙成那樣。史紅旗也笑了說：「我也是。」他說老婆已經罵他簡直就將家裡當旅館了。不過，聽他說話的語氣，不是不高興，而是有點得意。

「忙，睡覺。」李白回答他。

史紅旗聽了就笑了，說除非你失業了。

「怎麼，幸災樂禍吧？」李白就罵了句。

史紅旗說非也，如果是真的失業了，乾脆來他那裡幫他的忙，他也省得新手培訓。他說他忙壞了，還身兼數職，他可不想那麼快就倒下去。再說了，有什麼好事，該和老朋友分享才好。

「真失業了，我也不想再在銀行幹了。」李白嘆氣說。

史紅旗就哈哈大笑起來。他們以前有時開玩笑，會拿各自的職業打趣或吹牛。李白就逗過他，說自己挺幸福的，因為他整天在錢堆裡打滾；而史紅旗呢，是在人群裡打滾。沒想到現在情形發生了變化，史紅旗倒混進了這支隊伍裡，而他卻可能被摒棄出去。

史紅旗還想數落他，李白就讓他別翻舊帳了，說時移世易嘛，什麼都在變化當中。李白懶得跟史紅旗辯論，就和他聊起一些朋友的動態，他已經很久沒有和別人聯繫了。電話似乎出了點問題，老是時斷時續的。

「出來聊吧，我去接你。」

這時，楊小薇正好進來，想看李白和誰聊了那麼久。李白用手捂住話筒，看了眼楊小薇說。「是史紅旗，」他說自己要出去一會兒。楊小薇有點不高興地說：「你愛去誰能攔你啊。」李白就拉下臉，對史紅旗說，他在住宅區的出口處等。

史紅旗的車子很快就到了。李白看著他的裝扮評價，說他是典型的暴發戶。史紅旗笑嘻嘻地回答說：「富總比窮好嘛。」他頭髮梳得油光可鑑，還西裝革履的，全副行頭都是巴黎世家牌子。李白被他的裝束搞笑了，說怎麼一下子變得人模狗樣的，問他，「你不累啊？」史紅旗說：「工作需要嘛。」之後又問李白前段休假休了多長的時間。李白也懶得解釋了，苦笑著說比上班還煩人。

「你家的美人還好吧？」史紅旗問道。

李白笑笑說，「中獎啦。」

「恭喜恭喜，男的我們結親家。」史紅旗聽了，連聲道賀。

李白嘆氣說：「隨他們去吧。」

車子拐了幾個路口，史紅旗才問李白想去什麼地方。

「這頓誰的？」李白問。

史紅旗爽快地說：「當然是我啦！」他還讓李白挑地方。

李白扭轉頭看了他一眼，問什麼等級。

史紅旗說隨他，只要他滿意。

「你是販毒了還是印假鈔了？」李白罵了句。

史紅旗哈哈大笑起來，很有上司的氣概，解釋說A行是家商業銀行，機制靈活，收入與付出是掛鉤的，他很好地利用了以前幹機關時累積下的人脈資源，所以幹得挺出色的，連連獲上頭的提拔，現在市分行正讓他籌組一個處級支行，他正四處物色人員呢。

「士別三日，刮目相看。」李白感嘆起來。

至於去什麼地方，李白也有點拿不定主意，因為他比較少出去消費。看李白還沒有定下地方，史紅旗就說去一家新開的大富翁吧，他有簽單權，水準是五星級的。

李白聽了有點猶豫，說不用那麼高的等級。

「幹嘛呢？」史紅旗問他。

李白說：「你燒起別人的錢來挺有快感的吧？」

史紅旗批評李白觀念落後，說這錢是越燒越旺人的。他說完又罵了句，他媽的，老子每天為它累個賊死，不狠狠地燒它，我心理也不平衡啊。收入與付出掛鉤嘛。再說了，賺錢不是目的，花錢才是目的。

「什麼鳥邏輯呀，這還不是你自找的呀！」李白笑了說。

史紅旗沒有回擊李白，只是將車子停好在飯店的停車場。

他們要了一個包廂，名曰「得月樓」。史紅旗讓李白放開手腳點菜。李白拿了菜單，點了一桌的海鮮，大閘蟹、魚翅等等。史紅旗故作驚訝地喊了句：「你還真敢點啊！」李白說：「你不是想挨刀子嗎」。史紅旗哈哈笑了起來。

等菜上來後，李白邊吃邊聽史紅旗講他的發展計畫。史紅旗問李白想不想過來幫忙。李白用毛巾擦擦嘴角，嘆了一口氣沒有回答。史紅旗吃得心不在焉，每樣東西都只吃一點，大閘蟹只挑吃蟹膏。

突然，他的目光飛到了包廂門上的玻璃窗，馬上就從椅子上跳起來，衝出包廂。李白不知道出了什麼事，想喊他問個明白，史紅旗卻已經沒了人影。李白想想算了，這傢伙許是拉肚子了。他只好繼續他的海鮮大戰。一直到他吃飽了，史紅旗還沒有回來。李白感到無聊，只好打開電視看起來。

期間，楊小薇打過電話來，問他在哪裡。李白說史紅旗請飯局。楊小薇有點生氣說：「那你們繼續吃吧，」然後就掛電話了。李白看的電視節目是《百萬富翁》遊戲節目，裡面搶答賺錢的緊張氣氛也感染了他，他一邊興奮地敲著桌子，一邊罵那個答錯了的人是笨蛋。

遊戲節目結束後，史紅旗還沒有回來。剛開始，李白沒在意，心想這小子可能夠嗆的，肯定掉進馬桶了。後來，都一個小時了，還沒見人回來，李白有點心慌了，心想這小子不會撇下自己走了吧？李白知道自己不該有這樣的念頭，他們的交情不會這麼淺的，都認識十年了，但這一桌海鮮的價錢，可不是開玩笑的，又讓他不得不有此想法。

時間一點一點過去，李白感到時間突然慢了下來，特別的慢，他甚至聽到了自己吞嚥口水的聲音。服務生進來問過幾次，「要不要上水果」，「要不要收桌上茶」，李白都連連擺手說，不急不急，他的朋友有點事出去了。

後來，因為菜都上齊了，李白也吃好了，服務生似乎顯得無事可做了，她們雙手背在身後，安靜地站在李白的不遠處。看到那些服務生站在桌邊侍侯，李白也有點不自在了，他讓她們出去，說有事就會喊她們進來的。

李白上過幾次洗手間，史紅旗並不在洗手間裡，他嘗試著找了好幾處，也沒見人。他在裡面他掏出錢包翻了翻，有五張百元大鈔，四張十元的，一共是五百四十元，這點錢自然是不夠的。當然，李白還有一張信用卡，有兩萬元的透支額度，絕對是夠的，如果事情真的如他所想，那這頓飯就吃得就太他媽的冤枉了。

李白將錢包放回口袋後，他不停地洗著手，慢慢地手指都發白了，他不停地掏指甲裡的汙垢，一不小心，指甲被彎了一下，但沒有斷，看來是被水泡軟了。李白看到鏡子裡是一張蒼白的臉。

回到包廂，坐回椅子後，楊小薇的電話又過來了。李白問她，「怎麼啦？」楊小薇開始不出聲，後來李白有點急了，就喊起來。楊小薇才說：「有點不舒服。」李白說：「那就早點睡吧。」楊小薇說要等他回來。李白心裡正煩，說他吃完就馬上回去。楊小薇發牢騷說，「怎麼吃了那麼長時間呀？」李白說馬上就好。楊小薇說早點回來，她有事和他商量。

李白看了一眼手錶，已經是十一點四十五分了。史紅旗還是不見人影。李白感到身上有點發冷，就讓喊服務生將空調的溫度弄高點。服務生說是中央空調，沒法調。李白下意識縮了縮脖子，又用手抱住了胸口。服務生也乖巧，跑去拿了給女人用的披肩給他，說將就點用。李白說了聲謝謝。

後來他又看錶，是十二點了，他終於下了決心，對服務生說：「結帳吧。」然後慢慢地掏出錢包，他說了句：「我用卡。」服務生說可以的。李白就將那張極少用的信用卡掏出來。

史紅旗就在這個時候衝了進來。他大聲喊：「幹嘛幹嘛，看不起我嗎？」他用手按住李白拿信用卡的手。他一邊掏出錢包，一邊對服務生說：「我來，讓你們經理打個八折。」

李白就喊：「媽的，跑哪了？」他被史紅旗按得手有點疼。

「剛才看見一隻大『水魚』，得趕緊去撒網。」史紅旗這樣給他解釋。

李白有點火了，笑罵說：「媽的，一個大客戶就讓你丟魂似的。」

「今時不同往日，以前都是人家求我，現在世界變啦，為了完成存款指標，我有時就得當孫子，我家裡的美人都罵我快成酒店的『三陪』了。」聽史紅旗說這話的語氣，不但沒為此感到羞恥，反而透著幾分得意。

最後那幾句話，將李白逗樂了，不過氣只是消了一半，臉還是拉得長長的，他說走吧，小薇來過幾次電話，說有什麼事和我商量，我得趕緊回去探個究竟才好，現在是特殊時期。

史紅旗在帳單上簽過字，要了發票，就說：「走吧」。

走出大廳，史紅旗見李白還拉著臉，就指了指兩旁列隊的小姐打趣說：「李白，給你弄個小姐消消火氣吧？」

李白沒好氣地罵了句：「消你媽的！」

史紅旗也沒有和他計較，「下次再做了你們！」他對那些小姐扮了個鬼臉。

「來不來幫我呀？」史紅旗停下車子時，又問他。

李白剛想說什麼，就一連打了好幾個噴嚏，看來剛才是受涼了。

「想想吧。」史紅旗就說。

李白就邊打噴嚏邊急匆匆地拉開車門走了。

夜晚，李白突然發起了高燒，還亂說糊話，將楊小薇嚇了個半死，用手摸摸他的額頭和身子，趕緊拿了冰箱裡的冰塊給他做冷敷。等他清醒些，就罵他，「一頓飯就將你吃成這樣？」李白心想，不全是包廂溫度的問題，他折騰了幾個夜晚的腳踏車運動，當然也是一個原因，但他沒說出來，省得再惹楊小薇生氣。

等李白完全清醒過來後，楊小薇要拿毛巾給他擦汗，他卻讓她離自己遠點。

「你想幹嘛?」楊小薇說。

李白說,「我可以感冒發燒,但是你是不行啊。」

楊小薇說:「真麻煩。」

李白最後到客廳去睡了,一夜下來,做了無數稀奇古怪的夢,他在半夢半醒之間,又在思考如何取出那筆錢。當然,也為如何使用它而有了好幾個計畫,李白對錢好像從來就沒有這麼傷過神,他不斷在現實和超現實的時空裡穿梭,他不時要讓自己充滿勇氣和力量,跳過令人恐懼的溝壑。

再去上班,李白就覺得別人看他的眼光挺複雜的,有羨慕,有懷疑。

「原來啊——」李清照對李白打眼色,笑咪咪的。

李白開始不明白她所指。

「好運氣啊。」李清照說。

原來,他發燒沒來上班的那幾天,行裡都傳開了,知道他有一筆鉅款,至於來源嘛,每個人都演繹出一個版本,每個人都用自己的方式關注他。這種狀況讓李白十分不自在,一點也高興不起來。

丁小路對他還是那副臉色,喊他拿東西時,就顯得不耐煩似的。李白想想還是忍了,當然心情就可想而知了,做事自然就連連出錯。李白一出錯,丁小路嘴上就是牢騷一串,因為連累了他被扣獎金。「你不在乎,我可在意的。」他是這麼諷刺李白的。

葉平凡還就這事找他進辦公室談過幾次話,他說你李白不在乎那點獎金,可人家在乎!再說我們處室老被客戶投訴，我們季度和年終的考核怎麼辦？葉平凡讓李白談談他的想法。李白當然有口也難辯，他不明白那筆錢到底招惹了誰，再說他還沒拿到呢！

每次談過話出來，李白就坐在椅子發呆，他想穩定自己的情緒，以免再出錯。但總是事與願違，老跟他作對似的，李白繼續犯錯，使他成為更不受歡迎的搭檔。李白對這制度也頗有微詞的，「幹嘛搞連坐呢？」

按丁小路的說法就是，以前他李白古怪是他自己的事，與其他人無關，現在則是累人累己。這話傳入李白的耳朵，把他氣個半死。但他越是想將事情做好，卻因為心裡塞了幾件事而無法專注手中的工作。

星期五的下午快下班，思想來，思想去，李白實在憋不住了，他感覺要是繼續憋下去，他會瘋掉的。於是他丟下手頭的東西，跑上了行長室。魏行長見了他，愣了一下說，正好要找他談呢。李白站在大桌前沒動。

「坐，坐下談。」魏行長指了指沙發。

李白只好坐下。

「我是否可以取了？」李白小聲問道。

魏行長先按下這不談，卻和他談起了葉平凡以及其他員工的一些反映。他說現在各行各業都在搞優質服務，李白這樣的工作態度是不行的。李白紅著臉檢討，解釋說自己也不是存心想這麼做的，他保證以後會改進的，他希望行裡相信他。

魏行長又點了支菸抽上。李白被嗆了幾口，咳嗽起來，稍停又問起那筆錢的事。對李白的問題，魏行長看來已經深思熟慮了，「哦，有處理了。」他說得不急不躁的。

「謝謝行長！」李白一聽就高興起來。

魏行長卻將話題一轉，談起了群眾的看法，說這麼一筆數目的款子，首先得弄清楚它的來龍去脈。他說李白是老員工了，應該知道，銀行對員工的要求是嚴格的。他說首先是要品德好。

李白聽到這就有點急了，他說自己幹了那麼多年了，沒貪汙過，沒挪用過公款，沒在錢財上出過問題。他還特別強調，他也沒聽說過行裡規定要對收款人做這樣的調查。

「你不同，你是行裡的員工啊。」

李白於是趕緊宣告，自己雖然少與行裡的人交往，別人也說他古怪，但還沒有人說過自己的品德有問題，雖然，近期自己工作出了差錯，也是偶然犯錯。

魏行長聽了李白的表白，就解釋說，大家都議論紛紛，說按李白收入水準來看，他不可能有那麼一筆款子，因為李白並沒有炒股票嘛。行長還在不斷地繞圈子，李白的情緒便波動很大。

最後，李白跳了起來，有點失控地說，那筆錢是自己去澳門葡京贏來的。李白心想現在來路明瞭吧！魏行長聽了這話，卻笑了起來，他嚴肅地說，其實他們早就猜到了，只是想聽李白親口說出來。

李白聽了，有一種被人耍弄後的憤怒，原來弄了這麼久，自己倒成了嫌疑犯了，他真想跳起來掐住對方的脖子，但他忍住了，不敢造次，只是瞪住魏行長的眼睛，等待下文。

魏行長接下來說的話，意思已經很明白了，李白已經不適合待在行裡了。他說原因李白應該是心裡清楚的。

李白一聽就傻了，他沒想到結果是這樣，他幾乎是衝口而出問為什麼。魏行長的臉色嚴肅起來，說銀行是嚴禁員工賭博的，他加強語氣強調，說行裡要做到早預防，防微杜漸嘛。李白忙解釋自己平常並不沾賭博的邊的，這大家都知道的，去澳門的那趟也只是玩罷了。

「誰知道呢？」魏行長認真地看了李白一眼。

李白便啞巴了。

魏行長看李白還在發呆，就說李白可以選擇拿錢走人，自動辭職對大家都好。李白一下子是接受不了這個現實，畢竟工作了十多年了，還是有感情的，雖然有過衝動離開，但要他一下子這樣離開，他又受不了，特別是楊小薇懷孕後，他做什麼事都三思而後行的。

李白賭氣地問：「如果我將該筆款子捐出去，是否可以留職呢？」

李白以為自己做出這樣的決定，肯定會讓行長做出另外的決定。李白的話，的確讓魏行長愣了幾秒，他沒有想到李白會提出這樣的意見，他聽人說過這個李白是個怪人，看來一點也沒有錯。

「這樣不好吧，要是人家問起錢的來歷，我們也不好說，如果捐出去，連行裡都會沒面子的。」

但魏行長笑著說了這幾句話，就足夠讓李白感到愕然了。

李白沒有想到行長考慮問題比自己更深更透澈，畢竟上司就是上司，想問題看事情永遠都比自己要高瞻遠矚。他回過神來就覺得自己簡直是個白痴，剛才的舉動遠比單相思更讓人悲哀。

他離開行長室出來一看，銀行的營業大廳已經關門了。他匆匆從「二道門」進了結算部。連李清照關注的眼神，他也沒注意到。他將桌子上的東西收拾好，放進抽屜裡，黑著臉去洗手間洗了把臉後，才從後門出去。

走在大街上，他看見到處是下班的人流車流，都彙集到路口了。李白被夾在人流車潮中，就像掉進了大海一樣無助。他沒有到公車站等車，而是繞過去，選擇走路。遠遠看見李清照在站臺朝他示意，他看見了，也只是點了點頭，然後繼續往前走去。

第十二章　輪迴

李白一連幾天窩在家裡睡覺。早上，鬧鐘的鬧鈴響翻天了，他也無動於衷。他伸手將鬧鐘抓了塞進枕頭底下，繼續睡。楊小薇醒了，用手扒拉他。他說沒事，放假呢，又睡了過去。中午晚上，他照例做飯，當他的住家男人。可這樣過了幾天，楊小薇就起疑心了，逼問他，是不是又出了什麼事。

剛開始，李白心想還是瞞一陣吧，省得她跟了操心。可她天天都和他說這事情，他被逼急了，想賴床也不成了，這天就從床上跳起來喊：「是呀出事了！我完蛋了！失業了！」

楊小薇就捂住臉哭了起來。

李白見這情形，馬上收斂起來，再好言安慰她，說自己雖然走了，但還是有了一筆錢。楊小薇打掉他放在她肩膀上的手，喊他不要糊弄人了。李白便起身拿過自己的手包，拿出一本存摺讓楊小薇看。楊小薇看了，上面白紙黑字，列印著三十萬存款。

楊小薇半信半疑地問了句：「這次是真的？」

「是真金白銀，行裡給了十萬賠償，另外二十萬是自己賺的。」

楊小薇瞪大了眼睛看住他。

「到澳門玩牌贏的。」李白尷尬地笑了笑。

楊小薇正要發作，李白就趕緊說：「都是夫人的功勞。」

「關我什麼事？」

「在家裡和你練習多了嘛。」

楊小薇的臉上有了一絲笑意，想想也算了，說下不為例。

「就僅此一回。」李白馬上舉手發誓。

李白連著睡了一個月的懶覺，他和楊小薇要麼牌局，要麼看武俠小說，累了就睡覺，甚至將晝夜顛倒。什麼東西都這樣，沒有的時候想要，有的時候就不想了。他以前從沒賴過床的，或者說，他沒有機會，所以總想賴。現在好了，他想賴多久就多久。

後來，李白開始心生厭倦，在浴室洗臉看見鏡子裡那雙浮腫的眼睛，他嚇了一跳，他憂慮地想，再這樣睡下去的話，會不會連身架子都會睡散了呢？李白利用蹲馬桶的時間，拚命思想有什麼計畫適合自己，但總是像掉在大海裡的人，一張眼望去，四周都是水，都是海平面。那筆錢，幹大事不多，幹小事說不少，做生意嘛，李白肯定不是那塊料，所以這方面就免談。

李白想了許多天，也沒一個結果，他一下子就迷失了方向。有時他坐在夜晚的窗臺、或乾脆趴在陽臺上發呆，看那路上來往的人流車流，感嘆云云眾生，都在為生計奔波。李白就想，有多少人可以俯視眾生呢？什麼是有意思而自己又願意去幹的事呢？韋小寶他會想這麼多嗎？李白抬頭望望天空，百思不得其解。

經過一段時間報復性的昏睡和懶散後，李白鼻子敏感的毛病自動好了，卻又心生出某一種恐懼來，他夜晚竟然失眠了。他披衣走到窗臺或陽臺，望著深邃空曠無比的天空，他就會害怕起來，也許是從人群中突然抽離出來獨處的緣故。

李白心裡是多佩服那些古代俠士呀，他們可以為了武功而長時間閉關練功，與世隔絕。李白不禁要在心裡問，古代的英雄也是寂寞的嗎？這麼些日子，李白多年培養起來的嚴謹的生活規律被打亂了，他漸漸有種說不出的不適感，他決定去一趟醫院。

掛號時，人家問他要什麼科。李白一愣，想了一會兒，才說是這裡不舒服，他指了指自己的頭和心口。掛號窗口丟給他一個外科的掛號單。李白拿了撂在一間外處室的桌上，然後坐在外邊的長椅子上排隊。

在無聊中，李白對四周觀察起來，他奇怪週三怎麼也這麼多人，漸漸才看出了門道來，許多人是來泡病號的，因為他或她從藥房取走的，都是大包大包的滋補品。

坐了三十分鐘，李白聽到裡面喊他的名字。醫生一邊填寫處方單上的姓名年齡，一邊問李白哪兒不舒服。李白說自己整天昏昏沉沉，腰痠背痛的，又談了一些具體症狀。醫生翻看了他的眼皮，檢視了舌頭什麼的，之後又問起他的起居飲食情況。李白一一照實回答，然後問醫生自己是什麼病。

醫生問他，「性生活正常嗎？」

「老婆懷孕了。」李白臉紅起來。

醫生邊寫處方邊對李白說，「也沒什麼病，看來主要是睡覺睡多了。」他要李白多運動。

李白這下才知道，睡覺多了，也會得病的。回來和楊小薇一說，她就說老這樣下去也不行的，早晚要坐吃山空的。楊小薇的肚子是越來越朝前挺了，這讓李白又喜又憂的，喜的是快要做爸爸了，憂的是楊小薇也和自己一樣失業了。楊小薇剛懷孕吐得厲害，就休了一段時間的假，回去發現那個公司也沒了。

李白安慰她不要著急，要她乾脆就好好在家裡休養，畢竟楊小薇也算是個大齡產婦了，他說生完孩子再做打算吧。但家裡一下子多了三張閒嘴，現在養一個小孩，比養個大人的花銷還大，難怪楊小薇也著急起來。

接下來的日子，李白胡思亂想了許多計畫，都無法實施，只好做罷。楊小薇後來倒提醒他，「史紅旗不是讓你過去幫忙嗎？」李白卻拚命地搖頭，「那誰給你做飯呀？」其實他沒把話說透，他是不想在銀行幹了，但他沒說出口。楊小薇就生氣了，說：「你就一直在家裡做飯嗎？」李白想了一會說：「那給你請個保母吧。」

想了幾天，李白給史紅旗打電話，說了自己現狀和想法。史紅旗倒也爽快，哈哈笑著答應了。李白笑罵了一句，「真他媽的有上級氣概！」等辦好了手續，李白就戴上了A行的工作證了，是0015號，他看著那個號牌，明白自己又重新過上了那種欲罷不能的生活。

李白又過起了那種早出晚歸的生活，一切似乎又在重複起來，不過有個保母在家裡照顧楊小薇，他也就放心得多了。他幹得很拚命，為了自己，也為了史紅旗，或者說是為了楊小薇，為了即將出生的小孩，終日他腦子裡裝滿了這些理由，讓自己保持最佳狀態，不讓自己疲軟下來。

這天李白回到家裡，剛換了拖鞋進客廳，就發覺氣氛不對勁，他看了眼飯桌說開飯吧，「我餓死了。」見楊小薇坐在沙發上發呆，就問：「小玲呢？」小玲是家裡請的小保母。

楊小薇頭也沒抬，「走啦！」

李白愣住了，問這時還去買東西？

「不幹啦！」楊小薇見他沒有聽懂，就補了句。

李白瞪大眼睛問，「為什麼？」

楊小薇說她嫌錢少活多，說就那麼點錢，要幹這幹那的。

「還少啊？不就燒個飯嗎？」李白跳了起來。

楊小薇沒說什麼。李白想想再說也是多餘的，丟下手提包，無力地坐在飯桌邊的椅子上。過了一會，李白站起來說：「去名典咖啡屋吧。」他餓得腳有點發軟了。楊小薇白了他一眼說：「你好有錢呀？還是叫個外賣吧。」李白說現在不行，「不能虧待小傢伙，」他笑著摸了一把楊小薇的肚子。楊小薇只好不再說什麼了。

吃過晚飯，李白和楊小薇散了一趟步。雖然李白很累了，但他說散步對胎兒有好處。他在家電超市一樓的門口，竟然遇見了李清照，兩人一打招呼，李白的臉也紅了。

李白給楊小薇和李清照做了介紹。楊小薇說：「你們談吧。」她說要去二樓看看日本瓷器，就留他們站在那裡了。

李白和李清照已經有半年沒有見面了。李白問起她的情況，李清照說還是老樣子。李白說自己去了史紅旗那裡幫忙。李清照問他感覺如何。李白嘆了口氣說，還能怎麼樣，現在是身不由己了，再說也不好找工作，家裡有兩個「小孩」要照顧，買房子的借貸也要每月供。

臨分手，李白多嘴問了句：「丁小路還好吧？」

「你還不知道呀？」李清照竟然一臉驚訝。

李白說知道什麼呀，我都離開了，沒聯繫過。

李清照說，「丁小路死了！」

「又是銀行劫案？」李白大吃一驚。

李清照說，「自殺。」

「為情所困？」李白更不懂了。

李清照說不是，她解釋說最近行裡招了很多大學生，而且整天搞上崗考試，還搞什麼末位淘汰制度，大家都人心惶惶的。丁小路學歷本來就低，幾次考試都是遇上「紅燈」，他這人除了死幹，也沒有什麼關係，所以就給末位淘汰掉了。聽說他的父母都是失業職工，挺困難的，可能就一時想不通，才走上了那條路的。據他的同房說是割脈的，血流了一房間，挺嚇人的。李白聽了，恐懼得瞪大眼睛站在那裡。

李清照最後還透露，李白為什麼會被抓進警局。因為當時警方接到銀行的報案做偵查，了解到李白離開銀行前，並沒有辦理任何交接手續，打開他的抽屜檢查，發現裡面除了一些印章，電腦磁卡和原子筆外，並沒有私人的物品，於是認定李白是早有打算的。

其他同事也反映說，李白不久前還老問人，要是有一千萬會幹什麼？所以警方將他列為一個嫌疑對象，按此線索追查他的行蹤，抓到他時，還以為抓到了重要的嫌疑犯，後來才知道白忙了。

李白聽了，說：「他媽的簡直就像是看小說一樣。」他終於明白為什麼他一回行裡，大家會那樣對他。李清照見楊小薇走過來了，就和李白說再見，她說自己還有點事。

等她走遠了，李白還站在原地發呆，想著剛才她給他透露的內幕。楊小薇捅了捅他的腰才醒了過來，他說回去吧。他這時才想起一件事，他沒給李清照留聯繫電話。

走在路上，李白總有點走神，他想丁小路還不算壞，要是夠壞的話，沒準會弄個炸藥包去銀行或殺一兩個仇家，然後才自殺。李白突然想到他會不會找自己呢？丁小路說過要幹掉他的。李白這樣一想，心裡就打了個冷顫。他又想丁小路流那麼多的血，會不會感到痛呢？他邊想邊走，連楊小薇問他話也沒聽見，答非所問。

自從楊小薇懷孕後，李白就很少在家裡談論公司發生的事情，省得讓她也心煩。那些都是些煩心的事，他努力做到一進家門，就放下工作的事情，盡量在楊小薇的面前顯得開心些。當然也少不了想法子逗她樂，讓她安心在家裡休養，他甚至不顧楊小薇的反對，專門僱了個保母小玲給她做飯，因為他看見楊小薇老側著身子拿東西，肚子大了辦事是不靈巧的。只是沒想到小玲才幹了一個月就跑了，還嫌活多錢少。李白想想還是人家小姑娘強，說不幹就不幹。李白邊走邊想著這些惱人的事情。

走回家裡，楊小薇和李白都累了。李白扶她坐在沙發後，發現她情緒不佳，就想逗她開心，他走到她的面前蹲下，笑嘻嘻地說要和她打個賭。楊小薇看起來沒什麼情緒，嘟了嘟嘴，興致雖然不高，但有點好奇。

楊小薇總覺得他今天有點不一樣，就問他賭什麼。

李白指了指窗臺說，賭她不能正面站在窗臺，將晾晒的衣服取下來。

楊小薇聽了就笑了，勝券在握地說自己贏定了，因為以前晒衣服，她一伸手就正好將衣架掛上或取下晒衣桿的。但有一點是楊小薇沒有想到的，她已經很久沒有晒衣服了，現在李白都將這家裡的活包了，所以李白也笑吟吟地說自己贏定了。

楊小薇當然不相信，她費力地從沙發上起身，走到窗臺伸手去取衣服，無奈她的大肚子抵住了窗臺，手自然沒法搆著衣架。李白見了哈哈地大笑起來。楊小薇雖然被他作弄了，但也被他的狡猾逗樂了，不過她不敢大聲笑，只是捂住肚子，說要出事了。李白馬上嚇白了臉。

他們又看了一會兒電視，楊小薇打了好幾個哈欠。李白就催她快去洗澡睡覺。楊小薇說自己的臉都睡腫了。李白說，「能睡就是福氣。」楊小薇用手捂緊臉頰，問自己是不是變醜了。李白嘆嘆氣說：「那是懷孕的福相。」

等李白也躺在床上後，他感到疲倦，但無法入眠。李白後來對楊小薇談了自己的一個想法，他說想接母親過來照顧她，這樣他可以安心工作，省得兩邊都顧及不上。

楊小薇聽完，沉默了許久，也沒有出聲，等李白催問她的意思，才說了句，「也好吧。」李白當然知道，這樣做的利弊都有。母親一來，自然兩人世界就不復存在了。

但事實上，現在好的可靠的保母是很難找的，而自己也忙得夠嗆的，有什麼辦法呢？現在銀行多如米舖，競爭十分激烈，他連週末都經常用來上培訓課，根本就無暇照顧楊小薇了。

第十三章　魚的活法

一個星期天的中午，李白加班去了，忙了一個上午才回家。他沒有吃飯，一個人傻傻地走在回家的路上。經過那家順電超市，他看見路邊停了輛捐血車，車身上的那個大紅「十」字，在白晃晃的陽光下十分刺眼，深深地吸引住了李白的眼球，他竟然變得有點興奮起來，走過去上了車，他對醫生說，他要捐血。

醫生一邊給他做檢查，一邊對他說：「捐點血，對你們整天坐辦公室的人有好處。」「抽四百毫升吧？」李白也不懂得到底是多少，他腦子裡沒一個具體的概念。他點點頭。看那管針插進自己的血管，他將視線移開了，不敢看那四百毫升血是如何緩慢地從他的身上流出來。

他感到身體有點冷，雖然沒有痛感，但有點幻覺，他想可能是自己沒有吃飯的原因。醫生問他感覺還好吧。他說：「可能是沒吃飯吧。」醫生給了他一盒牛奶，讓他補充點營養。

李白下了車，手拎了那盒牛奶，一邊走，一邊喝，心裡竟然感到一陣的輕鬆，他用手按住手臂上的OK繃，慢慢地往家裡的方向走。對自己捐血的行為，李白沒有細想，只是當時有種衝動罷了。

經過商業街，他被路邊一家水族館裡色彩斑爛的魚類吸引住了，不禁駐足觀賞起來。

老闆挺熱情地招呼他進去，說：「看看吧，不買也無妨。」

李白略一沉思，就移步進去，圍了那些魚缸裡轉起來，觀察起來。

一條凶猛的熱帶魚，跳起來撲食飛過的蚊子，用力過了，跳出了魚缸。牠掉在地上蹦跳著，想打挺翻身，但無濟於事，張大嘴直喘氣。

老闆走過來，將牠又丟進水裡，牠又快活地游來游去。

李白又轉到旁邊的金魚缸，那些金魚實在是太漂亮了，搖擺著漂亮的裙子。李白突然發覺，金魚是安於現狀的，永遠都是那麼優遊自在地在那方天地，看不出牠們對自己的狀態有什麼不滿意。

李白若有所思，似乎想到了什麼，他的面容映在玻璃缸上，和那些悠游的各色魚等，重疊在一起，變形而誇張。他的眼睛有點花了，人也有點恍惚，他突然笑了一下，自言自語起來。

「我算是哪一類呢？」李白說道。

那個老闆沒聽清楚，以為他要買魚，就熱情地走過來。

「先生，要哪種魚呀？」那個老闆說。

下部　奔馬

第一章　學習課

李白進門換了拖鞋，放下手中的包，將手上拎的菜丟到廚房的灶臺上。雖說人是有點累了，但他下廚的興致還是很高的，他摸出磨刀石，霍霍地磨快菜刀，然後撿菜、洗菜、切菜，忙起來後，他才意識到自己的手有點生，刀法也有點粗了，切芹菜時，一不小心還傷了左手食指，一汪血從傷口流了出來。李白趕緊將手指放嘴裡一吮，血的味道竟然有點鹹腥。

李白下午說要下廚，楊小薇就在電話裡問他，「犯哪門子邪？」當時李白嘿嘿笑，說：「爭取表現嘛。」這天他心情好，所以想到了荒廢已久的手藝。

李白關了門，將抽風機打開，將油熱了，然後將切好的菜下鍋，炒了幾下，將鍋蓋蓋上，廚房裡一下子安靜下來。他走到門邊，側耳聽外邊客廳的動靜。

李小龍問楊小薇，「剩的一半，飯後再做吧？」

「吃飯你也吃個半飽？懶人屎尿多！」楊小薇大聲喝斥他。

李白邊聽邊搖頭嘆氣，唉，這小子呀！李小龍成了家裡的化骨龍了，夫婦兩個每天都被這小子折騰得虛火上升。他搗鼓了一個小時，終於將幾碟菜從廚房端出來，大聲宣布開始晚宴。他滿臉笑容，挺得意地問：「挺豐富吧？」他想得到兩人的表揚。

李小龍聽說開飯了，馬上興奮起來，烏拉地喊了聲，丟下手上的書本，一奔就坐到了飯桌前，說，「吃飯再做。」然後舞筷如劍，在李白的眼前點來點去，將幾個碟菜走了個遍。

李白也揮筷如劍地擋住他，很嚴肅地說：「張牙舞爪！」

李小龍喊了，「雞翅膀呢？我要雞翅膀！」

楊小薇洗了手回來，一看飯桌上的菜，就拉下臉來。李白一見，延臉一笑，說請給點鼓勵，好不容易爭取表現一回呢。楊小薇也嚴肅起來，說你想你兒子真變風箏嗎？李小龍是夠瘦的了，當李白舉起他玩時，曾經擔心地開玩笑說過，「再瘦點就成風箏啦。」

現在聽了這話，李白愣住了，說：「此話怎講？」一時沒鬧明白她的意思。楊小薇說李小龍正在發育呢。她邊說邊用筷子將幾個菜點了個遍，「你看看都是些什麼呀？」

李白掃了眼飯桌：清炒蘑菇、蒜蓉菜心、芹菜炒百合、拍黃瓜，全是素菜。李白不禁哦了一聲，連忙拍拍腦門說：「夫人息怒息怒。」說著就閃進廚房，打開冰箱，發現有一個雞蛋，便煎了一個荷包蛋出來。他將鼻子湊上去，一嗅，瞇住眼說：「香，真香啊！」

李小龍說：「我要雞翅膀！」李白哄他說，「先清清腸胃，下頓補上。」李小龍做了個鬼臉，使筷將荷包蛋挑破，對著金黃的蛋黃吐吐舌頭，說他還是想吃肉。

李白搖搖頭說：「你這食肉獸就是不長肉，太令我羨慕了。」他的腰圍正向橫向發展，肚子也向前凸去，態勢茁壯，所以對此他的警惕性很高。楊小薇動了動嘴，沒說出話來，嘆嘆氣端起碗。

李白使了筷子，剛鎖定盤中的一片百合，他的手機就響了。李白起身摸出手機，含糊地應答了一番。史紅旗話不多，只是讓他快到樓下等。楊小薇見他抬起屁股，早就不高興了，拿筷子敲了敲菜碟，責備李小龍，「吃飯就要有吃飯的樣子。」其實這話是說給李白聽的。

李白馬上現出一臉的無奈，說：「請假請假。」

「吃完再去。」

「史紅旗在樓下等呢。」

楊小薇只好將後半截話隨飯吞了下去。李白趕緊穿上鞋子，準備出門。

「腐敗分子！」李小龍突然高聲喊了句。

李白聽了一愣，轉過臉說：「你胡說什麼呀？」

「打倒大吃大喝的腐敗分子！」李小龍高舉右手，握拳喊道。

李白想解釋什麼，想想還是作罷，小屁孩懂什麼呢？他用手指點點他說：「你小子吃完飯趕緊做作業。」他說回來要檢查的，「否則的話——」他沒將後半截話說完，就將門拉上了。

李白沒有拿公事包，匆匆下樓上了史紅旗的車子。

「什麼事？」

史紅旗笑笑說：「吃飯呀。」

李白趕緊說他正在吃呢，問要不要嘗嘗他的手藝。

「約了人。」史紅旗眼睛望著前面，邊將打方向盤邊說道。

李白只好不做聲，他是信貸部經理，吃飯或者說，陪人吃喝，是他工作的一部分，他都習慣了。對現在的這種狀況，當初李白是沒有預料到的。這事你說它簡單，它就是簡單，你說它荒謬，現在想想也覺得荒謬。

那天，下班前，史紅旗叫住李白，說一起走。

李白多嘴問了句，「是有事吧？」

「一起吃個飯。」

李白說：「吃飯就免了吧。」他想早點回家。

史紅旗說，要幹好工作，首先要學會吃飯。李白想了半天，也沒有領悟到這句話的深刻含義，他想不到工作和吃飯有什麼聯繫，但還是跟他上車去了一家酒家，他是上司嘛，有些東西是需要學習的。

在包廂裡，史紅旗邊用溼毛巾擦手，邊問他對新環境有什麼想法。那時李白剛去A行不久，除了史紅旗是舊朋友，其他同事是新的，環境是全新的，新支行自然是全新的裝修，窗明几淨，環境看起來舒適無比，但上班時間依舊是很忙亂。

他是史紅旗弄來的人，他看得出，同事對他的態度挺客氣的，其餘的，他沒花心思去體會，也說不出更多的新意來。當聽到史紅旗這樣的話，李白皺了皺眉頭，回答說：「還可以啊。」菜是史紅旗點的，都是些野菜類的素菜，山裡貨，這菌那菌的，沒點兒肉腥。李白餓了，由於沒有多少油水，他使筷如劍，猛吃一會兒，還說：「怎麼還不飽？」史紅旗滔滔不絕地說話，他當然也沒聽進去多少。史紅旗對他點的菜挺得意的，還問他，「這菜有特色吧？」

「就是沒肉。」李白抬起頭，冒出一句這樣的話。

史紅旗笑了，說李白你落伍了，多吃植物纖維食物，有益健康啊。

李白說：「沒熱量一天怎麼撐下來呀？」

史紅旗哈哈笑，說吃飯是門學問，李白你要學習了。

李白沒說什麼，還是低頭吃著，偶爾抬頭問史紅旗，「什麼時候成了美食家。」史紅旗便使勁地賣弄他的美食經了，他提到的許多菜，李白知道，都是些從前農民拿來餵豬的，人是不吃的，即使那時候很窮，可現在都成了飯店的時尚菜。

史紅旗突然轉了話題，感慨起來，說真他媽的累！

「再累也沒我累吧？」李白聽了就笑。當時李白在結算部，由於是剛成立的支行，許多業務都是剛剛展開的，他又是個老員工，業務比較熟悉，所以除了幹好自己的那份活外，他還得帶帶新員工。

「那就來信貸部吧！」

李白使的筷子停在了一根金針菇上。

「算幫幫我的忙吧，我快累死了。」

李白望住史紅旗，不敢接他的話，雖然他們是朋友，但現在身分也挺特殊的，公私兼顧，關係微妙。李白不知道他說的是什麼意思。

史紅旗說已經將他的資料報上去了。

李白愣愣望住他，還是沒說話。

史紅旗解釋說：「信貸部需要一個經理。」支行剛籌建時，史紅旗兼任信貸部的經理。

「這，行嗎？」李白有點猶豫。

當時，史紅旗只說了一句話：「我說你行，你就行！」

李白飯局後回到家，和楊小薇一說，她自然也挺高興的，對他的猶豫，她也說了句，「他說你行你就行。」李白當時嘀咕了一句，「你們說的話怎麼都一樣？」楊小薇追問誰說過這樣的話。李白說：「史紅旗呀。」楊小薇說：「看看，就你落伍，上司說你行，你就行！說你不行，就不行！」

當然，按程式，李白還是參加了行裡的幹部競選，演講水準一般，全沒有了平常的那種幽默感，但那一套都是象徵性的，是走過場，這李白知道，行裡的員工也明白，所以大家也沒有過多地計較。

沒過多久，李白的任命就下來了，做了信貸部的經理。後來他才漸漸發覺，史紅旗的話不錯，吃飯就是工作，工作也是吃飯，兩者不但不矛盾，還是不可缺少的。剛開始他還感到新鮮，也有點占小便宜的喜悅，也擔心這樣大吃大喝的，是否有點那個。當他拿了發票去給史紅旗簽字報銷的時候，提出了自己的擔心，可史紅旗讓他放心，「錢嘛，你只要不往口袋裡拿，你想吃多少就吃多少！」

但天天吃，這很快就成了一個問題，成了他的一個負擔，以至於到了後來，一聽說「吃飯」這兩個字，就本能地反胃心煩，但躲又躲不掉，後來聽人說，吃素有益健康，不知道哪天起，他也突然熱愛起素菜來了。

現在，李白有點奇怪，史紅旗跟以往不同，一路上沒和他談工作，也沒談要去哪裡吃，吃什麼菜式，卻伸手開啟音響，並在柔和的音樂中，說起一些瑣碎的往事，是他學生時代的趣事，「哎，現在只能回憶了。」他感慨起來。

史紅旗特別提到一個同學，說他的個子挺高，有一百八左右，而他史紅旗才一百六左右，兩人走在一起挺顯眼的。他們特別要好，還一起表演過相聲，很有誇張的逗樂效果。他們從小學中學一直到大學都是同學。

李白靜靜地聽著，思緒在史紅旗的敘述和柔和的音樂聲中，輕輕地盪來盪去，偶爾還不忘插一句話，「同學這麼多年，這很難得。」史紅旗說：「那時真他媽的好玩！」然後他的敘述隨車子停下而打住了。

進了酒樓的包廂，李白才恍然大悟，史紅旗說的那個同學，就是他要引見的人。李白沒想到，剛見面時，雷平陽竟有點靦腆，不過幾杯酒下肚後，就變了個人似的，變得特別多話，從天上說到地下，說得眉飛色舞起來。李白也被感染了，也喝了幾杯下去，但很快就說他不行了。

雷平陽卻熱情高漲，酒瓶又伸了過來，說再喝一杯。

李白將酒杯倒扣在桌子上，說他不行了。

「李白的風度哪去啦？」史紅旗有點不高興了。

李白臉色發白，說他真的不行了。

「我說你行，你就得行！」史紅旗也喝紅了眼，他接過酒瓶，喊了起來。

李白只好將酒杯豎正倒滿，又喝了一杯。他的腦袋快要垂下去了，他只好頑強地挺住。

史紅旗哈哈笑了，說這才像話嘛。

李白見他又要倒酒，努力睜開眼睛說：「你們還是來段相聲吧。」他想將話題轉移到一些美好些的事情上來。可雷平陽笑了起來，「好漢不提當年勇！」他提議說：「卡拉OK吧。」史紅旗說：「也好也好，不過得有伴唱。」雷平陽說：「這簡單。」

他出門一會兒，就領進來三個小姐，一個黑衣，披肩發，嬌小玲瓏；另一個穿紅裙，短髮，高大豐滿；還有一個穿白裙子，剪了個齊肩髮，有點剛出校門的樣子，很是靦腆。

雷平陽好像對女人的耳朵比較感興趣，他唱歌時，手指在黑衣女人的髮叢中出沒，老捏著黑衣的耳垂。史紅旗唱了《夫妻雙雙把家回》，他對紅裙的臀部情有獨鍾，他左手拿麥克風，右手喜歡在那個部位遊走，輕輕地在上面打著拍子，而紅裙好像怕癢似地扭動著身子，與他的身體摩擦起來。李白呢，則有點拘束，他坐在沙發上，目光卻不禁也隨那騷動的手指游移著。

那白裙子像不知所措的小白兔，低著頭，眼睛不時閃現在髮叢中，她在等著李白的舉動。李白說不想唱歌，就和小姐聊了起來。李白腦袋發熱，思緒混亂，想了話題就問起來。

李白問她，「哪裡人？」

「北京。」

李白問：「是剛畢業嗎？」

「差三天就滿三個月了。」

李白說，喜歡這裡嗎？

「來了兩個月了。」

李白哦了聲，問幾歲了？

「十八。」

一問一答說完這些，李白就沒話了，坐著看別人唱歌，看別人的手指，在女人的性感部位舞蹈。後來，他們唱累了，史紅旗丟下麥克風，提議去洗頭鬆骨，說也好醒醒酒。雷平陽說好啊。

一出門，雷平陽就問李白，你有病呀？

李白說：「沒事，就是有點累。」

「我看你是有病！」史紅旗說。

「真的沒病。」李白認真起來。

「真的沒病？」

李白想了想，雙手叉住腰部，說應該沒什麼事的，只是一喝酒，後腰那裡，他用手用力一壓那個部位，「就感到很累。」他說此時就很想躺下來睡個覺。他扭了扭腰部。

雷平陽聽他這麼說，就笑著問他腎有沒有問題。

「上次體檢沒說有事。」李白含糊著說。

史紅旗含笑說：「他是腦子有病！」

「你別胡說八道。」李白說道。

史紅旗認真起來，說：「沒病？那花兩千塊找人聊天？」

李白張張口想爭辯，想想還是算了。雷平陽見了，就瞇著眼睛在笑。

他們去了這家名叫「標榜」的美髮廳。李白被洗髮小姐安頓在椅子上，還問要什麼牌子的洗髮精。李白掃了眼架子上的洗髮精，他的眼睛被酒精燒得都有點模糊了。他胡亂一指說，花王，清涼的。

那小姐也就十七八歲模樣，一邊倒洗髮精，一邊問他，手勢要重點還是輕點，說話期間，用手指抓李白的頭髮，讓他確定力度。小姐的手指撓到他的後腦勺時，李白說：「就這樣的力度。」然後將眼睛閉上。李白被小姐的十指輕輕一揉一抓，頓生睏意，快睡著了。
「老闆在哪裡發財？」
李白閉上眼睛，在黑暗中說：「打工啊。」
「老闆真會說笑。」小姐嘻嘻笑說。
李白沒有出聲。小姐又問他是哪裡人。
「說本地人，都是本地人嘛。」李白含糊地打哈哈。
小姐的手指滑溜溜的，在他的頭上四處遊走，讓李白感覺十分的美妙，人也有點迷糊，但還掙扎著捕捉她的聲音，所以他的眼睛時開時閉，後來，他瞥見那小姐光潔的小腿，在他旁邊晃來晃去。
李白突然想到了那些奔跑的馬，那性感而生機勃勃的馬腿。他閉上眼睛時，想像馬兒奔跑時健美的動作，或跳躍時劃出的優美弧線。他突然有種蒼老的感嘆，自己不就是一匹奔跑的馬嗎？整天不停地奔跑著，逐草而居，當然，他是這城市裡奔跑的馬。
洗好頭髮後，又轉移上了按摩床，李白已經像被大卸了八塊，人都快散架了。
李白問了句，「你們按鐘分帳嗎？」
「與老闆三七分帳。」
李白「哦」了聲，沒說什麼。這時他還模糊聽到隔壁的聲音，那是史紅旗以及雷平陽和小姐的調情聲浪。

那個小姐問：「老闆，幹哪行呀？」

「地質研究人員。」史紅旗笑嘻嘻回答。

「出差？旅遊？」

史紅旗一本正經說：「找水資源。」

「來這找？」那小姐笑嘻嘻。

雷平陽詭祕地說：「對哦，在你這裡找啊。」

李白聽到那個小姐「咯咯」地笑起來，和雷平陽和史紅旗的笑聲糾纏在一起。他的心情一蕩一蕩地起伏，但最終還是抗不住疲倦，很快他就迷失了，跌進了黑暗中，什麼也不知道了。

也不知道過了多久，他被一陣吵雜的聲音弄醒了，當他迷糊著被人塞進了一輛車子，才打了個冷顫，完全清醒過來。車廂裡是漆黑一團，看不清四周的環境，但李白知道身邊擠的都是人，有男的有女的，亂哄哄的，身體與身體的摩擦使溫度升高，然後是酸腐的汗味在車廂裡瀰漫開來。

李白感到噁心，有種想嘔吐的衝動，他拚命控制自己的意識，但最後還是哇地將胃裡的東西吐了出來。旁邊的人都驚恐地躲閃著，車廂裡頓時一片混亂。

李白挺起酥軟的身子，驚恐地喊了幾聲：「雷平陽？史紅旗？」

但沒有人答應他。李白聽到他驚恐的聲音，在人體和車廂內悶悶地迴響。他的腦袋開始發脹，心跳隨車子顛簸起伏起來。

好不容易熬到車門開啟，李白和其他人一起，被一群人趕進了一間屋子，然後逐個被叫進旁邊的一個房間問話。李白進去環顧四周，審問者的桌上有一部電話，可以和外面的人聯繫。李白發覺，其實說來說去也就是一個目的，要被審者交罰款走人。

那人問李白，「有錢嗎？」

李白說，「打電話幹嘛？」

李白對他的話不置可否，他今天出來是沒有帶多少錢。那個人便指著電話示意說，打個電話吧。

「叫人交罰款，滾蛋！」那人瞪眼吼了聲。

李白聽了覺得冤枉，覺得好笑，他說自己沒有犯法，幹嘛要交罰款。

「沒犯法？到那幹嘛了？」

李白理直氣壯地說，洗頭鬆骨。

「還幹嘛了？」

李白想了想，就說睡著了。

「和哪個小姐睡了？」那人笑咪咪地問他。

「你這人奇怪了，我和誰睡？我自己睡呀！」

那人正端起一杯茶喝，聽了這話將茶水噴了一桌子。他指著李白對其他幾個保全大笑說：「自己睡？你有病呀，跑到那地方睡覺？」他一拍桌子說，說：「他媽的！什麼睡覺，分明是嫖娼！就是花錢和那些『雞』幹了！說呀，花了多少錢？幹了幾個？幹了幾次？」

李白被他的這話嚇了一跳，他說：「請你注意說話，你不要誣陷人，你說誰嫖娼啦？」

「我說你是，你就是！」那人提高聲音。

李白說：「你拿證據來！」

「你不交？那待拘留室去！」那人有點煩了，對了他吼一句。

李白怕了，他趕緊說公司的主管可以證明自己是清白的。他拿起手機撥號，通了卻沒有人接，連撥了許多次都那樣。李白慌了，心想那兩個傢伙怕也被關了起來。

審問他的人卻笑了，問他，「怎麼樣？」李白有過一次類似的經驗教訓，心想這裡不是人待的地方，也無法和他們說清楚，秀才遇著兵，有理也說不清。還是出去再討個說法吧。他想了一會兒，然後掏出了錢包，但現金只有三百塊，除此外，就是信用卡。李白一下子想不出辦法來，只好趕緊找家裡了。

電話是楊小薇接的，聽聲音有點生氣，問他，「到底回不回家？」

「快帶錢來救我！」李白慌不擇言。

楊小薇一聽也慌了，問他是不是被人綁架了。

「不是，在派出所。」李白趕緊說。

「出什麼事了？」

李白發火了，讓她別囉嗦了，馬上趕過來。

楊小薇叫了車子趕來交了罰款。她一出派出所的大門，揮手就給李白一個耳光。李白怒氣沖沖，摸著臉問她，「你發什麼瘋？」楊小薇氣得全身發抖，指著手上的收據問李白，上面寫的是什麼？「嫖娼罰款！」李白捂住臉，說史紅旗可以證明自己是清白的。他又掏出手機撥號，這次又通了。

史紅旗問李白在哪裡，怎麼不見人了。

李白氣急敗壞地說：「他媽的你們跑哪去了？我給你們害慘了！」

史紅旗和雷平陽趕過來後，聽李白將事情的來龍去脈這麼一說，都笑得捂住肚子在地上打轉。過了一會兒，他們看見楊小薇黑著臉，才止住大笑做解釋。

史紅旗說，「李白絕對絕對，是個思想純潔的男性。」他怎麼會幹這種事呢？他以朋友和上司的身分，擔保李白是清白的。

楊小薇沒好氣地說：「你們同穿一條褲子。」

史紅旗接著解釋說，他們鬆完骨，見李白還沒做完，可他們酒癮又犯了，便讓收銀臺的小姐轉告李白，他們去二十公尺外的「零點」酒吧等他。沒想到會出這樣的事。楊小薇黑著臉，半信半疑地聽著史紅旗做解釋，並不做聲。

李白氣得滿臉通紅，問史紅旗為什麼不接他的電話。

史紅旗說，「你不要冤枉好人嘛，你沒打過來呀。」他從手包裡掏出手機給李白看。

李白按了未接來電，一看就喊了起來，說：「這不接到了嗎？」

史紅旗說：「可能酒吧裡面太吵了，又放在包裡，沒聽到響鈴。」

楊小薇拉下臉，說回家吧，別站在這裡丟人顯眼了。

回去的路上，李白和楊小薇坐在後排，一路沒話。雷平陽坐在副駕駛座，和史紅旗有一搭沒一搭地聊，好像是在說什麼娛樂公司的事。

史紅旗先將雷平陽送到新雅花園大門口，車子才繼續往李白住的社區駛去。接下來的這段路，都是史紅旗說話，無非是談現在銀行的工作是如何難做，做男人是如何辛苦，李白又是如何的純潔，還提到他剛才在包廂花了二千元請小姐聊天的笑話，等等，這些都是說給楊小薇聽的。李白只是打哈哈附和。

楊小薇默默地聽著，下車前丟下一句話，說：「史紅旗，你可別將我們家李白帶壞了。」

「嫂子這是什麼話呀，我會害兄弟嗎？」史紅旗笑了說道。

李白也說：「是呀是呀，怎麼會呢？」

楊小薇白了他一眼說：「你少放屁！」扭頭就先走了。

「真沒幹呀？」史紅旗叫住正要下車的李白，小聲問他。

李白的害怕已經過去了，他罵了句：「媽的，連你也那樣想！」

「媽的，浪費資源。」史紅旗又笑出了聲。

李白上樓按門鈴按了很久，楊小薇沒給他開門，他只好掏出鑰匙，將門鎖打開，然後小心翼翼地進了門，將拖鞋換上。

楊小薇坐在沙發上發呆，臉部表情嚴肅。李白趕緊走過去，扶住她的肩膀。

楊小薇馬上將他的手打掉，說：「不要碰我！」

李白表白說：「我真沒幹！」見她不理睬自己，他又重複了一遍，說自己真的沒幹，要她相信自己。他說自己怎麼會那樣傻呢，家裡還有個好老婆呢，他是這麼總結自己的理由的。

楊小薇說：「去洗澡！」

折騰了一夜，李白是有點累了，聽到這話，趕緊進了浴室。李白出來後，見楊小薇還坐在沙發上，就認真地說想和她說個事。楊小薇的眉頭動了動。李白一看，馬上就膩了過去，一本正經地表白說：「我對你的愛，就像存進銀行的錢，天天在不斷地長利息呢。」

「你還放貸款呢，爛帳一堆，別說利息，本金能收回就不錯了！」楊小薇躲開了他。

李白登時沒話了，過一會兒，才敢上前想搭話。

「你別過來！」楊小薇還板著臉。

李白一臉的誠懇，說他已經洗過了。

楊小薇還是那句話，「洗得乾淨嗎？」

李白在旁邊站著直發愣，楊小薇也沒正眼看他，他只好沒趣地進了臥室。躺在床上，他兩眼發直，過了好一會兒，他開啟那本《鹿鼎記》胡亂地翻了起來，卻怎麼也看不進去。他的耳朵在聽著外面的動靜。

過了好一會兒，他聽見楊小薇進了浴室，他終於鬆了一口氣。楊小薇進來後，躺在床的另一邊，捲了毛毯背對著他。李白丟開書本，伸手去扳她的身子。楊小薇回手往他的大腿狠狠地打了一拳，疼得他「嘶嘶」地呵氣，喊了句：「疼死了！」

第二章　娛樂城

李白看見李清照，竟然有點愕然，轉而亢奮得有點恍神，好一會兒不知道說什麼好。因為中午和客戶喝了點酒，腦袋還昏昏沉沉的，老想打瞌睡，他剛去洗手間洗了一把臉回來，人還沒有完全清醒過來。

李清照穿著一身白色的西裝，抱著一個資料袋，在門口站著，真是亭亭玉立。李白也覺得，用這幾個字來形容，是最恰當的。她笑咪咪問他，「就讓我這麼站著呀？」李白不好意思起來，慌亂地望了眼四周，指著沙發說：「坐。」李清照趕緊將手上的資料袋放下，然後和他並排坐了下來。李白倒了杯水給她，心才稍定點，臉上的笑容放開了。

李白小聲問：「終於想到我了？」

「怎麼會是你呀？」

李白打了個哈哈，說：「看來我表錯情啦？」

「沒想到是你呀。」李清照趕緊說。

他們已經有幾年沒有聯繫了，都不知道彼此的情況，卻想不到在這裡見面。李白問起前東家的情況。李清照說，來了不少新人，也走了不少舊人。辦公室與保全部合併了，唐大鍾不做部長了，成了保全幹事；結算部的黃姐病退了，肝有問題；小董請病假了，頸椎有毛病，總頭暈，腦部供血不足，上班暈倒過幾次，只好申請內退；其餘的人呼吸系統三天兩天就出毛病，不是感冒就是發燒，可能是營業大廳的空氣品質差吧，所以人手總是短缺。

李清照說情況大概就這樣。李白看著她問：「那你呢？」李清照說到這裡就打住了，說她是提早內退了，薪資拿七成。李白感嘆說：「還是你舒服啊，為自己活。」李清照轉臉對他一笑，說，就是沒錢啊。又說了句，「還是你好啊。」李白苦笑說：「彼此彼此。」

李白給李清照續了一杯水，問她怎麼不打電話給他。

李清照說：「沒你號碼呀。」

李白說：「通訊錄上不是有嗎？」

「給過一次電話給你，但你家那位好像警覺性很高啊！」

李白是沒給她現在這間公司的電話，通訊錄上的只是他家的，後來還改了號。他只好「嘿嘿」笑著掩飾尷尬，將話題轉開，問她今天怎麼會來這裡。

李清照這才想起此行的目的，笑咪咪地說找他借錢來了。李白趕緊問是否家裡出事了。李清照裝作不高興地說：「你怎麼想我家裡出事呀？」李白有點尷尬，說不是那意思，只是——他將話頭打住。李清照淡淡一笑說：「日子總是要過的嘛。」她解釋自己現在一家公司做財務。

李白「哦」一聲，有點不好意思，他低了低頭，就在那一瞬間，他瞥見李清照穿一雙白色的高跟涼鞋，他和她同事那麼多年，他都沒有見過她穿涼鞋，因為上班時間是不容許穿涼鞋的。此時，李清照那十隻白嫩可愛的腳趾，在高跟鞋裡蠢蠢欲動，讓李白一時有種驚豔的感覺。他趕緊將眼睛移開，抬頭看一眼她的頭髮。李清照將長髮梳成了一個髮髻，整個人更顯得成熟而端莊，李白的腦海裡又閃過她多年前那把飄逸的長髮。

李白聽她那麼說，就「哦」了聲，明白她是來辦貸款的，於是他提起的心又落下去了。李清照說她去過史行長的辦公室了，他讓她去找信貸部經理，「沒想到是李白你。」她淺笑了看他一眼。

「怎麼，用史行長來壓我呀？」李白故作不高興的樣子。

其實，要是換了別的公司這樣做，李白的確是會不高興的，但今天他沒有，只是和李清照開玩笑。

李清照笑笑說：「你怎麼還是那麼敏感呀？我們老闆叮囑的嘛。」

「你們老闆是誰？」

「雷平陽。」

李白「哦」了一聲，說：「你在皇朝娛樂城呀？」

「你知道我在這公司啊？」李清照有點驚訝。

李白說沒有，只是見過雷平陽，當時公司還在籌辦呢。李清照恍然大悟，鬆了一口氣似的，說這下好了，省得我繞圈子。她將沙發上的資料袋打開，拿出公司的相關資料：營業執照、貸款證、財務報表、雷平陽和她的名片等等。準備的資料應該說是很齊全的。

李白大致翻了翻，說：「雷平陽請你物有所值啊。」

「至少我對銀行業務了解嘛。」李清照抬腕看了眼手錶，說我們還是到公司再聊吧。她說自己此行是來接李白去公司做實地考察的。

李白起身收拾他的公事包，有點猶豫地問：「晚上賞臉吃個飯？」

「好啊。」李清照莞爾一笑說。

她的話讓李白心裡一蕩，彷彿坐在盪起的鞦韆上，一上一下地飄了起來。

到了皇朝娛樂城，雷平陽還沒來。李清照解釋說，他天天晚上都工作到凌晨，白天基本上用來睡覺。李清照先帶李白去各處參觀設施，說白了就是看看固定資產。

李白轉了一圈，心裡有個大致的感覺。整體裝修很棒，大廳進門是一面屏風，大玻璃浮雕畫，彩色的古代裸體仕女，但給人的感覺，氣息卻是現代的，帶點色情的意味。舞廳有十幾個卡座，舞檯燈光等演出裝置是一流的，樓上還有幾十個大包廂，裡面配備了大螢幕投影，唱卡拉OK的效果特別棒。

李清照說，光這些裝置就投資了幾千萬，在本市應該說是最具規模的。現在公司剛開業不久，因為固定資產投資大，所以手頭的流動資金有缺口。李白聽了介紹，就開玩笑對李清照說：「在這上班比銀行舒服多了吧？」李清照說：「你上班還不是出去東遊西逛，吃喝玩樂。」

李白嘆口氣說：「你知道我是什麼人的。」

「人可以變的嘛。」她調侃他道。

李白抽空上了趟洗手間，然後站在裡面給楊小薇打了一個電話。李白問楊小薇在忙什麼。楊小薇一聽他的聲音，就沒好氣地說：「晚上又是我們自己吃吧？」李白只好坦白，說晚上有個飯局。楊小薇聽了沒吭聲。李白說一完就立刻回去。楊小薇還是沒有說什麼。李白只好先掛了。

李白出來後，和李清照又聊了一會兒。期間，李清照走開，打了幾通電話，回來說：「雷總有點事，晚點才能趕過來。」後來，李白看看手錶，說：「今天這事情就完了，我們走吧。」李清照說：「急什麼呀，還沒下班呢。」李白說，「那我們就聊到下班時間吧。」又問她想吃什麼。李清照一臉的神祕，說她早點好了。李白有點不明白地望著她，但她並沒做說明，淨扯些別的事。

雷平陽是快五點鐘才趕回來，帶著一股風進來。他握住李白的手，說抱歉抱歉，有點事出外面跑了一圈。李白握住他的手說：「李清照帶我看過了，你有事就忙去吧，我們走了。」雷平陽攔住他說：「晚上就在這裡簡單吃點。」李白看了一眼李清照，說：「不了不了，我有個飯局。」李清照也回了他一個眼神，但有點曖昧，李白沒弄明白。

雷平陽說給個面子，史紅旗下班就過來，他讓你在這等他。李白聽了有點不高興，但他還是沒說什麼，卻耐下性子，聽雷平陽談公司的經營現狀和思路。雷平陽說他正在籌辦一個名人俱樂部，皇朝娛樂城免費出場地，定期在這裡舉辦某個主題沙龍，會員輪流做主持，這樣既可以廣泛聯繫本市大企業的老闆，又可以給公司帶來營業額，他們的消費能力還是很強的。

雷平陽說廣交朋友，收集資訊，這是他籌辦名人俱樂部的一個重要宗旨，若干年後，這批沙龍會員肯定會成為互相提攜的朋友。雷平陽問李白對這個設想有什麼意見。李白說很棒，很有商業價值。後來，一個服務生進來說有人找，雷平陽就出去了。李白拿出手機，想給史紅旗打個電話請假。

「雷總要我請你吃飯。」李清照小聲說。

李白望住她的眼睛，一會兒才說：「原來你早有陰謀。」

李清照笑咪咪地看著他。李白也只好手一攤，做了個無奈狀，坐在沙發上，與李清照邊聊邊等史紅旗到來。史紅旗快七點鐘才到。他們晚餐吃的是西餐，說這樣省心省力，方便些，大家叫的都是水果沙拉，當然還有紅酒。

李清照吃著水果塊問：「你們都在減肥嗎？」

「中午的還沒有消化嘛。」李白接她的話說。

史紅旗指著李白，問李清照，「今天李經理沒刁難你吧？」李清照在雷平陽的勸說下喝了點酒，臉已經燦若桃花，她笑咪咪地回話說：「李經理還是蠻顧及舊情的嘛。」史紅旗聽了眉頭一飛，笑了，「哦，還有過一段故事呀？」李白趕緊說：「沒有沒有。」只是他們以前是同事。

雷平陽說沒聽李清照說過啊。

李清照說：「之前我也不知道要找的人就是李白。」

「有緣有緣啊，」史紅旗和雷平陽都哈哈笑了起來，邊說邊端起酒杯，說乾了乾了。雷平陽還笑嘻嘻問：「等會兒你們有興致聊天，給你們單獨開個包廂？」

李清照和李白臉燒了起來。

大家在說笑中吃完了這頓晚餐。李白突然想回去了，他也說不清楚，為什麼會有這念頭。也許之前他對這一頓晚餐，設想得是挺浪漫的。餐桌上只有兩個人，在淡淡的燈光下，慢慢地品嘗著杯中的紅酒，盤中的美食，有一搭沒一搭地說話。大家要麼心照不宣，要麼若有所思地猜對方的心思，或者看對方的臉上，紅潮起起落落，就像兩個坐在河邊把酒談心的男女，看著太陽升起，又落下。李白對這頓晚餐可能期望太高了，可是沒想到是這樣的一種場面，而日因為有其他人在場，說話也挺放不開的。

李白說他想先走。

雷平陽聽了一愣，說等會兒有一場時裝表演。

「走什麼走，都留下，家裡的美人啥時沒機會看？」史紅旗剔著牙說。

雷平陽也趕緊使眼色，說這麼久沒見面，多聊會兒吧。

「也就半個小時，給點意見。」李清照說。

李白沒再吭氣，心想來都來了，就看完再走吧。

他們從西餐廳出來，就聽見音樂在演出大廳爆炸，聲浪震耳欲聾，一浪又一浪地撲過來，燈光也在閃爍，像刀子一樣割過來，又割過去，黑暗被割開一道道的口子。李白跟著服務生，努力分開頻頻合龍的黑暗，來到預先留出的位子坐了。

李白朝四周張望了一圈，發覺已經有七八個座位坐了人，票房紀錄還算可以。突然，燈光不再閃爍了，側面追光燈打出的光圈罩住了舞台的側門，舞台前方的地面突然噴出了一股乾冰霧。李白嗅到了一股夾雜著香水的味道，他的心咚咚地打起了鼓來。

時裝模特兒兒穿著各種服裝，依次從那個小側門出場，追光燈馬上就罩住了她們的臉和身體。她們腳踩著爆炸的音樂鼓點，走著貓步，就像一隻隻性感的貓，在某幢高樓的天臺上，小心翼翼，性感又誇張地扭動著修長的腿，柔軟的腰肢，展示她們冷若冰霜的臉部表情。

李白說：「真高挑。」

「大連的。」雷平陽說。

史紅旗說那件服裝很有名。

這時一個穿白旗袍的模特兒兒進場了，身材挺豐滿。見慣了骨感美人，李白這時不禁眼前一亮。李白喜歡女人穿旗袍，那有一種優雅的韻味，他想起李清照走路的模樣，勝似「閒庭信步」，他心裡突然感慨起來。李白轉過頭對李清照說：「你穿一定很好看的！」李清照笑而不語，喝了口杯中的橙汁。另一個模特兒兒出場了，她穿著一件紗質裙子，質地透明，走起貓步來搖曳生姿。

這時，雷平陽詭祕地壓低聲音，對李白說：「想不想帶出去？」

李白頓時臉燒起來，他假裝沒有聽見，在黑暗中用力地喘了口氣，他感到肚子下面，有種腫脹的感覺，有一堆火在下面燒起來，李白感到身體裡的血燒起來，沿血管裡膨脹著在全身遊走。

雷平陽又扭過頭，「肯定是白色的。」低聲對史紅旗說。

「紅色的。一百塊？」史紅旗也一臉的壞笑。

那個模特兒兒走到他們的座位前面，一束追光掃過來，罩住模特兒，快到舞台的邊沿，她就邊走邊掀掉身上的衣物，很快身上就一覽無遺了，她穿的三角褲是紅色的，胸罩是黑色的。史紅旗哈哈地笑起來，將手伸出來。雷平陽掏出一百塊給他。

「你們搞什麼？」

史紅旗嘻嘻笑說：「不告訴你，免得你學壞了，嫂子要殺了我。」

李白雖然不知道他們說什麼，但也猜到裡面的色情意味，所以有點尷尬，他知道自己不該問。他感到喉嚨有點癢，伸著脖子，咳嗽幾聲，然後喝了口手中的椰汁，繼續看演出。他抬腕看了看手錶，已經是九點鐘了。他知道演出快結束了，此時他竟然有點依依不捨了。

李白突然扭頭問：「常看表演嗎？」

「就今晚。」李清照說。

李白有點半信半疑地看住她。

「這裡屬於男人的！」

看了一會兒，李白突然自顧自地笑出聲。李清照問他有什麼好笑的事。李白湊近她的耳邊，有點詭祕地說：「剛有個新發現。」李清照問他是什麼。李白說，模特兒兒家裡不用買空調。李清照問他為什麼。李白吃吃笑，讓她看模特兒兒兒的臉，「那麼冷若冰霜，夏天肯定很涼快！」李清照被逗得忍不住咯咯笑著說：「你呀總有怪念頭！」

史紅旗問：「你們笑什麼呀？」

「不告訴你們，省得你們學壞了。」李白滿臉詭祕地說。

時裝表演結束後，接著的是駐場歌手的演唱。雷平陽問：「想不想唱卡拉OK？」李白說：「今天就算了吧。」他在史紅旗面前總是放不開，他只是想和李清照獨處聊天。李清照也說：「改天吧。」史紅旗可能與雷平陽有話要談，也順勢說：「那今天就到此吧。」他說完就和雷平陽到辦公室去了。

李白收拾起公事包說：「我送你吧。」李清照沒說什麼，跟著他朝停車場走。

上了車，等到真的與李清照獨處了，李白卻不知道說什麼好了。他默默地打著方向盤，往李清照的住處開去。開了好一段路，李白才突然找到話，他想到一件事，就問她是否喜歡數字。李清照不明白他為什麼這樣問。李白於是問她為什麼還會去做財務工作，「這多沒意思呀。」

李清照說：「有什麼辦法呢，去應徵時，人家一看你在銀行幹過，自然將你擱那去啊。你不也還幹這行嗎？」

李白嘆氣說：「我沒本事，就混碗飯吃。」

「彼此彼此。」

「其實你的生活真令人羨慕。」李白突然就笑了。

「還不是和數字打交道，有什麼值得羨慕的？」

李白笑嘻嘻地說：「歌舞昇平啊。」

「你們男人可能喜歡過這樣的生活吧？」

李白趕緊說：「也不是人人都喜歡。」

一路說笑，很快就到了李清照的住處。李白突然想起一些前塵舊事，多年前的某個夜晚，他也是將她送到某個路口的情景，便有點感慨起來。那時候是散步走路過去的，當然，後來他記得，也有過用腳踏車的，現在是用車，形式不同了，但送的還是同一個人。

下車前，聽到李白的嘆息聲，李清照笑了笑，問李白經常這麼晚回家，是不是老被夫人審問。李白愣了一下，先是打哈哈，後來又調皮地回敬她，「你經常被人這樣審問嗎？」他還扮演某個人，「你幹嘛不接電話？」質問李清照，「還去了哪？」也追問她的行蹤。李清照沒接他的話茬兒，一邊笑著一邊開門下車。

李白問她，「還打牌吧？」

李清照也問他，「還看武俠啊？」

第三章　牌局

週一下午，照例是信貸部每週一次的例會。

李白和信貸員陸續進了會議室，然後翻開資料夾，分派任務。各個信貸員也做了發言，彙報自己所管公司的情況，跟著就大發牢騷，說某某貿易公司的老闆真的狡猾；某某公司的財務做假帳等等，將工作中的經驗教訓，某某眉角，都揭露出來，讓大家互相學習，並提防和注意，整個會議室的氣氛，霎時熱鬧起來。

後來，史紅旗的電話打過來了，他說等一會兒也要參加。李白放下手機，對坐在會議室的信貸員說，「行長三點鐘過來。」大家的臉緊了緊，氣氛有點收斂了。

李白將資料看完，正準備分派任務，史紅旗也到會議室了，一把坐在李白的身邊，說他還有事，就先講了，隨即就做了發言。大家都一本正經地緊繃著臉聽，還不時記著筆記。李白邊聽邊不時在筆記本上記上幾筆，以示態度認真。

史紅旗對上一個季度的信貸工作做了總結後，又對下一個季度的工作重點做了闡述，用他的話來講，就是內容簡單，但任務艱鉅。

「一是存貸款的絕對比率，要達到百分之二十五或以上；二是貸款的逾期率，要在上一個季度的基礎上，下降兩個百分點；三是新增加的貸款不能出現逾期不還。」他還強調說：「所有信貸員要與支行簽定責任書，沒有討價還價的餘地。」

史紅旗說：「我代表支行與分行簽了責任書，所以支行也與你們信貸員簽定責任書。任務是層層分解下去包幹到人。完不成任務，季末考核不能達標的，按規定處罰。」

史紅旗滔滔不絕地說，聲音高亢洪亮，起伏跌蕩，在會議室來回走動，壓過筆寫在本子上的沙沙聲、偶爾響起的椅子挪動的聲音、或者咳嗽聲。史紅旗拿著茶杯，越說越起勁，說到生動處，他就眉飛色舞起來，還故意賣個關子，打住不說，拿了茶杯喝一口，然後悠閒地望大家一眼，再接著講下去。

史紅旗有時扭頭時，就將唾沫濺到李白的臉上。李白只好用假動作偷偷擦去，心裡想，看來史紅旗在機關練就的那套本領，放到哪裡都適用，他不但喜歡開會，而且一講起話來，不用稿子也能講一兩個小時而不停頓。

史紅旗將頭轉來轉去，問：「你們有什麼想法？」

「銀行不是嚴禁搞包幹到人這做法嗎？」信貸員小周有點猶豫，小聲問道。

史紅旗說有什麼辦法呢，「上有政策，下有對策嘛。」他說現在競爭這麼激烈，不進則退，各家銀行只得各顯神通了，大家都在陽奉陰違。

大家就都不說了，知道說了也是白說，於是就將頭低著，用筆在本子上畫圓圈。

史紅旗環視了一下會議室，突然笑著問了一個問題：「你們選擇客戶和放款時，遵循什麼原則？」五個信貸員各自闡述了自己的觀點，無非是說根據我行的某號檔案，某項規章制度來怎麼做。李白也談了自己的看法。

史紅旗笑著說：「說得太複雜了，簡單點。」

大家的臉鬆開點，但還是你看我，我看你，沒有人說話，也不敢看史紅旗，生怕他讓自己回答。

「這樣吧，大家聽聽行長的高見吧。」李白就笑笑說。

史紅旗說話了：「嫌貧愛富！」

李白不禁也要為他這話叫絕，說得的確是夠言簡意賅，擊中要害。真他媽的精闢和形象。他笑嘻嘻地說：「這話夠經典的，乾脆將這話裱了，掛在公司的牆上。」大家聽了這話，也笑著起鬨，嘩嘩地拍了拍巴掌，氣氛有點活躍起來。

史紅旗聽了，有點洋洋得意，擺擺手接著說：「遵循這個原則，什麼指標都可以完成。我們要將主要的精力，都放在抓大客戶上。在控制成本的前提下，要將有限的資源，投放在經營有效益，產品有市場的的客戶身上，俗話說，瘦死的駱駝比馬大嘛。簡單點說，就是『二八原則』，我們的效益，主要是那百分之二十的大客戶創造的。我們的服務重點，就放在部分客戶身上。」

「大家還有什麼想法？」史紅旗說到這裡就打住了。

大家趕緊異口同聲地說：「沒了沒了！」

「李經理還有什麼要說？」史紅旗又問道。

李白趕緊說：「剛才史行長將該說的都說了，我沒什麼要補充了。」

史紅旗讓李白將收好的責任書交給他，然後說：「有什麼想法，就找李經理談，大家盡力吧。」

他正要起身，突然又想起一件事來，他重新坐下。其他人剛起來半個身子，也隨他坐下了。

史紅旗咳嗽了幾聲，大家都望住他。史紅旗說他聽到一些反映，個別的信貸員，拿發票去公司報銷。他邊說邊往四周一掃。信貸員們都假裝在本子上做紀錄，沒有誰的目光敢和他的目光對視。

史紅旗緩了一口氣，說：「什麼都要適可而止，不要搞上我這裡來，明白嗎？」說完他臉上的嚴肅散去，換上笑容宣布散會。他離開前，碰碰李白的肩膀說：「下班等我。」

回到辦公室，李白看著桌上成堆的檔案，有點心煩。這些檔案，就像是等待關懷的小孩在等爸爸的關注。他拍了拍那堆檔案，按時間順序抽出來，心不在焉地翻看著，完了在上面蓋上自己的私章，以示自己翻閱過了。

上級行來的檔案，像是秋天落葉或冬天的雪片，每天嘩嘩地落滿他的桌子上，讓他感到一陣緊過一陣的蕭殺氣氛，也像是給他唸的緊箍咒。他一看見辦公室處理文件簽收的小黃，就心煩，她每次都捧了一疊文件進來，放下的時候，不忘叮囑一句，「簽字。」以示文件簽收手續完畢。

的文件垃圾。

李白有時也挺驚訝，怎麼會有那麼多的文件下來！後來，一想也明白了，上級行有那麼多的處室，文件的多寡，也就說明了那個部門或處室都幹了什麼工作。為了有績效，自然就會產生這麼多的文件垃圾。

李白在走神中批閱了許多文件，也審閱簽署了幾份貸款報告，期間，也接了幾個客戶的電話，還婉拒了幾個飯局的預約電話，一個下午就過去了。

李白看了眼手錶，時針指向六點鐘。幾個信貸員都走了。史紅旗還沒有出現。李白轉去他的辦公室門口晃了晃，門是緊關著的，敲門沒反應。他只好打了史紅旗的手機，不通，語音提示說暫時無法聯繫。好不容易打通了，史紅旗說正在路上，然後就掛了。

李白有點煩躁，他不知道史紅旗找他什麼事。等李白又接到他的手機，就聽他笑嘻嘻地說：「到你老情人那碰頭。」李白沒明白，說：「你又胡說什麼呀？」史紅旗說：「竟然把人給忘了，她要傷心的。」李白沒心情跟他開玩笑，有點不耐煩了，但他還是耐住性子問到底在哪裡碰頭。

「去李清照那。」

李白一聽，好像被人發現了祕密一樣，兩頰馬上就燒起來。當然這沒有誰發現，辦公室裡就他一個人。他敢肯定自己和李清照之間的事情，他除了說過和李清照是同事外，他沒有和史紅旗談過任何其他的情況，他不知道他為什麼會這樣說。

李白問：「有什麼事？」

「公事。」

李白定了定神，給楊小薇打了個電話，支吾一番，才說晚飯不回去吃。楊小薇聽了，沒好氣地說：「你愛怎麼著就怎麼著吧！」說完就掛了。李白傻傻地愣了好一會兒，才悶悶不樂地離開辦公室，開車到了皇朝娛樂城。

李清照一見他就說：「你的臉色很難看啊。」

「晚上睡不好啊。」李白笑著掩飾道。

李清照一笑，「煩什麼呀？」她隨口問道。

史紅旗這時進了包廂，笑哈哈說：「他犯病啦。」

「犯病？」

史紅旗說：「單相思。」

「誰這麼有魅力啊？」

史紅旗大笑，使使眼色，說：「現在是藥到病除。」

「他呀，要想也想青春少女。」李清照明白過來。

李白偷偷瞥了瞥李清照，她有點變化了，那就是有點雙下巴，畢竟都三十五歲了，但人真的沒什麼大的變化，看來她很會保養，連皮膚還那麼富有光澤，看上去還是那種端莊高貴味。

李白打哈哈說：「什麼病啊，都是你下的任務給害的。」

「沒辦法沒辦法，大家一樣痛快。」史紅旗說道。

李白小聲問史紅旗找他有什麼事。

「就吃個飯。」

李白不再說什麼了，他不想又聽史紅旗說那句經典的話，什麼吃飯是為了工作，娛樂也是為了工作，一切可以說都是為了工作。「他媽的，什麼都是為了工作，就沒有為了自己。」他不只一次在心裡罵過。

雷平陽進來不久，他們點的菜就上桌了。席間，雷平陽談興很濃，談公司這段時間的經營狀況，也談了名人俱樂部搞的主題沙龍，還談了他一次西北之行所見的奇聞逸事。

他說沒想到那裡的人那麼窮，李白顯得有點心不在焉，他喝點紅酒，聽著這些或近或遠的人和事，在自己耳邊繞來繞去，偶爾隨大家笑笑或附和幾聲。

李白沒什麼食慾，他注意到李清照端起酒杯的手。對了，那雙手和酒杯，看起來就像軟瓷纏繞上了硬瓷，一種軟綿的力量纏繞上了一件冷冰冰的對象，也似賦予了酒杯生命。李白看得有點呆了，竟然錯過了雷平陽的一個笑話，當時大家都笑了，就他一個沒笑，回過神後，他補笑了一下。

期間，有個部長拿了張單子進來，說客人要打折。雷平陽拿過去一看，有點火了，「你就不能自己處理？說我不在？」那個部長挨過訓後悶聲出去了。史紅旗問他幹嘛發那麼大火。雷平陽說：「媽的，都這麼打折，我還怎麼做啊？我這又不是慈善機構？算了算了，不談這雞毛事。」後來，他喝多了酒，就忍不住又主動聊起各路人馬想來這占點便宜的煩心事。

飯後，史紅旗提議，「出去喝茶吧？」

「好啊，有利於消化。」雷平陽同意。

李白說想回去了。

史紅旗看了看錶，「說還早嘛。」

李白只好不再說什麼了，他不明白史紅旗為什麼不待在皇朝裡玩，突然又改了主意，畢竟在皇朝玩，雷平陽是可以簽單的。不過他也懶得問，只是跟著他們走。

他們去了一家「有茗堂」茶館。史紅旗站門口，指著那幾個字就笑了，說這名字起得不錯，「進去看看，會有什麼名堂呢？」雷平陽說，「那就進去看看吧。」

進門就看見大廳裡已經有幾桌的人了，有聊天的，有打牌的，還有下棋的，蠻熱鬧的。史紅旗問：「不錯吧？」李白卻感到不對勁，氣氛有點滑稽，和他理想中的茶館是兩碼事。但他也懶得說什麼，只是說：「好好。」

他們上樓要了一間包廂。一個小姐進來，架好麻將桌，拿出一副麻將。史紅旗興奮地搓著手，又將手指交叉在一起活動，扭得嘎嘎作響。

李白趕緊說：「我不會啊。」

李清照也說她不會。

史紅旗一臉的遺憾，「有撲克牌嗎？」他對小姐說道。

小姐出去拿了一副撲克牌回來。

史紅旗說：「那我們打牌吧？」

「也好，打牌！」雷平陽說。

其實李白知道他喜歡玩的是麻將，心想改玩牌他一定挺痛苦的。

李白說：「就喝茶吧。」

「茶要喝，牌要打！」史紅旗說。

雷平陽也說：「難得有此雅興，就玩玩吧。」

「也好，好久沒玩了。」李清照看了李白一眼。

李白只好坐在桌邊。李白以為要打對家的，就說要和李清照搭檔。但雷平陽卻說：「銀行對企業吧。」史紅旗也說這主意好。李白說：「友誼第一，比賽第二吧。」史紅旗趕緊更正說：「不對，應該是比賽第一，友誼第二！我們為各自的榮譽而戰吧，一局一百元。」聽他這麼一說，李白有點緊張，因為他沒帶多少錢在身上，他說自己身上沒有多少錢。

「貼紙鬍子算了吧。」李白提議。

史紅旗笑他，「都給嫂子沒收了？」

「用光了沒取。」李白有點窘。

史紅旗說：「打齋牌沒勁。」

「就是就是。」雷平陽也附和他。

這讓李白有點為難，就說：「那，玩掉口袋的那五百塊算了。」

這時，雷平陽想出了辦法說，「好辦，先記帳，以後結算。」李白就不好說話了，看了一眼李清照。她沒說什麼話，只是將牌洗好，然後給大家發牌。

史紅旗出牌果斷，充滿自信，他看一眼桌上的牌，然後抽出手上的牌，喜歡用力一摔，牌打在桌上的牌上，很響亮地啪一聲，蓋了上去，有時候用力過度的話，牌就飛出桌外了。

通常這時候，他自得地望大家一眼，就像他開會發言後，環視一眼大家，看看大家的反應。當然，對他打出的牌，雷平陽也很用力地回敬，無奈總是功虧一簣，但他總是輸不氣餒。

李白有點奇怪，他每次拿到手的牌一般，但總在關鍵的時候，上家的李清照，或做下家的雷平陽，總打出一手很臭的牌，讓他贏了，讓史紅旗贏了。李白甚至覺得，有好幾局贏得莫名其妙。

幾局打下來，他瞥了眼桌上的紀錄紙，他有點吃驚，他的名字邊上，已經有幾個完整的「正」字了，說明他收穫不小。當然，真正的大贏家是史紅旗，他的勝算是十局只輸掉兩局。最大的輸家是雷平陽，其次是李清照。

李白開始有點為李清照擔心，以為她會很不開心。但觀察了一會兒，李白發覺他的擔心是多餘的，李清照神態自若，他也就釋然了。李清照總是不緊不慢地洗牌、發牌、出牌，過程中也回李白一個似笑非笑的眼神。

這當中李白一時恍惚，又想起了多年前，他與李清照做對家的那次牌局。他一走神，又輸了一局，但緊接著又在下一局扳回。後來不知道怎麼搞的，慢慢地李白竟然也心安理得地打下去了。

牌局進行到大概兩點鐘的時候，外面突然亂哄哄起來，聲音從樓下向樓上滾上來，跟著就有一個警察領了一群保全進來。一屋子的人登時愣住了，拿了牌問出了什麼事。

那個領頭的保全一揮手，喝住了史紅旗，讓他放下手中的牌。

史紅旗問他們，「想幹什麼？」

「你們在幹嘛？」那個保全反問他。

雷平陽說打牌啊。

那個警察一揮手，說：「帶回所裡說清楚。」

「打牌也犯法嗎？」史紅旗不以為然。

那個警察說：「聚眾賭博是犯法。」

李白心想這下完了，不過有史紅旗在，所以他沒像上次那麼緊張，只是尾隨他們走。

到了派出所，那個警察要他們承認賭博，還拿了一份檔案讓他們簽字，說簽了就可以交錢走人。史紅旗像看公司文件那麼認真地看了看那份東西的內容，然後說：「這樣的內容我們不能簽字。」那個警察問他為什麼。

史紅旗說：「我們只是打牌，不是賭博。」

「是啊，這是兩件不同性質的事。」雷平陽也說。

李清照也說：「憲法哪條規定不能打牌的。」

史紅旗坐在椅子上，仰頭問那警察，「你知道什麼是聚眾賭博嗎？要有幾個條件才能成立的，一要有賭資，二要有莊家，三是要達到一定金額以上，只有滿足了這幾個條件，才可以說是聚眾賭博。」

那個警察聽了，惱怒地瞪大眼睛說：「簽字就可以走，不簽字就不能走！」

「你這是哪門子法呀？」李白有點不高興了。

雷平陽拿出手機，撥了個號碼，然後就和那邊說開了。

過了一會兒，那個警察桌上的電話響了，他拿話筒聽了一會兒，李白看見他的臉色由嚴肅變得鬆弛，再到認真。接聽完電話，那個警察笑嘻嘻走到他們的跟前說：「不好意思，是一場誤會。」雷平陽玩弄著手上的手機，聽了這話也順勢說，「算了算了，一場誤會。」

那警察將他們送出門時，又握住史紅旗的手，連說了幾次對不起，還說要請他們幾個去吃宵夜。雷平陽婉拒了，還拍拍他的肩膀，說不用了，別客氣，你們也辛苦了。

到了停車場，李白以為事情既然結束了，拉開車門就說，我送李清照吧。

史紅旗說，「走什麼走？回老地方繼續接著打。在哪裡斷的，就從哪裡打起！」

雷平陽也表示同意，於是一行人又重新回到了那家茶館。茶館的小姐看他們回來，都有點驚訝。

史紅旗對小姐說：「還要原來的那間！」

進了原來的那個包廂，「還要剛才的那副牌。」他叮囑那小姐。

於是，他們又打起來。李白問雷平陽剛才給誰打電話。雷平陽說給報社的一個朋友，跑治安這條線的記者，他認識這的所長。李清照說：「是不是上次來參加名人俱樂部成立大會的那個胖子。」雷平陽說就是他，他一直跑治安這條線，和這邊派出所都熟，今天這個警察可能是新人，想有點成績吧。

李白說：「怕是這鳥人口袋沒錢花了吧！」

「別談這個鳥人了，敗興！我們繼續打吧。」史紅旗擺擺手。

牌局繼續下去，李白的反應有點慢了，出牌也慢了。史紅旗很快又投入進去，看來情緒沒受太大的影響，只是將牌更凶狠地摔在桌上，緊跟著就吆喝一聲，「斃了你！或說，殺你！」還用手拍打桌子，催促旁人趕快出牌。

散局時，李白眼睛有點發澀，他瞄了眼那張記帳的白紙，他大概贏了五千左右，他心裡有種不安起來，但也沒說什麼。他開車送李清照回去的路上，車開得很慢，一是他對自己的視力不很自信，二是想和她獨處一會兒。

其實和李清照也沒聊多少話，後來快到了，李白突然想起什麼，問她今晚輸了多少。李清照一臉的無所謂，說不知道，也不關心，雷平陽會處理的。李白聽了心裡咯噔了一下，但沒說什麼。

李清照下車時，李白問了句，「你這麼晚回去，沒事吧？」

李清照回了他一個狡猾的笑，「那你呢？」她反問他。

李白本來想問，她家裡的那位在不在意。但話到嘴邊又嚥了回去，笑笑作罷。這畢竟是個敏感的話題，搞不好會大家都尷尬。李白望著她走遠，消失在社區的樹影後，才將車子掉頭開走。

回去後，李白將車子停好，一邊上樓梯，一邊想楊小薇見到他會有什麼反應。他走得很慢，等到了門口，他掏出鑰匙開門，無奈鑰匙轉不動，門鎖從裡面鎖上了。李白想了一會兒，只好按門鈴，但按了幾遍，他隔著防盜門聽，裡面有叮咚的門鈴在響，但沒有人來開門。

李白想叫喊，想打門，但一看手錶，已經是凌晨四點鐘了。他不想鬧得整棟樓都炸鍋，望著門想了想，只好作罷，又悄悄地下樓了，開車子去了一家足浴店。

足浴店裡沒什麼客人，兩個小姐東倒西歪地半躺在沙發上聊天，另外幾個在打瞌睡。聊天的小姐見李白進來，有個領班模樣的起身招呼他。李白打了個哈欠，躺在沙發上。

李白對領班說：「做兩個鐘吧。」

領班問他要洗什麼藥水。

「累死了，隨便。」他累得懶得看了。

那領班說那就洗中藥吧。

「有熟悉的師傅嗎？」

李白說沒有。

「要男技師，還是女技師？」

李白有點火了，「你怎麼這麼煩呀，不是說隨便了嗎？」仰起身提高嗓門。

那個領班連忙說對不起，給他叫了個小姐。

李白朝她揮揮手，又躺在了沙發上。

一個小姐端了一盆熱水進來，另一個小姐給他倒了杯水。李白將鞋襪脫了，將腳放進去，嘴上哼了哼。那小姐趕緊問他水溫是否合適。

李白意識模糊說：「還好，好吧。」

那個小姐想要給他先按按肩膀，但李白說不用了。小姐只好作罷，給他揉腳部，還問他要輕點還是重點。

李白含糊著說：「好，好。」

過了一會兒，那小姐再問他怎麼這麼晚呀。李白聽了就打了個哈哈。

那個小姐笑了笑，問他是不是老婆不讓進門呀。

李白火了，「你這人怎麼這麼囉嗦！」他猛地跳起身子。

那個小姐嚇了一跳，不再敢吭聲了，默默地揉捏著他的小腿。

李白長嘆了一聲，「對不起。」說完，他躺在沙發上，迷糊迷糊就睡著了，他夢見自己飛了起來，但隨即又墜落，他醒來後發覺自己身上是冰冷的汗。

李白對小姐說：「空調怎麼那麼冷？給我拿毯子！」

第四章　討債人

下午。兩點三十分。

雷平陽下了車，往皇朝娛樂城走來，在大門口遇見李白。他有點驚訝，用左手捂住嘴巴，打了個長長的哈欠，右手握住李白的手，他是一副睡眼惺忪的樣子，瞇眼在適應光線的變化。

雷平陽問：「早啊？」

李白也笑了，「剛起來？」他說話的嗓子有點嘶啞。

雷平陽解嘲說：「沒辦法。」他過的是黑白顛倒的日子。又問李白，「嗓子怎麼啦？」李白用力咳了幾聲，清了清嗓子，說大概是上火了。雷平陽拿出一套茶具，給李白泡茶，說他有上等的龍井茶，「是私家珍藏，喝了好下火。」

李白在沙發坐定了，就問怎麼不見李清照上班。雷平陽笑了，說她出去跑稅務了。還向李白打趣，「盯得這麼緊呀？」李白反應過來，臉刷地一下子紅了，連忙說他剛去過財務室，見沒人。

雷平陽拿菸盒朝李白示意，見他擺手，就自點了一支菸，問找她有什麼事。李白說沒什麼大事，只是要一份財務報表。雷平陽舒了口氣，「還以為有什麼大事。」他說來個電話，讓她送去就得了。李白說剛跑過一家公司，順路就上來了。

「真的沒別的事？」雷平陽一本正經問道。

李白用嘴吹著杯口，慢慢喝著茶，考慮怎麼談這個話題。說實話，他是有點擔心皇朝娛樂城。看了幾期送來的財務報表，裡面的數字讓他皺眉頭。公司的經營還是處於虧損狀態。李白私下找過史紅旗談過這個問題，畢竟他與雷平陽是朋友，他想還是先打個招呼為好。

史紅旗倒是認真地聽了，但沒怎麼在意，只是輕描淡寫地談了一些看法，他說公司開業初期，都有個虧損過程，折舊大嘛，但慢慢就會好的，這得有個過程。史紅旗要他主管這家公司，也說明他對此重視，既然已經定了調子，李白聽了也不好說什麼，只是他往公司裡跑的次數慢慢多起來。

「味道如何？」雷平陽端了茶杯示意。

李白「哦」了聲，「味道不錯。」

「新茶啊。」

李白問了句，「近來不錯吧？」

「我？」雷平陽弓起身子，給他添茶水。

李白彎起手指，「你和公司。」在茶杯旁，敲了敲桌面。

「自己，老樣子，公司，進步慢。」

「怎麼開業這麼久了還在虧？」

聽他這麼說，提到了問題的關鍵，雷平陽神色有點凝重，「哦，這怎麼說呢。」他將手上的菸猛吸了幾口，然後掐滅，將菸蒂放進菸灰缸裡，臉上現出靦腆的神色，他說經營上有點小問題。

「什麼問題？」李白揚起臉。

雷平陽說：「有些上司老在這簽單打折。」

李白一聽「哦」了聲，「嚴重嗎？」想起那次他發火的情景。

「這個嘛——」雷平陽臉上，泛起無奈的神色，「你放心，畢竟是家國營事業，不會欠錢的。」話剛說了個頭，可能又發現不妥當吧，又趕忙補充了一句話。

當初，放貸款的時候，李白也向史紅旗談過他的擔憂，說娛樂行業不是他們的目標客戶。可雷平陽讓他放心，還說他們總公司是國營事業，家大業大，有它做擔保人，這棵大樹身上隨便掉下一片葉子，也能將貸款還了，再說五百萬這個貸款額也不算大。

史紅旗對李白的擔憂表示理解，還說：「你就做這家公司的經辦信貸員吧，自己盯住，這樣總該放心了吧？」這樣的結果李白沒有想到，話已經說到這份上了，史紅旗的態度已經很明確了，他只好不再說什麼了。

雷平陽又陸續談了點其他的什麼，但李白聽得有點走神了。

「你臉色好憔悴啊。」雷平陽突然轉話題。

李白用手捂住嘴巴，「睡眠不好。」他打了一個哈欠。

雷平陽就笑了，問這是否與女人有關？

李白拿起杯子吹了吹氣，喝了口茶，辯白說有幾家公司的貸款到期了，本來都可以還的，但就是賴著不還，主管的信貸員處理不好，他只好親自出馬，跑催收都跑斷腿了。而有些案子，法院執行起來也沒什麼結果。這個季度的貸款逾期率，不但沒有降下來，還有可能上升呢，壓力挺大的，心裡挺煩的。

雷平陽啊啊地點頭聽了一會兒，說還有這麼誇張的公司啊。

「受氣小事，那些鳥人還威脅我。」

雷平陽笑了，說：「有這麼嚴重？」

李白苦笑了一下，哎呀，和你說也是白說！

「那你就別那麼認真了。」

李白說：「我放出去的可是真金白銀！」

「算啦，不說這些了，省得來氣。」雷平陽擺了擺手。

這時桌上的電話響了。雷平陽拿起電話，和什麼人說了幾句話。兩個人又聊了一會兒，就有兩個人進來了。雷平陽起身給李白介紹說，這是他的朋友。一個叫阿青，一個叫花狗。

李白見有人進來，說話有點顧忌了。雷平陽說他們是來聊天的。李白對那兩個人點頭一笑，算是打過招呼，還拿出一張名片。阿青讓花狗收起了，卻對李白說，自己沒帶，有事找雷平陽。

大家客氣了一番後，就又說笑起來，雷平陽講了幾個黃段子，李白知道，是手機簡訊息裡剛流行的。花狗耐不住，也興致勃勃地講了幾個黃段子，別人還沒笑，他倒先笑了起來。李白覺得沒什麼好笑，但也跟著附和笑幾聲，氣氛還算融洽。後來，阿青和雷平陽談起了近期紅酒價格的變動，說來自法國的紅酒要漲點價。

李白打量那個叫花狗的年輕人，二十出頭，高個，身材結實，留著板寸頭，穿了件白底黑點的花衣服，手上拿一個手機翻玩。李白突然想到了一部電影《斑點狗》，心裡有點想發笑。

阿青大概三十歲左右，中等個頭，長得挺斯文秀氣的，穿花花公子牌的休閒裝，白底淺豎條紋的襯衫，白褲白鞋子，除一塊手錶顯眼點，身上沒有什麼飾物，手機金手鍊什麼的，樣子顯得幹練而不招搖，他留了中分的長髮，頭一垂，頭髮就遮住了眼睛，模樣有點像香港明星鄭伊健。

李白注意到，阿青挺少話，只是聽大家聊，偶爾插幾句。花狗則話多，菸還抽得挺凶，愛說黃色段子。李白對阿青有點好奇，就問他做那行的。阿青打哈哈，說：「給雷總打工啊。」李白轉頭看雷平陽，「沒見過呀。」雷平陽笑了，說別聽他胡說，他有家貿易公司。李白「哦」了聲，說貿易挺難做的。阿青說是呀是呀，不過雷總挺關照的，又說：「還是你們銀行好做。」

李白搓了搓手，將頭髮往後攏了攏，臉上顯出一種無奈。他說：「大家都這麼以為，剛才還在吐苦水呢。」雷平陽說：「李白兄弟正發愁呢。」阿青就問為什麼事情發愁。雷平陽笑笑，說他遇到對手啦。李白沒說什麼，搖了搖頭，低頭喝了一口茶。

阿青對雷平陽提到的「對手」顯得挺好奇的，就追問是怎麼回事。李白本來不想說的，雷平陽說，也許阿青可以幫幫忙。李白看了阿青一眼，見他感興趣，就又吐了一次苦水，將事情的來龍去脈說了一遍。

李白說完兩手一攤，說：「幹銀行沒勁吧？」

阿青聽完後，「蠻有挑戰性，」他兩眼放光。

「誰這麼誇張呀？」花狗問句。

李白就將這幾個公司的名字說了，東方貿易、榮華地產、三江化工、海星科控。

阿青就笑了，「這不小菜一碟！」

李白一聽這樣的口氣，「你認識法院的人？」坐直身子問道。

阿青說不認識。

李白失望嘆了一聲，又坐回沙發。

阿青緊跟著說，但認識他們的老闆。

「有用嗎？」李白有點興奮。

花狗胸有成竹地說，打個招呼不就得了。

「這麼簡單？」李白半信半疑。

雷平陽說，那就讓阿青去試試嘛。

李白拿了茶杯和阿青碰了碰。說完那件事情，接下來，李白談了自己的想法，希望皇朝下一個季度盈虧平衡。雷平陽的臉有點紅，他說名人俱樂部成員的消費力提高一倍，情況就會好轉。

阿青在一旁聽了一會兒，看樣子有點不耐煩，他起身說還有事要先走。雷平陽握住他的手，說李白兄弟的事就多關照了。阿青一邊走一邊點頭。花狗將手上的手機翻了翻，說：「小菜一碟嘛。」

後來，就幾個相關的細節，又談了各自的看法後，李白起身說要走了。雷平陽攔住他，說乾脆將史紅旗也叫上，吃了晚飯再走。李白一聽，趕忙擺手，說他明天要去杭州，今晚還得收拾行李呢。

雷平陽笑哈哈，說杭州美女如雲啊。

李白一臉的痛苦，說他是去追債！

臨出門，李白又叮囑雷平陽，「這個月的二十日一定要將貸款利息準備好，因為二十一日就要扣貸款利息的。」李白說就算幫個忙。雷平陽邊送他出去，邊說些讓他放心的話。

李白回到家裡，楊小薇已經在做飯了。李白進廚房，說讓我來讓我來。楊小薇不耐煩地說：「你去對付那小子吧。」

李白只好轉回客廳，問李小龍作業做得怎麼樣。李小龍眼睛盯著電視的螢幕，說在學校就做好了。李白有點意外，「這麼自律？」李小龍又按了一下遙控器，「老爸，不要晃來晃去，影響我看電視。」李白說：「這是你可以說的話嗎？」李小龍馬上做了個鬼臉。

李白丟下公事包，「你拿來給我檢查一下！」讓李小龍將作業拿出來。李小龍很不情願地去翻書包，左手還拿著遙控器。

李白拿過他的作業本，翻了幾頁，發現十道算術題，九道題全做錯了，還有一道計算過程對了，結果是錯的，頓時一股火氣直衝頭頂，他最看不慣別人馬虎了，特別是自己的兒子。

李白喊了起來，「李小龍！」

「作業不是做完了嘛。」李小龍還坐在沙發上不動。

李白拍拍作業本說：「你就這麼做完了？」

「是啊，做完啦。」

李白說：「你檢查過對錯嗎？」

「我做的時候當然認為我做的是對的。」

李白火了，「你過來看看！」

李小龍很不情願地丟下遙控器，磨蹭著低頭走到李白的跟前，眼睛看著腳尖。

「你就這樣做題的嗎？」

李小龍說：「我都做了嘛。」

李白發火了，又喊他拿作文出來。李小龍很不情願地翻開書包，拿出作文。李白拿過一看，更來氣了，對李小龍喊：「你唸給我聽！」李小龍皺著眉頭，拿起作文唸起來。

「作文題目：記一件有意義的事。週末放學後，我回到家裡，見爸爸媽媽還沒有回來，於是我拿了錢去菜市場，幫媽媽買好了菜，然後回家燒好了飯，等媽媽爸爸回來吃晚飯。他們回來後，媽媽將我做的菜夾了一塊，放在嘴裡一嘗，然後就開心地笑了。」

李白拍著作業本喊：「你就這麼胡說八道？」

「大家都這麼寫的嘛。」李小龍一臉的不服氣。

李白氣沖沖地走到牆角，拿了雞毛撣子，往李小龍的小腿就是幾下。李小龍「哇哇」的哭起來。楊小薇衝出廚房，問發生了什麼事。李白抽打李小龍的腿，大聲罵道：「看你還敢胡亂應付了事！？還找一大堆的理由！」

李小龍見楊小薇出來了，就更放聲大哭。楊小薇搶過去護住李小龍，對李白說：「今天你發什麼瘋呀？平時你又不管，一管就知道揍！」楊小薇的怒火好像找到了爆發的火山口，狠狠地將李白平日的不是數落了一通。

李白手執雞毛撣子，氣呼呼地站在一旁，聽著聽著，他身上呼呼地冒出大汗。過了一會兒，他感到自己就要爆炸了，他喘著氣丟下撣子，走到浴室去洗了個冷水澡，才讓自己冷靜下來。

吃飯時，李白說他明天要出差。楊小薇聽了沒出聲，低頭扒著飯。李小龍看他媽一眼，也沒有出聲，悶頭吃著飯。李白想改善一下氣氛，就問楊小薇喜歡什麼禮物。楊小薇說算了。李小龍的嘴唇動了動，沒說話。李白見此，也只好不再說什麼，胡亂吃飽，就進臥室去收拾東西。

他出來問楊小薇，「我的襪子呢？」

「我又不是你的服務生！」楊小薇沒好氣地回了一句。

李白只好不再出聲，在臥室又找了一遍，最後，在衣櫥抽屜的角落裡找到了。上床睡覺時，李白想有所動作，畢竟要離開幾天。但楊小薇沒有那個意思，總將身子背過去。李白猶豫著伸手去扳了幾次，都被楊小薇拒絕了。他努力了幾次，都不得要領，後來有點累了，一洩氣轉身就睡過去了。

李白到杭州一安頓好，就跑去其中的一家貸款擔保公司。人家對他的到來，倒是挺熱情接待，十分客氣地表示了履約的誠意，但又說近期實在沒有能力履約。李白費盡了口舌，又對他們曉以利害，對方才答應，在三個月內，代借款公司還款十萬元。還款的協定書是拿回了飯店，但這協定到底能否按期執行，李白的心裡也沒有底。

接下來跑的幾家公司，情況大致相同。到了晚上，李白心裡煩，在飯店坐不住，就一個人沿西湖邊散步。這過程中，不時有人上來，攔住他的去路，問他要不要去歌廳，要不要小姐，還誇口說手上的西子姑娘有多美多美。

李白心裡有點煩，揮揮手將他們打發走。其實，那幾間公司也想給他安排節目的，李白都婉拒了，說有朋友相請，對方只好作罷。行到西湖斷橋處，李白就想起發生在這裡的白蛇與許仙的故事。如果自己是許仙，故事會怎麼發展呢?他心裡有數個版本的故事和結局。

李白下了斷橋，就看見一條小船蕩了過來，船頭上掛了一盞汽燈，船家是一對男女。李白招了招手，那船靠過來。李白問了價錢，要一百二十元。他還了價，講好一百元，就上了船。

那個男的問，「去哪裡？」

「隨處逛逛吧。」

小船晃徘徊悠地在湖上蕩著，湖上的月亮和星星也晃蕩著，岸上和遠處山上的樹影也影影綽綽的，這景色讓李白頓覺心事浩淼。他將頭靠在椅子的靠背上，嗑幾個葵瓜子，喝一口茶，然後，望著遠處的燈火發呆。

船滑過三潭印月景點時，那個男的船家問他，「一個人也敢上來？」李白在黑暗中笑笑，說：「你們是夫婦吧？不像壞人嘛。」兩夫婦就相對一笑，看得出他們很幸福。

男的接著又對李白做介紹，說岸邊的桃花，三月開得十分好看，還說九、十月分，也是個賞掛的絕好月分。船在各個景點進出，李白在黑暗中邊聽船家的介紹，邊想著自己的心事。

後來，他聽船家問他是哪裡的。李白只嘆了口氣說：「天堂就是天堂！」說過他就望著遠方，不再說話了。

李白回到飯店一看錶，時間還早，才十點多，他想睡覺了，但奇怪，人一放鬆反而睡不著了。他看了一會兒電視還是沒有睡意，就給家裡打了個電話。

楊小薇看來還沒有睡。李白問家裡的情況。楊小薇說是老樣子。李白又問她怎麼還不睡。楊小薇打了個哈欠，說：「李小龍還有幾道數學題沒有做完。」李白說他事情一完就回去。

又看了一會兒電視，李白有點心煩，就撥通了李清照的手機。沒想到她也沒睡。手機裡她的聲音有點飄，顯得很好聽。李白拿著電話走到窗前，一邊和李清照說話，一邊望著外面的湖水，他的心情有點飄，像窗外的那汪湖水一樣晃蕩著，他看見水中的月亮和星星也在晃。

李白說，「還沒睡呀？」

「不怕被挨罵嗎？」李清照的聲音好像有點驚訝。

李白頑皮起來，說：「我是那樣的人嗎？」

李清照想想，就問他是否被關在門外了。

「在杭州。」

李清照說，「原來如此呀！」又問他去那幹嘛。

李白打了個哈欠，說：「來追債呀！」

「是情債吧？」李清照吃吃笑，

「那你來不來？」李白笑笑。

李清照突然顯得很嚴肅似的，沒有說什麼。

「不開心？」

李清照打了幾個噴嚏，說最近有點心煩。

「那來散心吧，我還待兩天！」

李清照好像有點猶豫，也有點興奮，在想著什麼。李白跟著又說了句，「出來放放風吧！」李清照沒有馬上答應什麼，只是最後說，若想去就打電話給他。李白拿了電話還站在窗前發了一會兒呆，才去洗澡。

白天，李白還得跑跑那幾家公司，完了就待在西湖邊、樹蔭下的茶館裡，要一壺西湖龍井，幾碟小吃，然後，往躺椅上一躺，剩下的兩天時間，就在迷迷糊糊打瞌睡、喝茶、想心事中過去了。當然，期間他也給李清照打了幾通電話，催她動身，無奈她總是猶豫不決。

第五章　江湖

李白出差回來，又跟進了那幾家賴帳公司，據幾個主管信貸員反映，他們居然主動還款了。他想去了解一下情況，他們的態度為什麼來了個大轉變。見了那幾個老闆，李白感到十分吃驚，他們的臉上不知道怎麼搞的，都青一塊紫一塊的。

李白問起，他們就打哈哈，「不小心從樓梯摔下來。」而且這幾個老闆對他特別客氣，處處陪著小心，還表示會盡快將貸款還清。和他們以前賴帳時的流氓樣相比，李白感到既解氣又困惑。

李白向史紅旗彙報過這事情，說幾個指標有希望完成。史紅旗說好啊，死水變活水，還問李白，「怎麼搞定的？」李白說透過雷平陽幫忙。史紅旗聽了「哦」了一聲，說是這樣啊。李白說想過幾天請他們吃頓飯，表點心意。

史紅旗想了想，說：「我就不去了。」李白笑他對老朋友也擺架子。史紅旗連連擺手，說：「我另有應酬。」

李白給雷平陽電話，說要請阿青吃飯。雷平陽聽了，有點驚訝，問他，「這是為哪樁事？」李白說，「也沒什麼，就表表心意。」雷平陽問表什麼心意。李白解釋說：「那幾家賴帳的釘子戶居然主動還款了，看來找法院還不如找熟人管用。」雷平陽「哦」了一聲，說原來是為這事啊。李白說這個季度能鬆口氣了，還貸率和收息率都沒問題了。雷平陽打哈哈說：「你這麼認真啊！」李白說沒辦法呀，「職業病。」雷平陽說聯繫上阿青就打電話給他。

但幾天過去了，也不見雷平陽來電話。李白手頭稍得閒，想起這事，就往皇朝去電詢問，卻被李清照告知雷平陽在住院。李白大吃一驚，馬上打他的手機，聽他聲音挺疲倦的，還不時咳嗽。雷平陽說暫時沒法聯繫上阿青。李白讓他少抽點菸，說他抽空去探他。

中午下班前，李白突然接到一個男人的電話，聽聲音挺陌生的。那個男人問他是不是李白。李白說他是，又問那人是誰。那個男人說：「我是花狗。」

李白感到有點突然，愣了好一會兒，才反應過來，說啊是你呀，又問他近來還好吧。花狗看來有點焦急，他問李白有沒有阿青的訊息。

李白感到奇怪，他說自己正要請阿青吃飯呢。花狗有點失望，說：「你也不知道呀。」李白問：「他不在市裡嗎？」花狗卻說他們有點小麻煩。李白隨口問是否可以幫上忙。花狗就問他A區派出所有沒有熟人。李白問他，「有什麼事？」花狗說他們的幾個兄弟給弄進去了。他將大概的情況和李白聊了聊。

前幾天，阿青和幾個朋友去一家東北酒樓喝酒聽歌，因點歌和鄰桌發生口角，最後打起來。阿青他們人多勢眾，對方那幾個人打不過，就逃了出去。阿青打得眼紅了，一時興起，就追出去繼續打。那幾個人見實在沒處可躲，就跑進了路邊的警崗。

阿青他們可能被酒精燒昏了頭，竟然抓起路邊的磚塊砸了崗亭，還將他們拖出來繼續打，甚至連勸架的保全也打了。最後被趕來增援的警察抓了幾個。

阿青的腦子靈敏，跑脫了，不知道躲哪裡去了，其他人都不知道他的訊息。而派出所正四處找他呢。花狗也是逃脫的其中一個，他今天是來找李白想辦法保釋那幾個兄弟，同時打聽有關阿青的訊息。

李白聽到這裡慌了，有點手足有點無措。他拿了電話半天沒說話。花狗在電話裡「喂」了幾聲，見沒有回音，就發牢騷說：「怎麼雷平陽也不見人的。」然後就結束通話了。

李白想了好一會兒，又打了雷平陽的手機，但關機了。李白只好打李清照的電話，問清楚雷平陽住的病房，然後就趕過去。半路上經過菜市場，他去買了一個水果籃提上。李白剛到雷平陽的病房門口，就聽到他在裡面正在大聲咳嗽。

雷平陽見李白進來，有點意外，忙起身招呼讓座。李白將水果籃放在小茶几上，然後在沙發坐了。雷平陽坐在椅子上問他，誰告訴他在這的。李白說是李清照。雷平陽開玩笑說：「原來有內奸！」李白問他是什麼病。雷平陽苦笑了一下，說還沒有最後確診，說躲這裡也好清閒幾天。雷平陽說話期間，又費力地咳嗽了幾聲，問李白找他有什麼急事。

「來看你嘛。」

雷平陽望定他，說：「你神色不對呢！」

「和A區派出所的人熟嗎？」

「出了事？」

「花狗找過你嗎？」

「找我幹嘛？」

李白說：「花狗來過電話，說阿青出事了。」

雷平陽大吃一驚，追問出了什麼事。李白便將事情說了，還追問阿青是幹什麼的。雷平陽猶豫了半天，才告訴李白。其實，雷平陽也不知道阿青的真實姓名，大家都這麼叫他阿青，他也就跟著這麼叫了。

皇朝娛樂城剛開張，阿青是他們酒水的供貨人，但他的價格比市價高。雷平陽發現這個問題後很不高興，將採購部長叫去罵了一頓，讓他們到市場上進貨。但他發現，換了其他管道進貨，歌廳就不時有閒雜人員來找碴，搞得客人不敢來玩。但阿青一來就擺平了。雷平陽也是個明白人，很快就悟出阿青是什麼人。

後來，他還陸續聽說，阿青給好幾家歌廳看場呢。當然，具體做事的，是他的那一班人，他自己甚少露面，只是不時在這些地方轉悠，行蹤飄忽。

雷平陽說自己一直覺得和這類人挺遠的，只是在影視或文藝作品裡，才見過這類人。但皇朝娛樂城開張後，想不到這類人就出現在自己的生活中，他對他們的態度也從害怕、厭惡、抗拒到和平共處，慢慢就覺得他們這類人，表面上好像也和普通人沒什麼不同。

雷平陽說，在自己的內心深處，有時會為這種想法感到害怕，他有一種墮落的恐懼，但又一時不能從其中擺脫出來。有時，他也和他們打打牌、喝喝酒，說不上喜歡，也談不上討厭。

他們喝到臉紅耳赤時，也會像常人那樣，像朋友那樣，很真誠地拍著胸口承諾，為朋友兩肋插刀。雷平陽說：「這時我會忘記自己的真正角色，會為他們的話感動。」

李白聽著，他沒想到事情是這樣的複雜，他的腦海裡，馬上閃過那個老闆青青紫紫的臉，心裡不禁倒抽了一口冷氣，他好一會兒沒有說話。

雷平陽坐在椅子上，雙手正抓撓著頭髮。良久，才抬頭對李白笑笑，說：「還要請阿青吃飯嗎？」李白有點尷尬，說：「那就以後再說吧。」雷平陽安慰他，「沒什麼大不了的！」

又坐了一會兒，他們都沒說話。雷平陽抽菸，一根接一根續，還一邊咳嗽。李白嗆得也咳嗽起來，就勸他少抽點，說他有事先走。雷平陽也沒起身送，只是對他擺擺手。

李白走得有點慌張，車子駛在路上，好像與他鬧彆扭，差點與一輛橫穿馬路的腳踏車相撞，雙方都嚇出了一身冷汗。回到行裡，他坐在辦公室裡，想起竟然還有點後怕。

期間，信貸員小張拿份貸款報告進來，想向他請示彙報。他都將手一擺，說先放桌上。考慮了半天，他去了一趟行長室。一看門鎖上了，問辦公室主任，說史紅旗去分行開會了。李白想了想，快到下班了，他才打史紅旗的手機。

「一起吃個飯吧？」

史紅旗一聽就笑了，「說有事吧？」

李白說有點小事。

「小天地」。史紅旗說了個碰頭的地點。

李白先到的，他要了一間包廂，然後在房間來回踱步。小姐問要不要點菜。李白總是說等過一會兒。等史紅旗進來，說餓了，他才意識到還沒有點菜，就趕緊催小姐寫選單。

史紅旗問他怎麼神色慌張。李白感到自己的身子有點哆嗦，望了眼空調的出風口，問小姐能不能將空調弄小點。小姐說是中央空調，沒辦法。李白趕緊喝了口熱茶暖身，將自己的情緒穩定下來。

「知道阿青的事嗎？」

「阿青？是誰？」

李白說：「就是雷平陽的朋友啊。」

「不清楚！」史紅旗搖搖頭。

李白有點急了，「你和雷平陽不是好朋友嗎？」

「這是兩回事啊。」

李白說，「我也剛知道。」

史紅旗一邊用熱毛巾擦臉擦手，還讓他說說看是什麼回事，「看你緊張的。」李白有點奇怪，也鬧不明白，無法理解，就瞪大眼睛望著史紅旗。

「你們可是好朋友啊。」

史紅旗有點嚴肅起來，對李白說：「你也是我的朋友，你什麼事都告訴我嗎？」

李白聽他這麼說就沒說話了。

菜上來後，李白沒有胃口。期間，他的手機響了，楊小薇問他回不回來吃飯。李白不耐煩地說：「你們自己吃吧，」說過他又有點後悔，趕緊又做了一番解釋，可那端啪的將電話掛了。留李白拿了手機愣在那裡。

史紅旗喝口茶，緩和了一下氣氛，問他出了什麼事。李白便將有關阿青的事說了。史紅旗聽了臉色有點凝重，但也沒馬上說話。

「這事怎麼看？」

史紅旗說，「不要插手！」

「那，雷平陽那邊呢？」

史紅旗問他，「這話是什麼意思？」

「收貸款嗎？」

史紅旗問，「到期了嗎？」

「還沒有。」

史紅旗問李白，「雷平陽對我們怎麼樣？」

「當然好。」

史紅旗說：「那你就公事公辦，私事私辦吧。」

「具體怎麼說？」李白對他的話有點費解。

史紅旗有點不耐煩了，說：「不要什麼事都要我挑明吧？」

李白只好打住了。在回去的路上，李白還在思索這句話的含義。他沒有找到滿意的答案，心裡有點煩，就拿起手機，撥通李清照的電話。

李清照聽到他的聲音，就問他雷平陽的情況。李白說他人是有點疲倦，老咳嗽，但還沒有確診。李清照「哦」了一聲，又問他在哪裡。

「出來喝茶吧？」

李清照說：「你有事吧？」

李白只好坦白，說想和她聊聊天。李清照說她還在公司，讓他的車子到門口接她。等上了車就問他，「怎麼突然想起要聊天？」李白苦笑了一下，說有點心煩。

到了竹林茶館，他們要了個包廂。李清照端著茶杯，若有所思看著李白。李白想讓氣氛輕鬆一下，就說：「你終於含情脈脈看著我了。」

李清照卻認真地問：「你夫人看你呢？」

「她看兒子時就會！」

「可能懷念你們的從前吧？」

「我們連說話都覺得費力！」李白搖頭說道。

「有那麼嚴重嗎？」

「你先生呢？」

李清照愣了一秒，也說：「不知道。」

「好奇怪的回答。」

李白突然一轉話題，問李清照今天是否加班。她說也算是吧。李白又問起公司的近況。李清照嘆了口氣，說雷平陽不在，幾個副總正在明爭暗鬥呢，員工也就分成了好幾派，都忙著站隊呢。李白嘆息一聲，喝了一口茶，問她，「你怎麼看雷平陽這人？」

「你應該比我更了解他啊。」

李白有點心虛，趕緊說：「哪呀。」

「他人不錯。」李清照吹了吹茶杯口。

李白有點走神，「是嗎？」

李清照聽了，有點不解地望住他。李白趕緊轉了話題，問她怎麼理解「公事公辦，私事私辦」這句話。他說自己對上司的話，一時很難領會，做到融會貫通。他想聽聽她的高見。

李清照笑了，「你想怎麼樣理解都可以的。」

「是嗎？」李白感到困惑了。

第六章　皇朝夢

這段時間，李白往皇朝娛樂城跑的次數多了起來。雷平陽的身體時好時壞，也無法正常上班，他們見面的地點，或醫院，或公司，也毫無規律可言。這天，李白往公司打了一個電話，逮住他在，就馬上趕過去。這次，他們不是在醫院見面，而是在辦公室。

「好點了？」李白關心地問道。

雷平陽臉色蒼白，瘦了許多，原來頗為雄偉的肚腩，也平了下去，而且說話時老咳嗽，但菸還是抽得很猛，一根續一根地抽著，還對李白說：「不礙事，你接著說。」這讓李白有點猶豫，對自己的做法心存疑慮。

「你還抽呀？不要命？」

雷平陽說自己就剩這一點樂趣了。

「確診了嗎？」

雷平陽說得輕描淡寫，說少抽點菸就沒事了。

「那你還抽啊?」

雷平陽笑嘻嘻說,人生苦短啊。

這話說得李白也沉重起來。過了一會兒,李白提出,想看看上個月的財務報表。雷平陽有點驚訝,說:「李清照沒給你送嗎?」李白說催了幾次,但她說要你簽字才能送。雷平陽拍了拍腦門,說哎呀,還真犯病了。他拿起電話,叫李清照將報表拿過來。

李清照一進來,雷平陽邊簽字,邊說笑,說來來來,唐詩對宋詞。李清照紅著臉,也坐了下來。李白也有點窘,他不知道雷平陽是怎麼知道這典故的。他用輕輕一笑,沒接這話茬兒,將這話題滑過去。

李白拿了財務報表閱覽,還問李清照一些問題,諸如管理費怎麼上升得那麼快,應收款為什麼又增加了,說酒樓收現金為主的嘛等等。李白一口氣問了許多問題。

李清照有點遲疑,每次回答前,都要看一眼雷平陽,欲言又止。雷平陽讓她先忙自己的事。李清照只好轉身出去了。李白望著李清照的背影消失在門口,心中有種失落。

雷平陽走過來,坐到李白的身邊。他點了一支菸,解釋管理費上升是薪資上升了,固定資產的折舊大了,差旅費集中報銷稍多些,至於其他應收款,主要是公司職工的一些借款,當然,有些簽單掛帳還沒要回來。

李白一邊聽,一邊將報表翻過來,翻過去。上面的數字讓他極為憂慮。李白指點著上面的數據，不時向雷平陽提出問題，也提出一些改善的建議。雷平陽則邊抽菸，邊點頭，大聲咳嗽著解釋或附和回應。

接下來的一段日子，只要兩人想見，大多是進行這樣沉悶尷尬的問答。

其實，對皇朝娛樂城的貸款的收放問題，李白心情是挺矛盾的。他看了皇朝這幾個月的財務報表，發覺經營狀況還是走下坡路。

從理智上來說，他認為提前收回最為妥當，這樣銀行的資金會安全得多。但在情感上，他又有點不忍心提早收回，畢竟他是自己主辦的，公司落到這樣的收場，自己臉上也無光。另外，他和雷平陽也算是朋友關係，當然還有史紅旗的原因。

週一的例會上，史紅旗在傳達分行信貸工作會議的精神時，也提到近期的貸款收息率下降和逾期率上升的問題，並表示他的擔憂和不滿。李白低頭聽著，心裡挺煩的，但也不好說什麼，因為有些貸款公司的老闆，就是史紅旗的朋友。

李白有時靜下來，想起自己以前對信貸工作的想像和理解，不禁會發出苦笑。在以前大家看來，做信貸工作嘛，不就是整天陪客戶，到這家酒樓吃喝，到那家歌廳玩樂嘛。信貸部是個讓人眼紅的部門，都說油水足啊。

但等李白自己真幹上了，才知道情況今非昔比，現在公司的經營環境和狀況都多變，讓人很難有十足的把握，另外，以前留下來的爛帳，也要去催收，一大堆的指標要去完成。大家有時見了李白的苦笑，還會問他是不是發了筆橫財，偷偷笑。李白聽了只好搖頭。每次一開會，一看到那些檔案，李白的頭就快要炸了。

昨天，支行開行務會，會前，大家坐下說笑，會計部部長小林還拿他開玩笑，說：「李白，最近有新開張的酒樓嗎？」平常大家都開玩笑說，要問哪裡有酒樓，問他們信貸部的人最清楚。

李白看了眼史紅旗說：「你想行長搞幹部輪替職位吧？」史紅旗聽了，也不惱，拿眼似笑非笑地掃了他一眼。小林有點尷尬，就嘿嘿笑打哈哈，轉了話題，談起了支行各處室的季度考核排名。

另外，李白從李清照那裡得知，最近，雷平陽的病時好時壞，無法去皇朝正常上班，醫院成了他常去報到的地方。但皇朝娛樂城總得要有人主理工作才行。在有關雷平陽去留和誰是合適的接班人選的問題上，總公司的幾個上司意見不一。

有的副總認為，正賦閒在家的許子冬比較合適，說他原來就是皇朝的老闆，熟悉情況，再調外人進去，還要重新適應，這對公司的運作不利；而賈總呢，則認為還是等等，看看雷平陽的病情再說，因為雷平陽說他很快可以恢復工作了；而另一些副總則傾向在總公司的中層幹部裡，採用自薦和推薦相結合的辦法，再選拔一個人去。

總之意見紛紜，每個上司都想為自己心目中的人選爭取機會，每次會議都爭來爭去，卻毫無結果。

這種情況持續了二個月，皇朝娛樂城的經營已無法正常運轉了。五百萬的銀行貸款已逾期。李白問過史紅旗的意見。史紅旗的態度變得堅決了，他說讓他們還吧。於是李白隔三差五就拿著逾期貸款催收通知書，找上門來催還款。

當然，李白跑皇朝，他去李清照那一坐，也就只能聊天了，因為她做不了什麼決定，只是向總公司轉達銀行方面的意見，但遲遲不見有及時反應，這樣一來，李白也沒了耐心，親自帶上分行的律師，跑去找給貸款做擔保的總公司那催款，曉以厲害。

人家對他們的來訪，接待也挺熱情的，賈總親自接待。李白一坐到賈總的辦公室，就有點很不自在。賈總向李白保證，這五百萬的貸款對他們來說，不算什麼大事，他們這棵大樹掉下一片葉子，就可以歸還了，只是現在有些事得優先處理，貸款的事就暫時緩緩吧。

據說，賈總也算是個武俠小說迷，他也不知道從哪裡得到情報，李白也是個武俠迷，於是一見到李白，他就熱情高漲，巧妙地將話題轉換，說他看武俠的趣事，還談讀後感，說武俠裡寫的人和事，和今天的人和事沒什麼本質的區別，他說現在的社會也是個大江湖，有遊俠，有各家門派，有山頭廟宇，也有武林盟主。

賈總說得高興了，他還想和李白討論，武俠和文俠的區別。他的高談闊論滔滔不絕，搞得李白無法將催收的話題深入下去。李白坐著不是，走也不是，十分尷尬，他自認自己的「磨功」還沒到家。

後來，行裡的律師可能坐不住了，將催收函拿出來，說要請賈總簽收，賈總也很配合，「好好，請放心。」他邊說，邊拿出筆簽字，還要留他們吃飯。李白趕忙說，他們還要跑幾家公司。「那再約個時間吧。」賈總有點遺憾地和他們握別。

李清照透露，這段時間，以前泡病號的許子冬，倒變得精神百倍，每天早早就來皇朝上班，還經常跑去總公司彙報工作。他的那位上司親戚，也不時透過各種管道，向賈總那兒施壓，說什麼軍中不可一日無帥，要是皇朝娛樂城繼續這樣下去，出了漏子，總公司的上級是要負責任的。

賈總呢，在雷平陽去留這個問題上，也夠矛盾的，雖然他對雷平陽的某些做法有意見，但畢竟工作上他還是有能力的，而且也是自己培養推薦的人，但另一方面，近來又有許多關於雷平陽的風言風語，說雷平陽在皇朝娛樂城主理工作期間，與社會上的閒散人員過往甚密，為賺錢不顧國家法律，偷偷摸摸將不健康的娛樂節目弄到皇朝娛樂城表演，他敢這樣做，背後肯定有人撐腰等等。

賈總被弄得心煩意亂。最後他權衡利弊，還是決定由許子冬接替雷平陽主持工作。儘管這是個丟車保帥的做法，但賈總還是找到了說服自己的理由，他要讓別人知道，他賈總做事還是很果斷的，雖然雷平陽是自己推薦去的，但自己是公私分明。

雷平陽單身一人，家裡人也不在深圳，因此李白、史紅旗，李清照不時跑醫院探望他。他從她嘴裡多少聽到一些風吹草動。對此，他不動聲色，雖然吞嚥困難，但他還是將他們帶來的蘋果，吃得一個不剩。當胸痛的時侯，他拚命用手摁住胸部，好像要將那疼痛壓住。李清照和李白看著他的痛苦狀，心裡十分的難受，但無法幫助他減輕一點痛楚，只好叫醫生用藥止痛。

病情稍稍得到控制，雷平陽就吵著要出院，說搞了這麼久，也沒個準確的結果，他說不想在這受罪了。但醫生不肯簽字讓他走，說他們還要繼續會診，有需要的話，會請外地專家過來一同會診的。

「出事誰負責啊。」醫生當然不讓他胡鬧。

雷平陽火了，「我自己負責！」

皇朝娛樂城更換總經理的事定下來後，總公司的財務部門，對皇朝的經營狀況進行了審計。這時，有人用匿名信向區檢察院反貪局舉報，反映公司的上司肆意報銷費用、借款不還、挪用公款，而且數額巨大，有貪汙的嫌疑。

反貪局對此非常重視，立刻著手進行調查，發現的確是報銷金額及借款金額巨大，追查報銷和借款，竟然一個是許子冬，另一個是雷平陽。於是決定將這二人拘留審查。

許子冬交待說，自己是因工作需要，陪某某上司考察其他酒樓時吃了一些，但並沒有拿進自己的腰包，至於借的錢，還不滿三個月，這幾天正要還，只因為忙於處理交接的事，才疏忽了……他說不信可以去問問某某上司等等。

而他的那個上司親戚，也盡力在各種場合為許子冬說話。最後，許子冬被調查了一個月，就被放出來，理由是不好定罪，因為是吃了，但他沒將錢拿進自己的腰包。

而雷平陽呢？那天他辦了出院手續，剛回到宿舍，竟生出一種生離死別的感慨。在醫院住了那麼久，自己的命運都操縱在別人，也就是醫生的手上，他的心情十分壞。

回到這裡，他才感到，自己重新掌握自己的一切。他坐在床邊，感慨得淚水從臉上流下來。接他回來的李清照和李白、史紅旗都以為他的胸又痛了，急忙走過去扶著他的肩頭，想讓他躺下。

雷平陽突然痛哭起來，肩頭一聳一聳的。哭過之後，他睜開眼睛，環視有些凌亂的房間，一言不發。李清照則輕輕地拍著他的後背。「沒事的。」他一邊咳嗽，一邊擺手。

這時，檢察院的人進來了。

雷平陽隨他們走到門口，「沒事的！」回頭安慰他們。

李清照、李白、史紅旗呆站了一會兒，才擁出去送他。

根據雷平陽的交待，檢察官從雷平陽的辦公桌抽屜，及他的房間裡，找到了一疊匯款單回執，一本記事簿，那裡詳細地記載了雷平陽匯寄給各地希望工程的款項。雷平陽在交代中談到，他在皇朝娛樂城工作的一年時間裡所見到的人生百態。

他說他做了一個皇朝夢，經歷了它從誕生到破滅的過程。他說與其讓皇朝被某某上司吃空掏空，還不如將它捐給希望工程好了，這總比讓它毀滅在他們手中強。他說皇朝夢在若干年後，或許會在那些學子的理想中重新誕生的，這也是自己的希望，也是他付出代價後想得到的一些收穫。

他甚至還與檢察官談到，青年時的理想之一，就是做個法官或檢察官，但現在命運與他開了個玩笑。

雷平陽說完這些話時，汗水已經溼透他的身子，胸部的疼痛得厲害，讓他無法支撐，他再也坐不住，滾下了椅子，整個人捲曲成一團。正在審訊他的檢察官大吃一驚，趕緊打電話叫救護車。

雷平陽躺在癌症病房裡，被證實是肺癌晚期。

總公司的老闆們和工會主席，在為是否以組織的名義去探望雷平陽、有關的醫藥費該不該由公司出這樣的問題，開了好幾次會議，都說對這個問題要慎重考慮，不要在匆忙中做出錯誤的決定，以至於很長時間都沒有結果……

一個星期天早晨，李清照和李白又去醫院看望雷平陽。雷平陽的身體十分虛弱，但他還是努力湊近李白的耳朵。

「對不起老兄了！」雷平陽說話的聲音很沙啞。

李白問他有什麼對不起他的。

「你的貸款呀！」雷平陽用力說。

李白頓時眼淚盈眶，「這個時候不說這個！」

雷平陽又艱難地欠了欠身子，對李清照說：「對不起——」然後就不說話了。李清照只是說：「安心養病，我天天削蘋果給你吃，吃了平平安安。」其實，他吃蘋果都費力了。

雷平陽點點頭，燦然一笑。

「你看檢察院告我什麼罪？」雷平陽有點頑皮地問他。

雷平陽說這話時似笑非笑。病房遠處有人因痛苦而大聲呻吟，他用手下意識地摁住了胸口……

李白忙了一天，很晚才回來。他看父親孤獨地坐在陽臺椅子，呆呆地望著外面的天空。母親去世後，父親隔些日子，就來他這走走。李白本來想讓他住下的，但他不肯，說是住不慣，再說這裡也沒有朋友，他來只是想看看兒子和孫子。

李白說了幾次，都沒能說動他，也就只好隨他了，這裡住煩了，就回老家，在老家想他們了，就來走一趟，來去自由，互不干涉，彼此方便。

李小龍將玩具擺出來，什麼變形金剛、外星人、噴火手槍、坦克模型等等，從大門口向客廳排列。李白進門時，一不小心就踩著那個外星人，腳踝差點就扭了，便指著李小龍喝問：「吃飯時間還玩？」楊小薇已經將飯菜擺上飯桌，還讓李小龍喊爺爺吃飯。

一家人圍著飯桌吃飯，他們都不怎麼說話，氣氛似乎顯得沉悶。吃了一會兒，李白的父親可能喝了點酒，便藉著酒意逗孫子，他說：「小龍啊，要多吃快吃，快吃快長大。」李小龍一張嘴說話，飯粒就撒得滿桌滿地。

李白腦子裡還裝著白天的事，思路給岔了，有點心煩，便拉下臉喊：「吃飯時別說話！」他父親一聽差點噎了，硬將話隨酒菜嚥下去，坐著悶聲悶氣地吃飯喝酒。李白吃了一碗就擱下碗筷，進書房接著弄那份打呆帳的報告。

李小龍是最後一個吃好的，他一擱下碗筷，又埋身到他的那堆玩具去。楊小薇趕緊收好桌子，然後坐到沙發上看電視。李小龍在屋子裡跑來跑去，弄著他的那堆玩具。

過了一會兒，李小龍大聲吵著，要楊小薇給他找機關槍。楊小薇讓他自己找去，「叫你收拾就不收拾。」李小龍不幹，纏著媽媽鬧，還讓他媽媽扮女特務，和他玩抓捕遊戲。楊小薇惱了，到屋角找了雞毛撣子，往李小龍的腳就是十幾下。李小龍哇地哭開了，後來見爺爺過來護，他「嗚嗚」地哭得更歡。

李白拿了檔案，走出書房，說：「幫著收拾一下不就得了？小孩說說就行了，打壞了你不心疼？」

楊小薇頭也不抬，沒好氣地說：「那你來試試？」

「你不見我正忙著嗎？」

楊小薇更火，「你忙就你忙，你哪天不忙呀，忙得都快成啞巴了！」

「我確實是忙嘛，我這是為誰呀？」這一說李白也來氣了。

楊小薇丟開手上的雞毛撢子，「嗚嗚」地哭開了，嘴巴還像機關槍，開始數落李白的種種不是。什麼變成了啞巴呀，幾天不說一句話呀，什麼將家裡當成飯店等等。

李白見女人的水龍頭扭開了，知道這一個夜晚要被水掩了，他本來想發作的，但一想還是作罷，他丟下手中的資料，一摔門逃了出去，在路上焦躁地走著，漫無目的地往前走。

後來，李白拐了方向，踱進附近的公園，多少是迫於情勢。沿街逛了不到三十分鐘，迎面碰上的熟人，看他神情不對頭，三人就有二個會問：「李白，離家出走呀？」

第一個問，李白開始有點尷尬，說我在散步呢；第二個問，李白有點焦躁，解釋自己不是流落街頭；之後再遇上的熟人呢，李白就擔心沒詞了。

當然，他聽出別人說的是玩笑話，但他也愕然他們何以會這樣想，要這樣問。李白走到一家時裝店，朝鏡子看了一眼鏡中的自己，再下意識摸了一把臉，沒覺著有哪不妥。

李白後來煩了，逢問就答：「沒見過散步嗎？」

「哦，在散步！」熟人也笑著打哈哈。

李白聽了卻笑不出聲。

公園裡，夜色掩蓋了遊人的行蹤和臉色，當然也包括李白的。這裡有種藏而不露的神祕。在夜色的包裹下，李白心情稍微放鬆一點，他對這一切開始感到滿意，心想方向對了，他正遠離身後的煩惱。他繼續往前走，他想看看前面湖裡的荷花開得怎麼樣。到了湖邊觀景，他觸景生情，有種朱自清的散文《荷塘月色》裡描述的心情——高中讀那篇文章，他當時無法讀懂，更無法理解作者想要表達的情緒，現在他突然完全理解了。

「一個人在這蒼茫的月下，什麼都可以想，什麼都可以不想，便覺是個自由的人。白天裡一定要做的事，一定要說的話，現在都可不理。這是獨處的妙處，我且受用這無邊的荷香月色好了。」

李白愛逛公園的習慣，已荒廢好些日子了。以前，他除了看武俠小說或看看電影，還愛陪楊小薇上公園逛逛。那時，吃過飯逛公園是件適意的事。現在想起以前的事情，李白不禁又要發出感嘆，「他媽的，怎麼現在會變成這樣呢？」他也想不明白，也好像沒時間好好去思考這個問題。

李白走在彎彎的小路上，看著天上的星星，就想起小時候去看露天電影的情景。他七十年代曾經在一個小鎮上住過。在那裡，當時看電影可是件稀罕事，在鎮裡的空地上看露天電影，得自己帶凳子去。有時，聽說某個村子放電影，就邀上幾個夥伴去。

走夜路，李白特怕蛇，一行人去某個村子看電影時，他總跟得很貼，怕掉隊了。想想以前，一看見鎮上的布告欄上的電影預告，人就激動起來，小肚子下面就像憋了一股癢癢水。這時，李白想起在牆角下撒尿的狗，就會暗暗發笑。

現在呢，看電影十分方便，卻沒有了從前的那種詩意。李白邊走邊想，看見一點螢火從眼前飛過，便伸手想去抓，但牠悄無聲息地溜了。李白追了幾步，額頭被樹枝打了，才停下腳步。

李白返回小路，粗略想想，也快一年沒進戲院的門了。李白剛從家裡逃出來時，很累很煩，但沒想到走著走著，現在興致居然還算高。

他踱到橋上時，就覺得後面總跟著個人，剛開始他也沒在意，到了橋的中間，他發現，幾個趴在橋欄納涼的外來打工者，眼睛發亮，緊盯住他的後面。李白很自然地聯想到黑夜中的狼眼。

李白繼續慢慢地走著，等下到橋的另一端，後面跟著的人，隨一股廉價的香水味飄到身旁，她問他，「要聊天嗎？」那聲音輕得無法在空氣中久留。

李白好一會兒才反應過來，領會那話的含義，連忙回答說：「不要不要！」他心裡有點緊張。那女孩頭也不回，若無其事地又飄走。

剛才那話好像是自言自語。黑暗中，李白看不清她的臉，看樣子大概就二十歲左右吧，從穿著看，像是外地來這打工的。他想也許是那種白天去工廠上班，晚上來此「兼職」撈外快的吧，他沒想到公園現在變成了這樣子。李白想想，覺得有點敗興，便折回來。

走到另一個路口，李白竟發現剛才那女孩，正和一個老頭手挽手，邊走邊談，往一暗處去。臨湖邊，也有好幾處類似的「風景」。李白的心情被夜色染了，暗了下來，只好往家裡走。

近來一段時間，也不知道怎麼搞的，他發覺自己越近家，腳步就越沉。

第七章　無心快語

李白回到家裡，已經過了晚飯時間。他開門就聽見電視的聲音，李小龍正在看電視。而父親坐在陽臺的椅子上，眼睛望著對面的那幢樓若有所思。他換拖鞋進了客廳，瞄了眼，沒見楊小薇。

李小龍見他回來，就跑了過來，說要和他玩一個遊戲。

「累死了，我洗澡去。」李白擺了擺手。

「那就給我說個故事吧。」李小龍不死心。

「下次吧，你老爸今天和人磨了一天的嘴皮子，嘴唇都快起泡了。」

李小龍嘟起嘴巴，不高興地走回沙發坐下，繼續看他的電視。

「媽媽呢？」

李小龍的眼睛盯住電視，頭也不回地說：「來過電話，說有演出，她要很晚才能回來。」

「吃飯了嗎？」

李小龍說：「吃過了，爺爺做的。」

李白從浴室出來後，算是有點精神，他在客廳裡踱了幾個來回，覺得心裡少了點什麼。他摸摸熱燙的臉，想想又拐進書房，還將門拴上。

起初，李白在書架前看了看，順手抽出幾本書，翻了翻，又放回原處，然後他在椅子坐下，將腳架在書桌上，目光在書架掃來掃去，最後忍不住拿起書桌上的電話撥號。

電話通後，李白心跳加速，肯定在每分鐘一百次以上。李白說話的聲調壓得很低，出了書房就掉地上了。

李白開始講他今天的故事，從他起床講起，就從他枕頭上掉有七十根頭髮說起，敘述的方式很意識流，一會兒講到他上公車，因為擠，把買的車票弄丟了，而售票員又要他重買。李白說：「要不是看她是個女的，肯定會和她打起來！」

他特別神祕地說，其實他真的揍過一個售票員，當時既害怕，又過癮；一會兒呢，敘述又跳到他去一家飯店見一個客人，下臺階的時候，不小心踩著自己鬆開的鞋帶，摔了個觔斗這件事上。

李白說今年是自己的本命年，自己夠小心的了，也買了紅內褲，也繫了紅腰帶，但還是老出事；他說呀說呀，甚至細到他今天到一個客戶那上廁所時，一照鏡子，才發現自己刷了牙，卻忘了刮鬍子這事上……

電話那端的人，似乎有著超乎常人的耐性，並不打斷李白的話，耐心聽著他談這些芝麻綠豆般的小事，偶爾插話，也是恰到好處，造成伴奏似的烘托作用，讓他一直是主旋律。

說完了，李白心裡舒坦了，人卻感到累了，心跳也慢慢恢復正常。李白聽到客廳響起電視的聲音。李白的聲調提高一點，對著話筒嬉皮笑臉說：「你真好啊，娶你做妻子肯定很幸福。」然後掛了，開門出來，向空中做一個伸展運動。

他父親不知道什麼時候從陽臺回到客廳了，和李小龍坐在沙發上看電視。李小龍已經開始打瞌睡，手裡還拿著遙控器，腦袋像雞啄米似的。李白走過去，拿下他的遙控器，想抱他上床。

「我等媽媽。」李小龍睡眼惺忪，嘴巴動了一下。

李白說：「上床等吧，明天還要上學呢。」

李小龍很不情願用手攬了李白的脖子，說爸爸給我講個故事好嗎。

「明天吧。」李白的眼睛一熱。

李白連說了幾次下次一定不賴了。李小龍被弄上床後，就抱著玩具布老虎睡了。

「爸爸總耍賴！」

李白踱回客廳，見父親站在母親的遺像前，用手帕擦拭上面的灰塵，又裝上幾柱香。這是他每天必須做到事情。客廳裡飄起一股帶香味的白煙。李白走過去，勸父親去睡。父親說還沒有睡意，還想再坐一會兒。

李白嘆嘆氣，就坐在沙發上，看著那臺開著的電視。父親走出陽臺，坐回那張椅子上。父子現在像兩座對峙的島。李白聞到一股酒氣，知道父親又喝酒了。李白想說些什麼，但又不知該說些什麼，打哪說起。

李白拿過遙控器，摁了本市電視臺的頻道，不想畫面上出現了楊小薇，正站在講臺上演講。李白要不是看見這畫面，都快忘了，楊小薇在師範大學讀書時，就是校演講隊的。你看她演講得多生動啊，該誇張地方就誇張，該嚴肅的地方就嚴肅，用聲情並茂來形容，一點也不誇張。

李白一想，心裡笑了一下，她在家裡怎麼就沒有說得那麼生動呢，還動不動就對他含沙射影，就掉眼淚，弄得自己連和她說話的興趣也沒了。要不是因為李小龍，他和她現在情況可能更糟，當然，也不排除變得更好的可能，五五開吧。

李白老想起一幅題為《橋》的油畫，畫面憂鬱灰暗，一家三口坐在沙發上，兒子坐中間，兩邊的大人，目光空洞疲憊，麻木地望著前面。

李白看楊小薇的演講結束，慢慢地步下臺，就連打了幾個哈欠，忙起身，走過去對父親說：「早點睡吧。」父親回答說他再坐一會兒兒。李白說我明天還有事，說完就打著哈欠進臥室。

楊小薇是何時回來的，李白並不知道。他凌晨醒來，她已躺在他的身邊，但沒用手臂樓住他，她用手抱住自己。李白想起從前，很多時間，楊小薇都是摟住他睡的。

這情景，讓李白突然想起一個流行的笑話，說什麼「握住小姐的手，好像回到十八九，握住老婆的手，好像左手握右手」，現在楊小薇可能也在想，抱他也是像抱她自己一樣，所以乾脆就自己抱自己得了。

李白小心地起身跨過她，去浴室小便。經過客廳時，聽見父親的夢話從臥室飄出來，充滿了酒味。李白聽到父親喊著母親的小名，一遍又一遍，溫柔極了。

第二天，由於是週末，也許是太累的緣故，李白和楊小薇還在睡。李小龍早起了，和他爺爺在陽臺上玩抓特務的遊戲。

後來，門鈴響了。開門一看，來的是楊晶晶，楊小薇的妹妹。楊晶晶進門就問：「我姐姐夫呢？」李小龍說：「兩個懶蟲還在睡呢。」楊晶晶用手指刮了刮他的鼻子，說哪有你這樣說大人的。李小龍接過楊晶晶遞給他的麥當勞漢堡，就敲爸媽的門，「開門開門！」李白和楊小薇只好起來。

「還是姨媽好。」李小龍拿了麥當勞，朝李白嘟嘟嘴巴。

李白用手擦了把臉，訓斥道：「一個漢堡就把你收買了，看拐子佬把你拐了。」

李小龍做了個鬼臉跑開了，以往楊晶晶一來，他就纏住說個沒完，現在他的嘴可忙不過來了。

李白伸了個懶腰，懶洋洋地打著哈欠去浴室刷牙。

楊小薇睡眼朦朧地坐沙發上。

「怎麼睡到現在呀？」

楊小薇心不在焉，回答說星期六不睡幹嘛？

「不怕睡壞了？起來聊天也好嘛。」

「有什麼好聊的？」

楊晶晶驚奇了，說姐夫不是個挺幽默的人嗎？以前聊天可是你倆的一大業餘愛好啊。

「他呀，現在哪有這閒工夫，他的話都快成金子了，珍貴！」

楊晶晶聽了忍不住笑。

楊小薇既惱又無奈，乾脆把電視打開，轉而聽螢幕中的人說話。楊晶晶說看見姐姐上電視演講了，話還真多呢，不做主持人可惜。楊小薇眼裡一絲疲憊的亮光一閃而過，但只懶洋洋地答了句：「是嗎？」

李白來到客廳，問楊晶晶怎麼好久沒來玩了？

「忙著找工作呢。」

楊小薇坐直身子叫起來，「為什麼呀？」

「又喜新厭舊了吧？」李白笑她。

楊晶晶倒答得既爽快又無奈，說失業啦，但又重新上崗了。

李白「哦」地舒了口氣。楊小薇又把身子放下，問她現在搞什麼。楊晶晶有點興奮，說：「跟節目主持人差不多，挺刺激好玩的。」

楊晶晶終於找到了話題，開始滔滔不絕地談起自己的新工作來。她說自己現在一家聲訊臺工作，每天的工作，就是接聽使用者打來的電話，說白了，就是陪客戶聊天。

楊晶晶總結說，打來的男性占絕大多數，而且成功男人占了不少。他們什麼都想說，什麼都敢說，好話壞話都說，黃話無聊的話都說。他們有的說老婆婚前嬌媚可愛，現在變得俗不可耐，自己連說話都沒興趣；有個老闆的司機說，他經常載老闆去幽會，可他能看不能動，心裡實在不好受，於是偷偷向老闆娘告密，老闆娘竟然一氣之下跟他上了床……有說自己的婚外情的，連一些羞人的細節都毫不隱瞞。

聲訊臺的小姐有的結婚了，有的沒。結了的，對這種情況還好應付，沒結婚的聽得耳熱心跳。有的更挑逗你，還約你去玩。有的話「黃」得簡直讓人聽不下去了，但你不能發火，不能掛了，還得好聲好氣地與他們周旋，實在聽不下去的，只好偷偷把話筒擱下，一會兒再續上。你得陪他說，讓他說，聽他傾訴，不會說的要逗他說，會說的要誘使他盡量多說，哄孩子似的。

楊晶晶說，他們公司的老闆，很厲害的，在給她們上培訓課時，演講很能打動人，說話也能點到問題的關鍵，他說在這個時代，說話都能產生巨大的經濟效益，「和客戶說話是有價值的，能產生金錢和效益，這是公司的經濟來源，員工的收入來源。」

「說得多好啊！」楊晶晶開心地說：「有沒有發現，我的口才好多了？」

「本來就牙尖嘴利！」

李白繃緊神經問楊晶晶，在哪家聲訊臺做。

「無心快語。」

楊晶晶越說越興奮，末了，還問姐夫這算不算「性騷擾」，還問有沒聽過關於美國總統柯林頓的

「拉鍊門」事件，根本沒留意李白的臉色，一會兒變黃，一會兒變白，後來漲得通紅。

此時，電視畫面正演一出丈夫偷情的戲，楊小薇就罵了句：「現在的男人沒個好。」楊晶晶這時掃了眼李白，發現姐夫正臉紅，便開玩笑說：「姐夫可是個老實的好男人啊。」楊小薇不答話。李白訕訕地說：「我給你們洗水果去。」就進了廚房。

第八章　生日夜

母親節那天，正好是李小龍的生日。

李小龍早幾天就纏上李白問：「老爸，有什麼表示？」李白剛開始打哈哈，不置可否，後來見日子臨近，才爽快地答應兒子，「搞個生日晚會吧。」李小龍這回高興了，連連高呼爸爸萬歲。

早上出門，李小龍還不放心，提醒李白一下班就趕快回來。李白用力摸了摸兒子的腦袋，說：「你這小子，一說吃呀玩呀你就起勁。」李小龍滿臉笑容，嘻嘻地笑，說：「我要個快樂的童年啊！」

但這天李白回到家，已是晚上的十點鐘了。桌上的蛋糕已經吃過了，看起來一片狼籍，還有一塊放在紙盤子上，沒動過，可能是留給他的。李白走過去拿了，吃起來。

看見兒子沒精打采的樣子，李白張口想做一番解釋。本來，他今天已將工作做了很好的安排，婉拒了一切的約會，然後坐在辦公室裡，想著晚上的事情。可是到了下午，史紅旗突然通知他，說省行的上司要來分行檢查信貸工作，分行信貸處處長來了電話，要領他們到下邊的支行來檢查。

李白當然得全程作陪，他得鞍前馬後地侍候上頭的那幾個上司，還對提出的問題做了詳盡的彙報。他本來以為白天就能完事的，但結果晚上又陪他們上酒樓、下歌廳玩起來，等他想起給家裡打電話，已經是晚上八點鐘了。

李白見李小龍不理睬他，就望向楊小薇，她也無精打采，身體陷在沙發上一動不動，眼睛盯著前面的電視。李白也覺得疲累，身體沒勁。沉默了一會兒，他找了個話題，問：「爸呢？」楊小薇眼睛盯著電視，說吃過飯，他說散步去了。李白「哦」了一聲，又沒話題了，只好叫兒子，「李小龍，時間不早啦，睡覺。」李小龍不吭聲。

李白也坐沙發上。想想，沒合適的話，只好去浴室洗澡。

李白出來後，一看牆上的鐘，已經是十二點了。看父親還沒回來，李白有點急，問仍坐沙發上的楊小薇是不是聽錯了，「要是散步應該早回來了？」楊小薇回答說：「爸也是個大人，丟不了的。」李白聽了又沒話了，趴陽臺上朝外面張望。

電話鈴突然響起來。楊小薇聽了，身體動了動，但臉上卻無動於衷。李白想想今天的事，都是自己的錯，再說，這電話也許是找他有事的，他不好發作，過去走回客廳去接了。

電話是轄區派出所打來的，讓李白去擔保領人，原來，李白的父親被「請」裡面去了。李白顧不上多說，胡亂穿一件衣服出去。他一路急急地趕去，不知道父親出了什麼事，心裡七上八下的擔憂。

據派出所解釋，今晚他們搞一個「清潔行動」，主要是掃蕩公園裡的「三無」人員。把李白的父親「請」來的原因，一是李白的父親沒帶身分證（飯後散步嘛，誰還想這事），二是正和一年輕女子兜搭，查問後發覺他倆互不認識。他們覺得有嫖娼的嫌疑，所以「請」來弄清楚。現在問題弄清楚了，

「你領回去吧！」李白一直陪著笑臉，說了不少的好話。

回來的路上，李白一言不發。當然，他也不知道說什麼好。父親跟在後面，許是剛才受驚過度，也一路沒話，乖乖地像個聽話的孩子，也急急地趕路。

進家門後，發現楊小薇還坐沙發上。茶几上擱了一堆的單據。見他們回來了，楊小薇側了側身子，隨口問了句：「這個月的電話費怎麼又高了這麼多？」李白聽了打了個冷顫，轉頭卻對父親劈頭蓋臉沒一句好話數落了一通。

「你就不能呆在家裡看看電視，聽聽收音機什麼的？晚上出去，出了事怎麼辦？」

他父親坐在沙發上聽著，沒吭氣，後來就躲進自己的房間。李白腦子裡揮不掉有關公園的聯想，於是越罵越氣，聲調不覺高了，溜出了門。

不久，門鈴響了來。李白一驚，開門一看，是管理處的保全。「有事嗎？」李白口氣生硬，隔了防盜門問道。「有沒有需要幫忙的？」保全說鄰居以為出什麼事了。李白這下明白過來了，大概是鄰居投訴了，住宅區管理處的人上門干預，李白這才有所收斂。「沒事。」但剛才一鬧，睡著了的李小龍醒了，就哭起來。

「說你少說幾句行不？」楊小薇剛才一言不發，現在開口說了句話。

這時，他父親的哭泣聲也飄出來，模糊不清，斷斷續續的：「我……只想……連個說話的人……沒有……小芳……芳……丟臉啊……」

李白聞到一股酒氣從父親臥室的門口飄出來。

楊小薇進臥室去哄兒子。

李白猛地罵了句：「他媽的！」

他霎時想揮拳砸向茶几或桌子什麼的，但心裡十分清醒，他怕疼啊！

第九章　離婚事

下班前，李白坐在辦公室裡正想心事，史紅旗突然找上門來，說要他幫個忙。李白將手上的資料擱到桌面上，問是什麼事。史紅旗問他還看不看武俠小說。李白以為他想借書看，有點疲倦地笑了一下，說他家裡有啊，還問他想看哪本。史紅旗擺擺手，說我哪有時間啊。李白問他那要那幹嘛？史紅旗說，邊吃邊聊。李白讓他有事就說。但史紅旗堅持要邊吃邊聊，說是先謝了。

他們去的是一家日本料理店，李白只要鮭魚刺身。他喜歡日本芥末的辛辣味，那股勁從口腔、咽喉開始，直衝鼻腔，到達腦門，整個過程，他有種說不清的眩暈和解脫的幻覺。史紅旗也說，就吃這東西好了，還說多吃魚對身體好，至少沒什麼膽固醇。

吃了好一會兒，史紅旗還是不著邊際地說話。李白有點憋不住，就問他找自己有什麼事。史紅旗聽了，丟下筷子，翻開公事包，拿出一疊數據。他說自己正讀在職研究所，已經拖了好幾年了，想將它搞完，就差論文了。

「還在要求進步啊？」

史紅旗笑嘻嘻說：「沒辦法，形勢逼人。」

「讀書的事，別找我！」李白有點心虛。

「就你可以幫上我。」

「你別恭維我了。」

「知道我讀什麼嗎？」

「還不是MBA之類。」

「是中文。」

「可你幹銀行的呀。」

「當初在機關選修的。」

李白說，原來如此。又問自己怎麼能幫上他的忙。

「這對我來說是困難，對你就簡單，你就給我寫一篇有關金庸武俠小說的論文就行了。」

李白一聽直搖頭笑，說：「這哪跟哪的。」可在史紅旗的不斷要求下，他才勉強答應。對他來說，寫這樣的論文，當然是小菜一碟，但他這段時間，心情實在是糟糕，十分煩躁。

史紅旗見他答應了，就和他討論了一些論文寫作的相關要求。李白雖然疲倦，但說起武俠小說來，他還是有各種滔滔不絕的話題。他說過之後，就自我解嘲說：「現代人看武俠小說，無非是想在一種虛無中解脫自己，從現實的無奈中跳出來。」

史紅旗豎起了大拇指，說李白的見解實在是高，還希望他在兩個月內拿出初稿。李白說應該沒問題。去停車場取車子時，李白突然問史紅旗，支行什麼時候實行幹部輪替職位。

「你希望輪替職位？」史紅旗停住腳步問他。

李白嘆嘆氣，「換換也好嘛。」

「有新想法？」史紅旗愣了一下，才問他。

李白將手中的資料揚了揚，笑笑說：「寫資料呀。」

說實話，自從不久前，他和史紅旗參加過雷平陽的葬禮後，他對信貸工作就已經有點意興闌珊了，想換換環境。對這個問題，他考慮了很久，一直沒有機會提出來，沒想到今天是個契機。

李白回到家裡，李小龍早睡了。就楊小薇還坐在沙發上看電視。他父親已經回老家了。客廳裡除了聲音，顯出一種空蕩來。李白換了拖鞋，將手中的皮包丟在鞋櫃上，問她為什麼還不睡。楊小薇的身子動了動，但沒有吭聲。李白走過去，用手扶住她的肩膀。

「去睡吧？」

楊小薇轉過頭來，「談談好嗎？」

「太累了，改天再談吧。」

楊小薇說，「那我就說自己的想法吧。」

「什麼想法？」李白一愣。

楊小薇說，「我們還是分了吧！」

「發生了什麼事？」李白嚇了一跳。

楊小薇說：「分開好過些。」

李白有點急了，「好好的幹嘛說這話。」問她到底有什麼事。

「不是我有事，而是你有事！」

李白用手一指胸口說：「我？沒事呀。」

「你就像這間房的一個旅客！」

李白明白過來，就說：「我出去不就是吃飯喝酒嗎？這都是工作需要嘛。」

「可我不是飯店的服務生！」

李白急了，「我為誰呀？還不是為這個家！」

楊小薇的眼淚下來了，她說她不需要。

「以前你不是希望我有出息的嗎？」

楊小薇說這不是她所希望的。

李白還想說什麼，突然覺得很累，他嘆了口氣，說我累了，你也累了，還是早點睡吧。他朝浴室走去，他說他想洗個澡。在浴室門口，他聽見楊小薇喊，「現在你還有心思洗澡？」李白停住腳步，張張嘴，想想還是作罷，女人就是沒法子講道理的。他想自己要是不洗澡，可能就要立刻疲累得倒地了。

接下來的一段日子，李白被這個是分是合的問題弄得焦頭爛額。楊小薇一定要和他談出個結果來，而李白總想躲開這個該死的問題，搞得倆人的日子過得鬱鬱寡歡。經歷了反反覆覆的拉鋸戰後，李白終於投降了，他真的太累了，他最後連說話的力氣都沒有了。他考慮了很長時間，對楊小薇說，「好吧！」一場戰爭終於結束了。

接下來的事情，都像既定的程式一樣。他們談到離婚條件時，楊小薇提出，李小龍跟她過。但李白不同意，他的意見是將房子留給楊小薇，兒子就跟他過了，他提出的理由是這些年自己太忙，冷落了兒子，現在他得培養父子感情了。況且，李小龍跟他過，對其成長和性格都利大於弊。

李白說：「你也不希望兒子變得像個女人吧？」他說男孩子嘛，跟父親好些的，兒子放他那，她什麼時候想看他，來就是了，這樣的安排，她還有什麼不放心的呢？？更何況，這樣的安排，對她的將來也有利呀。李白說：「你自己也要為自己的將來想想，畢竟日子還是要過的嘛。」

李白滔滔不絕，推心置腹的一番話，確實讓楊小薇感動了，她嗚嗚地哭起來，而且越哭越厲害，汪汪的眼淚差點就讓他們的離婚計畫泡湯。為什麼這樣說呢？因為楊小薇和他離婚的其中一個原因，就是兩人不能好好說話，回家後就各忙各的，沒能好好地溝通。

長久以來，李白通常一聲不吭吃過早餐，就拎著公事包出門。要麼很晚才嘴裡冒著酒氣回來，有時連洗澡也免了，就上床；要麼呢，回來吃過晚飯，就在關書房裡，寫他那沒完沒了的報告或公文，對外面的人和事充耳不聞。

當然，楊小薇感動也只就那會兒，這樣的情形也不是第一次了，此前他們談過許多次了，每次情形都差不多，再重複下去，也沒有什麼新意，又不是小孩兒玩扮家家酒，所以經過短暫的互相感動後，最後兩人還是按計畫離婚了。

這裡面的原因很多，說起來既複雜，也很簡單，婚姻就是這樣，說不清也道不明，男人和女人，常常會因一個偶然事件而結合，又可能因某個極微小的原因而擱淺。總之，這樣的結局，應了一首粵語歌曲的歌詞：「命裡有時終歸有，命裡沒時莫強求！」

李白離婚後，就帶著李小龍過。李小龍正上小學三年級，特別頑皮，讓李白和老師頭痛不已。不管是在上班，還是走在路上，李白三天兩天，就會接到班主任的投訴電話：今天是李小龍上語文課時，老搞小動作，還特搗蛋，將前排馬小燕的頭髮，悄悄綁在椅背上，讓她起身發言時拉傷了脖子；明天呢，是李小龍課間休息時玩球，將教室的窗戶玻璃踢碎了；後天嘛，又是和王丁丁爭玩具手槍，幹了一架，將人家打出鼻血了等等。總之麻煩事不斷，讓李白的情緒飄起來，又沉下去。

開始，李白聽到這些投訴，還克制住自己的衝動，在和老師和學生家長做過檢討、陪過不是後，就一本正經，耐心地給兒子上教育課，和他講做人的道理。可李小龍呢，根本就不買老爸的帳，繼續調皮搗蛋，教育的效果甚微。

幾次之後，李白失去耐性，以後凡接到投訴電話，回來操起雞毛撣子，往李小龍的屁股就是一頓狠揍。於是家裡常出現這樣一個場面：由於李白的父親不在，李小龍沒人護著，只有老實挨揍的份了。

李小龍通常撫著被揍的屁股，嗚嗚地大哭，聲音嘹亮，響徹整幢住宅樓；老子李白呢？拿著雞毛撣子，在一旁又罵又喘氣地揍兒子。

幾個回合的交手後，情況似乎有所改善，至少有三個星期，李白沒有接到老師的投訴電話，他的心稍稍放寬了些。但李白高興得太早啦，李小龍只不過和他玩了緩兵之計，實地裡是陽奉陰違，後來，更是惹了不少的麻煩。

這樣一來，老師也煩了，連投訴電話都懶得打了，李小龍一犯錯，放學後一概罰站、留堂，這做法害得李白下班後，還得屁顛顛跑學校接人。自然，李小龍回家後，免不了又挨一頓揍。

有一次，李白打狠了，雞毛撣子落在李小龍的手背上，那是小傢伙用手去護屁股時挨的。李小龍的手背上，出現一條紅紅的印痕。當時李小龍有點自顧不暇，手疼，屁股也疼，「哇哇」地哭得暢快淋漓，這聲音讓李白想起從前在小鎮聽到的殺豬聲。李白頓時有點心痛，趕緊丟下撣子，從抽屜裡找出紅花油，然後拉兒子起來，想給他抹藥油。

開始，李小龍很警惕地拚命躲，明白過來後，便也乖乖地抹著眼淚，坐沙發上讓他擦。李白看著淚眼婆娑的兒子，邊擦邊問他，「疼嗎？」李白自覺這樣問得愚蠢，因為他早感到李小龍的手在擦油時，手一下一下地抽搐。李小龍點點頭，算是回答了，眼淚還吧嗒吧嗒地滴在地板上。

李白邊擦油邊問他，「恨不恨爸爸？」

李小龍帶著哭腔說，總好過爸爸不理他。

李白聽了心裡直泛酸水。

李白離婚後的一年多時間裡，既當爹又當娘的，吃盡了苦頭，這下才體會到前妻的不易，所以儘管苦些累些，但也覺得值得，算是對前妻的一種補償吧。

有時就和李清照談起兒子的問題，說真是煩死了。李清照問李小龍讀哪間學校。李白說是嘉南小學，三年三班。李清照說哎呀，這麼巧，她表妹剛做他的班主任啊。李白還沒見過她，就說拜託她多費點心思。

第十章　替身

李白也算是個大忙人，自然有自顧不暇的時候。支行實行幹部輪替職位後，他是辦公室主任，每天都有看不完、寫不完的報告，還有總也接待不完的、從上級行和兄弟行來的客人。

李白這幾天特忙，要趕一個傳達上級行關於《努力減少文山會海》的檔案，史紅旗等著會議上用的。李白寫著寫著就嘆了一口氣，還不覺笑出聲來。對面桌的小高覺得奇怪，抬頭和他開玩笑。

「昨晚走路撿了金子？」

李白自嘲說：「真的就好啦。」

李白感到發笑，是因為他一邊寫一邊想到，這些年他有種體會，那就是越強調減少的會議或檔案，就會有越多的會議和越多的檔案等著要開、要看、要寫。他想到史紅旗在大會上唸這篇稿子，傳達有關的願景的情景，李白當然覺得滑稽好笑。這麼一漫遊，李白的思路就變得斷斷續續的了。

下班鈴響過後，小高收拾東西問李白，「主任，還沒好呀？」李白寫得不順手，聽了這話頓時換上一副愁眉苦臉，「你說得輕巧，你試試？」小高連連擺手，說：「免了免了，你現在可是我們這一號筆桿子呀，先走一步。」小高的口哨聲消失在門外後，空空蕩蕩的辦公室，立刻顯出一種寂廖來，讓李白憑空害怕起來。

李白點上一根菸抽上，看著外面的天色，想著今天李小龍會不會表現好點。他看著手上冒著白色煙霧的香菸，突然想起，自己不知道怎麼就學會抽菸了，還上癮了呢，每天要一包才解癮，他對自己的變化有點感慨起來，他媽的，真是人在江湖，身不由己。

這時電話鈴突然響了。這突如其來的鈴聲，嚇了李白一跳，他拿過話筒問。

「您好，A行，有什麼可以幫到您？」

一個清脆的女聲說：「找李白先生。」

「你躲哪去了？」李白一聽聲音，還以為是李清照呢。

那邊更正他說，她姓肖，是李清照的表妹。

「哦，我就是李白。」他有點不好意思，問她有何貴幹。

那邊趕緊說她是李小龍的班主任，她問李白什麼時候方便，她要做次家訪，和他聊聊李小龍的學習情況，因為上星期五的家長會他沒來。李白忙說很抱歉，並解釋上次是有事來不了。

李白本想跟著說他近來很忙沒空，不想說出口的話卻是，「那就今晚聊吧！」也許李白突然覺得，應該去外面走走，呼吸些新鮮空氣。肖老師問她八點去李白家怎麼樣。李白連忙說：「這樣吧，乾脆我們一起邊吃邊聊吧！」

在燈光溫馨的餐廳裡，李白眼睛閃閃發亮，態度誠懇，很認真地聽肖老師，也就是李小龍的班主任談兒子的在校表現。「坐好認真聽！」李白這會也嚴格要求兒子。

李白看著肖老師，有點恍惚，心裡在嘀咕，怎麼和李清照那麼像啊？但他沒有說什麼，只聽肖老師說話，一邊看兩片好看的嘴唇開合，一邊浮想聯翩。

肖老師說，李小龍近來不知道怎麼搞的，學習成績走下坡路，最近兩次測驗，才剛剛過六十分，連一向成績很好的語文，也才勉強過關。李白簡直不敢相信，說：「語文也這樣？不會吧？」肖老師對李小龍說：「李小龍，你自己說吧。」

李白除了喜歡看武俠小說外，自小就舞文弄墨的，雖說大學讀的是金融專業，但他的那手好文章，連中文系的學生也不敢小看他。他給史紅旗起草的東西，可以不經審閱，拿到手就能用。上次他給史紅旗寫的那個有關金庸武俠小說的論文，還得了個全班的最高分。史紅旗的放心和稱讚，讓李白感到驕傲。李白還是很自信兒子具有這方面的遺傳基因的。

李白瞪眼了，問兒子怎麼搞的，這麼不爭氣。李小龍嘴裡含著食物，躲閃著爸爸的眼睛，小聲連說了好幾個我我我也沒說出個所以然來。李白當著肖老師的面，沒好意思發作，只是警告兒子，以後要多用功，否則定不輕饒他。李白強調說：「在學校要過關，在家裡也要過關。」

當然，李白還問起了李清照，「好久沒她的訊息了。」肖老師說她表姐出國了。李白聽了有點驚訝，因為李清照從來就沒透露過要出去，現在知道了，他有點失落，「出去幹嘛呀，都一把年紀了。」

肖老師說，她表姐說想出去休整一下，在國內太累了。李白嘆了口氣，「也好的，身體要緊。」肖老師有點好奇地問李白，有沒有想過出去。李白笑笑說：「有錢在哪都好，沒錢在哪裡都沒勁。」

回家的路上，李白想著兩個問題：一個是兒子雖然頑皮，但成績從沒這樣差過，到底是什麼原因呢？另一個是肖老師怎麼和李清照那麼像呢？如果自己的妻子是個老師，那李小龍的教育就不會成為一個問題了。後面這個問題顯得有點突兀，是李白始料不及的。

李白一路回味肖老師身上那若有若無的香水味。李白突然低頭問：「肖老師教你們多久了？」李小龍小心地答：「三個月了，剛從其他學校調來的。」李白聽了這話「哦」了一聲，沒再說話，心裡又將肖老師剛才的形態和李清照的形態畫了一遍，又做了對比。

從此，李白多留一個心眼，雖然工作很忙，不能到學校去了解兒子的表現情況，但還是和肖老師經常保持電話聯繫的。李白有點迷戀她那清脆的聲音，這讓他想起李清照的聲音，想起自己年輕時的聲音。

自住都市後，他就很少聽見鳥鳴聲了，在他聽來，肖老師的聲音，恰好容易讓他聯想到樹林裡清脆的鳥語，而肖老師呢，也喜歡聽李白幽默的調侃，畢竟李白的社會閱歷較豐富，不時講些從酒席上聽來的民間笑話，肖老師覺得有趣，常笑得像個搖晃的銀鈴，這樣李白就會想想到大自然裡的花香，彼此都很開心。

這麼一往來，李白心裡倒有了個朦朧的想法，那就是假如能和肖老師好的話，那李小龍的生活和學習，他至少可以少操心些。當然，這只是李白腦裡的一個閃念，還不成熟。李白和肖老師的電話就這麼打過來，打過去，交換情報，密切關注李小龍的表現，但並沒有發現異常情況。

李小龍好像用功多了。李白不敢肯定，是否自那次挨揍後，兒子懂點事了，總之在家裡做作業也很認真似的。肖老師也反映，李小龍都能按時交作業。唯一讓李白不滿意的，就是李小龍的作業常常出錯。李白能說什麼呢？他的確無法給他做更多的作業輔導。

有許多次，當他弄那些公事累了、煩了，走出書房來換口氣，就會看到兒子坐在客廳的桌前，雙手撐頭陷入沉思狀，作業本和書本攤在面前。

每當這時候，李白以為兒子被問題難住了，就走過去，拍拍兒子的肩膀，「是不是被問題卡住了？」李小龍嚇了一跳，像從睡夢中驚醒過來一樣，驚慌萬分地支吾以對。這下倒搞得李白滿懷歉意，說：「要是不懂，就問爸爸好了。」

李小龍鎮定下來後，就結結巴巴說，還是讓他先自己想想吧。李白心想兒子挺懂事的，還有點自力更生的精神呢，於是甚為心慰，從此再見此種情形，便不再打擾。

第十一章 新寵

有一天，肖老師在電話裡反映一個情況，據說李小龍近來經常上課偷偷看漫畫書。上課提問有關大詩人李白的問題時，李小龍的回答讓她啼笑皆非，同學的鬨笑聲差點沒將教室的房頂掀了。李小龍嘴裡的唐朝大詩人李白，成了一個和美人明蘭心一起離家出走，遊走江湖的少年劍客。

肖老師說，當時她又氣又好笑，問他是從哪裡知道的。李小龍得意洋洋，理氣直壯地回答說是從一本名為《大唐英雄傳》的漫畫書知道的。「我還看了許多其他的書。」

李白聽了十分生氣，因為唐朝的那個李白，是他心中的偶像，他不但可以將李白的許多詩文倒背如流，還對李白的故事和傳說耳熟能詳，他不相信兒子沒得一點老子的遺傳。要知道，李小龍的回答，簡直是讓他無地自容。

當然，李白也找理由安慰自己，認為李小龍也就心慌罷了，張冠李戴而已，所以並不以為然，沒太把這當一回事，心想兒子可能只是偶爾為之罷了。

但後來，肖老師反映了幾次，李白才有所警覺，覺得要採取些措施，否則事態有可能失控。「要防微杜漸。」他記得開會的時候，史紅旗經常使用這個詞。

下班後，李白開車回家的路上，一路在思想任何與兒子做個溝通。一想就想出問題來了，他發現自己居然和兒子的談話，每次都不超過一小時的。想起當初對楊小薇的許諾，李白不禁慚愧起來。

本來他想好了，回家後，一定要和兒子好好談一談的，可回到家裡，李白的的做法卻變了。「你把書包拿給我。」他決定搜查兒子的書包。對李白的突然襲擊，李小龍雖然極不情願配合，可又無可奈何，磨蹭了半天，才將書包打開。掏走課本和作業本後，一本《城市獵人》漫畫書就躺在書包底。

李白勃然大怒，「你知道你叫什麼名嗎？」他指著李小龍的鼻子吼道。

李小龍嚇得渾身發抖，小聲回答說他知道。

「你說，叫什麼？！」

「李小龍！」兒子的聲音輕輕掉在地下。

李白罵道：「你還知道叫李小龍？乾脆就叫李小蟲吧！」

李小龍哭喪著臉點點頭，不敢答話。

「你知道你這名字的含義嗎？」

李小龍耷拉著頭不吭聲。

李白將桌子拍得啪啪響，「你知道個屁！希望你長大後成為一條龍，照這樣下去，你只會成為一條蟲，知道嗎？是蟲不是龍！」

李小龍一副低頭認罪的模樣，聽著老爸的斥罵。

李白見他不吭聲，更氣，拿過那本漫畫書就要斯。李小龍見狀，大喊：「那是借王丁丁的！」這下李白登時沒了主意，站在那跳腳喘氣發抖。李小龍瞥了老爸一眼，小心翼翼地說：「爸爸，你打我出出氣吧，我錯了。」李白聽了霎時悲喜交集。他媽的，這小子倒還會心疼老子！李白聽了他的話，真是苦笑不得。

「你怎麼就不替老子爭口氣呢？」

李白倒了杯冷開水喝了，緩過一口氣後，才對仍低著頭的兒子說，「以後不准看漫畫書了，聽好了嗎？」李小龍說知道了。李白想想，這話說得不妥，自己小時候不也愛看漫畫嗎？李白頓了一頓，放低聲調，說：「以後上課時不能看課外書。」末了，李白突然注意到，李小龍的頭髮竟然留得那麼長，就說：「你明天去剪個髮，都成長毛怪了！」李小龍聽了不敢反駁，只是支吾著答應。

李白將兒子趕進書房做作業後，打開電視搜尋了好幾個頻道，看沒什麼好的節目，便拿過那本《城市獵人》翻了翻。小時候的李白，也愛看所能找到的漫畫，什麼《地雷戰》、《道地戰》、《三國演義》、《水滸》、《母親》等等，也曾將漫畫偷帶到課堂上看，還照著臨摹，並因此萌發過要作畫家的夢。

當然，那都過去了，歲月不饒人啊。現在再回過頭去看，那些漫畫，都是些充滿教育意味的東西。手頭上的這本漫畫書又怎樣呢？李白早聽人說過，現在漫畫書大行其道，連大人都愛看愛收藏。

李白懷疑這種說法是否有點過於誇張，大人都這樣？李白覺得那就好好研究研究，看它跟兒時的那些書有什麼不同。不想李白還真的漸漸看進去了。他來回倒了幾回後，發覺現在的漫畫書和從前的是不一樣，不是一點點不一樣，而是大大的不一樣。

這些漫畫書上的文字很少，但整個畫面讓人一看就明白。當然，人物也畫得比較誇張變形，他還注意到一點，那就是漫畫主角的頭髮都很長，很飄逸，整個畫面透出一股很怪異詭祕的氣息，看書人不覺就隨那股氣飄離現實世界，忘記自己身處何時何地。

李白這才明白，兒子以前的那種沉思狀，其實他的魂，早就神遊到萬里外，留在原地的，不過是具軀殼而已。看來那頭長髮，肯定也是照學裡面的漫畫主角的。

等李白想起該叫兒子去睡覺了，一推開門，發現李小龍趴在書桌迷糊了，口水拖了很長。

第十二章　卡通狂

李白開始對漫畫產生了興趣。李白查閱有關的數據，據上面的解釋，其實就是卡通，是英文Cartoon的譯音，也就是漫畫，漫畫就是把自然中的複雜形象簡化和特徵化，讓人一看就明白，一看就知道畫的是什麼，也就是說，讓人不用想就馬上接受它。

李白自己也沒想到，他好像中毒了，看漫畫書上癮。他突然變得愛逛書店了，當然，他重點逛漫畫書攤，挑上喜歡的就狂買。讓李白感到遺憾的，是深圳的漫畫書品種不多，於是便想到了羅湖橋對面的香港。

李白開始熱衷於參加旅行社搞的香港遊，別的團友一到香港，除了逛風景區，就是去女人街或上百貨公司採購衣服買金銀珠寶等東西，畢竟香港是世界聞名的購物天堂。李白呢，一大早，吃過早餐就失蹤了，大家都有各自的目的，所以對他的去向也沒太注意。

李白晚上次到酒店，通常他手頭拎一捆的書。團友們都在大談當天的收穫，問李白買了什麼。當得知是一包的漫畫書時，就問他是否替兒子買的。李白只是臉紅紅地打哈哈。

於是有人便說李白這人真怪，花錢大老遠跑這買小人書；有女團友就教訓同行的丈夫說：「看見了吧，人家老李多好，出門還掂記著孩子，你得向人家學習。」說得那丈夫連聲說是要學習學習。

當然，後來香港開放了自由行，他立刻參加，他特別喜歡這種旅遊形式，這樣他行動就更自由，每當他從香港電視的新聞報導，得知有辦書展的訊息，他就要跑一趟。

李白自然不會放過這樣的好機會。李白到了香港，就和許多香港的漫畫迷一樣，通宵達旦地排隊等候。書展大堂的門一開，人潮就湧進去，漫畫書攤的展位立時就被潮水淹了，擠倒了桌子，擠破了玻璃屏風。

書展上，那玲琅滿目的漫畫書讓李白嘆為觀止，只可惜口袋裡的銀彈有限。有一次在搶購風潮中，儘管他的手被玻璃劃傷了，但還是堅持搶到一套共三十六本的《城市獵人》後，才去醫院包紮。

香港的傳媒對這種漫畫搶購狂潮，進行過大篇幅的報導：男女老少都愛看漫畫書，原因是什麼呢？是今天的圖畫業和影視業的空前繁榮和氾濫，才導致人們的這種選擇嗎；人們天性就追求這種接收資訊的簡單方式；又或者，人們希望透過更直接而簡單的方式來認識世界，抗拒現代社會龐雜的資訊垃圾。

這場由漫畫書的搶購潮引發的議論多多，最終都集中到一個不爭的事實，那就是香港的學生近年來的語文程度不斷下降，情況令人擔憂。教育界人士都擔憂，這與現代的年輕人愛看漫畫書有關。媒體提請有關當局應引起關注，凡此種種。討論歸討論，漫畫迷們依然我行我素，做出人們覺得難以理解的行為。

李白將一包包的漫畫書運回後，就鎖在書房的櫃裡，平時關上門偷著看，當然也會塞幾本進公事包，帶到辦公室抽空看。因為怕人發現，李白又向史紅旗打報告，申請要一間單獨的房間做辦公室，理由是在大辦公室裡人多嘈雜，影響他構思文章。

史紅旗也算挺關照的，大筆一揮就同意了。這樣一來李白自然喜不勝收了。

對於自己迷戀漫畫書這件事，李白不想讓同事和兒子知道，他既怕同事上司笑話他，影響自己的形象，又怕兒子知道後，再教訓他，自己說話就不響亮了。

對自己這種偷偷摸摸的行為，李白有時想起也會覺得莫名其妙，挺滑稽的，但他已無法收住心和手，他已陷入這種既緊張又忘我的遊戲中不能自拔，在這個恍惚的過程中，李白好像又回到了童年。他在重複著一種逝去了的隱祕的生活方式。

當然，李白自覺也有收穫，他覺得自己比以前理解兒子了，至少他弄懂了，兒子為什麼愛看漫畫書，也許他只想藉此忘卻繁重的功課。李白自己也一樣藉此減壓。

李白還不時和兒子討論某個漫畫故事人物的命運，比如《城市獵人》中的男主角孟波先生，雖然兩人的見解不可能一樣，但也總算有了共同的話題，畢竟以前父子倆總也談不到一塊。

李小龍對爸爸竟然會與自己談論漫畫，雖然疑惑不解，但認為還是一件很值得高興的事。

儘管李白將一切做得小心翼翼的，好像滴水不漏，但人們還是感到，李白這人變得有點恍惚，讓人擔心。比如以前的李白，比較熱衷於迎來送往的社會活動，當然，這是他工作的一部分，但近來呢，對這些變得提不起興趣了，總找理由推脫。

小高替他都替煩了，只是不敢出聲。史紅旗和同事曾關切地詢問過李白，是否身體不舒服，或有什麼困難需要幫忙，希望他說出來，大家也許能幫上忙。李白倒奇怪了，反對人家說：「沒有呀，你們怎麼會這樣看呢？」搞得問的人直搖頭。

另外，同事還發現，李白的話越來越少，人常處於一種遊離狀態，聊天都顯得心不在焉。史紅旗則覺得，李白搞出來的東西，越來越短了。有一天，要召開一個全系統的表彰大會，他讓李白起草一篇發言稿，時間定為一個小時的。「我等著用的。」他叮囑李白。

會前的一天，李白下班前就將稿子交到史紅旗的手上。「你也夠快的！」當時史紅旗還讚揚他的效率了得。他正急著去赴一個酒席，接過也沒看，往公事包一塞走了。

第二天開會，史紅旗拿出來就唸，以往都這樣的嘛，都沒出過什麼差錯。可這次糟了，會議才開了一半時間，手頭的發言稿唸著唸著就完了，好像人走路走著走著，突然沒了路，不知道怎麼走下去了，搞得史紅旗十分尷尬，滿頭大汗。

好在史紅旗是個會議油子，臨場經驗豐富，頗有臨危不亂的風度。史紅旗急中生智，將剛才唸過的地方又強調了幾遍，之後又東拉西扯了些雞毛蒜皮的小事，才算將會議對付過去。

史紅旗對李白的表現極為惱火，會後將李白叫到行長室，對李白大發脾氣，將他罵得狗血淋頭，責問他這辦公室主任怎麼當的。

史紅旗顯得痛心疾首，說：「李白呀李白，不要以為我們是朋友，你就可以胡來，道理你到底懂不懂？」他說這樣下去我也幫不了你的，大家都看著我怎麼對你呢。

李白被說得兩眼發直，沒話反駁。史紅旗最後還扣了李白當月的獎金，以示懲罰。但這樣的事，後來又發生了好幾起，雖然每次李白犯錯後，都誠惶誠恐地接受批評，但過後依然故我，讓上上下下都搖頭嘆息。

從此，史紅旗對李白弄的東西，不得不留個心眼，凡李白交來的，都要仔細審閱後才敢用，而且，還要拿了手錶掐時間，字數不夠的要他立刻修補。李白得寵的歷史終於一去不復返，有人偷偷高興，當然也有人為他暗暗扼腕。可李白並不傷心，日子過得依然如故。

雖然，李白看資料起草文書已有很長的時間了，如果將這些文件疊加起來，它的高度肯定會超過自己的身高，這一點毫不誇張。但不知道怎麼搞的，李白從未像現在這樣討厭文字，現在他只對看圖畫感興趣，那是一種多麼簡單明瞭的方式呀，一看就明白。

李白甚至在起草文書弄煩了的時候，會坐在桌前發呆，也會突發奇想：為什麼不能將檔案畫成漫畫的形式呢？一方面誰都能看懂看明白，另一方面增加閱讀的趣味性，看起來多麼的賞心悅目呀！「現在的檔案是多麼的枯躁乏味。」他感慨起來。

當然，李白想歸想，但他每天還是不得不與文字打交道，這是由他的工作性質決定的。再怎麼努力，李白還是整天被文字包圍，陷入文字的泥潭不能自拔。

第十三章　童真

肖老師也發現，近來李白沒有說話的慾望。她不知道原因，因為李白沒提，她猜想肯定是在工作上遇到了什麼煩心的事，所以盡力安慰他，讓他有什麼心事，說出來，她可以做個很好的傾聽者。

交往了這麼一段時間，肖老師發覺，李白這人還是蠻風趣的，也很有能力；而李白呢，覺得跟肖老師待在一起，就像跟李清照在談戀愛，感覺十分的愉悅，但他沒有對誰說過這種感覺。

他們兩人的關係，進展得還是很順利的，更因為一件意外的事件，有了實質性的進展。那天，是李小龍的生日，李白和肖老師給他慶祝。李小龍玩得很高興，李白和肖老師也喝了點酒，兩人都紅光滿面，他們在客廳聊了很久。

後來，李小龍進臥室睡了，李白和肖老師還坐在沙發上聊，看到電視上的舞蹈比賽節目，肖老師可能有點醉意，也可能是舞癮突起，從沙發上跳起來，拉過李白做舞伴。肖老師樣子活潑，讓李白也恍惚年輕許多，他笑容滿面，吃力地跟著她的步伐。

李白跳得很笨拙，但興致也很好，他在半醉半醒之間，回憶起一個類似的場景。他邊呼吸著肖老師身上的體香，邊迷醉地邁著舞步。李白發覺，肖老師的身體，是柔軟滾燙的，自己的身體卻繃得緊緊的。

他很久沒有碰過女人了，他突然覺得需要放鬆一下，徹底放鬆一下，像草原上的奔馬一樣奔跑。他這樣想了，也這樣做了。慢慢地他們舞進了臥室，然後他和肖老師，一會兒像馬一樣奔跑起來，一會兒也像騎手一樣大汗淋漓地起伏，他們大呼小叫地喊著往前奔跑，一造成達終點，再像泥一樣癱在床上。

而近期，李白好像有點神不守舍，也少了約會肖老師。但肖老師沒有責怪他，人總有情緒低落的時候，更何況現在每個人都承受著很大的壓力。她呢，班主任也夠忙的，所以她很能理解李白的壓力。

李白也意識到這個問題，所以稍稍清閒點，就約肖老師去看電影。看了幾次後，肖老師都笑了，她發覺，李白反反覆覆帶她去看的那些港產片，都是些漫畫化的喜劇片，什麼徐克的《蝙蝠俠》、《星戰毀滅者》；什麼成龍演的《城市獵人》，周星弛演的《一本漫畫走天涯》，雖然這些故事李白已看過漫畫書，但還是想看看電影版本。另外，還有美國出品的《威探闖通關》等。

當然，李白也會帶她和李小龍一起去看老少咸宜的電影，如《獅子王》、《阿拉丁》、《玩具總動員》等等。這些電影情節奇特好玩，視覺效果詭異生動，令觀眾身臨其境。

肖老師看得出，李白看得很投入，該笑時就大笑，該拍椅子時就拍椅子，與李小龍互相輝映。當然在家裡，李白也不會放過電視裡放的卡通片，什麼《亂馬二分之一》、《美少女戰士》、《龍珠》

等等。

肖老師由此發現，李白雖然已過而立之年，但還挺孩子氣的，且有愈演愈烈的趨勢，這讓她覺得挺親切的，這不奇怪，肖老師是李小龍的班主任。肖老師覺得電影裡的成龍和周星馳，都有一股頑童的可愛，李白也不乏這種可愛，所以她與李白和李小龍在一起時，她還是有種班主任的感覺。

肖老師花在李小龍身上的時間，較其他學生多，這是自然的，也是可以理解的，特別是近來，李白又好像滿懷心事。她想為他分擔一些東西。有時李白和她一起時，會突然想起什麼似的，兩眼出神，望著遠處不存在的東西發呆。

「父子倆都這樣！」肖老師和他打趣。

李白回過神後，「怎麼啦怎麼啦？」他趕緊問了句。

「李小龍也愛望著窗口發呆。」

「哪天你翻翻他的書包，看有沒有漫畫書？」

李白如臨大敵的模樣讓肖老師忍俊不禁。

「漫畫書能讓他那樣失魂落魄？」

李白有點氣急了，喊起來，「讓你看看，就看看嘛。」

「你喊什麼嘛？」

李白不好現身說法，只是說他是瞎猜猜，讓肖老師探探他有什麼心事。

「你是他爸爸呢，怎麼就不親自問問？」

「他不願說話。」

「你也一樣呀，也不愛說話了。」

李白聽了，愣愣地沒話。

第十四章　父與子

這天一到公司，李白就向史紅旗請假，說是上醫院看病。李白開車往就近的麥當勞餐廳趕去，一看，我的媽呀！人龍都排到大馬路了，趕緊又奔另一家去，一樣的陣勢，李白不敢再亂跑，將車子放好，就湊上了人龍的尾巴。

李白和那些排隊的人有著一樣的目的，那就是要買一款玩具。一個星期前，李白看到一則麥當勞的廣告，說這天要推出一款可愛的卡通玩具狗史努比（Snoopy），這是一部卡通電影和漫畫書的狗主角，形象可愛風趣，是漫畫迷們心目中的卡通明星。

不久前，這個電影剛放過，玩具這就上市了，真快！這些出版商真有商業頭腦，在推出影片和出版品的同時，還推出相關的產品，比如這款史努比玩具狗，售價兩百多元，還得搭買一份麥當勞套餐，真是賺得盆滿缽滿的。

其實，李白並不喜歡吃速食，吃那東西一來容易上火，不是牙痛就是喉嚨痛，二來很膩人沒味道。不過，今天為了這款玩具狗，他還不得不買一份麥當勞呢。

聽說一個星期售賣一款，整合四款就成一套，那套玩具以後會升值的。李白當然不會因為這個原因才跑來，因為他喜歡，一看見那隻史努比狗，就會想起小時候家裡養的那隻叫咪咪的狗。

隊伍緩慢地向前移動，人們的身體一個緊貼一個，並用手扶住前一個人的肩膀，以防止不守規矩的人插隊。

李白問前面的那位，「什麼時候來的？」那人回答說：「昨晚就從香港趕過來了，住了半夜飯店排的，沒想到沒占上頭位。」李白說：「香港不也有麥當勞店嗎？」那人答賣是有得賣，但去了幾次也沒買到，「只好來深圳碰碰運氣。」李白聽了，有些著急地往前加了把勁。

外面的人潮緩慢而有力地從門口湧進去，又有買好的人從裡面湧出來，門口成了短兵相接的地段，誰都大汗淋漓的，不過出來的都興高采烈的。李白突然一眼瞥見另一條人龍裡，李小龍被人擠壓得齜牙咧嘴的！

李白大喊：「李小龍！」

李小龍開始沒聽見，後來一聽見，馬上反射地往人堆裡躲，但被擠出來，只好往老爸這邊投降。他極不情願地往這邊挪過來，但眼睛還是時刻注意李白的眼神變化。

李白也沒心思發火，也不好意思發火，只對兒子說：「還不趕快去上學！」這時李小龍也明白老爸在幹什麼，便把手中的錢塞到李白的手。可人潮一湧動，李白沒抓住掉地下。李小龍敏捷彎腰去搶，手被人腳踩了幾下，痛得哭起來，但錢還是到手了，重新塞到李白的手上。

李小龍說：「爸，你一定——」

李白沒等他說完，就催促他說：「知道了知道了，快去上學！」李小龍淚眼汪汪，捂著被踩痛的手，一步一回頭，戀戀不捨走了。李白這才記起，一個星期前，李小龍就找李白要三百元，當時還為此有過一番爭論的。

「要那麼多錢幹什麼？」

李小龍吞吞吐吐說是捐款。

「上星期不才捐過嘛？」

李小龍說：「上次是指希望工程，這次是捐水災。」

「真的？」

「電視臺要來拍，班級排隊認捐，你讓兒子丟臉呀！」

這話讓李白為難起來，你想想，要是兒子走過攝影機鏡頭時，兩手空空，同學老師會怎麼看呢，要是行裡的人看見了，又會怎麼想呢？這的確會讓兒子和自己難堪，李白這麼一想，終於向兒子投降了。

「少點可以嗎？」

李小龍：，「我已經落後了。」

「你以為你爸是開銀行的？」

李小龍說：「你是在銀行嘛。」

「你老子是給銀行打工！」

當然說到最後，錢還是給了李小龍。可怎麼也想不到，這小子竟然是將錢捐到這裡來！李白想想自己，也火不起來，況且，現在也不是發火的時候，現在是戰鬥的時侯。

經過一番混戰，李白終於如願以償，抱著兩款史努比玩具和兩袋麥當勞速食出來，臉上綻開燦爛的笑容，和外面的陽光相輝映著。至於那兩袋食物怎麼處理，倒還真讓李白為難，總不能帶去行裡的，他就那麼拎著紙袋和兩套玩具在發愣。

突然，他的兩眼一亮，原來門口不遠處的臺階上的陰影下，幾個老婆婆正在那聊天。李白立刻想到有辦法啦，他快步走過去。

「老人家，嘗嘗這好東西吧！」

那幾個老婆婆有點為難地說：「這麼多，我們怎麼吃得了？」

李白低頭一看傻眼了，原來老婆婆身邊，已放了一大堆裝著麥當勞速食的紙袋。而且，背後還不斷有人走過來，一聲不吭放下紙袋就走。

李白吃驚不已，站那足有十幾秒發愣。之後，又有幾個人走過來，遊說李白將手上的玩具轉手，「我們來了幾次都沒排上的。」他們說出高價。李白搖頭說：「我給兒子的。」

對於這次盛況空前的搶購風潮，香港和深圳的媒體都做了全面的報導，有的還起了駭人聽聞的標題，比如什麼「史努比狗大鬧深港」等等，圖文並茂，讓看的人嘘嘆不已。

第十五章　理想主義

李小龍的暑假一到，李白就有點頭痛，大白天誰管這小子，是個大問題。自己是要上班的，沒有時間陪他，如果放任他的話，又怕他跑去外面學壞了；將兒子弄回老家，學習誰管，父親肯定管不了他。思前顧後想了一番，李白終於決定，將書房裡收藏的漫畫書向兒子開放。李白想這樣能拴住兒子的心。

暑假的第二天，李白將兒子叫進書房，讓李小龍開啟那些上了鎖的櫃子。李小龍一看，激動得大叫，「老爸！你太厲害了！」其實，李白自那次麥當勞遭遇戰後，一直在尋找向兒子開放收藏品的時間，現在他認為是個合適的時候了。

李白給李小龍訂立了幾條閱讀規則，比如一天只能看幾本，作業要按時做，當然書也要看之類。李小龍不等李白說完，早就捧著書，連連點頭答應，說：「行！可以！」李白不知道哪句他聽進了耳朵。

李小龍每天都泡在家裡的書堆，連體育運動也免了，連原來最愛玩的足球也不碰了。這種情形讓李白有點擔憂，長此下去怎麼得了呢。現在考大學可還要看體育成績的。李白有時看兒子捧著漫畫書，一動不動地窩在沙發上發呆，就上前踢踢李小龍的腳，說：「出去踢踢球，運動運動！」李小龍只是含糊地答應，卻沒有實際行動。李白也不好發火，因為此時自己也手捧一本，看得津津有味。

李白有時會與李小龍因為某個故事起爭論，比如，李小龍對孟波先生頗有微詞，其一是說他好色。李白就說你屁小子懂什麼。李小龍想反駁。李白瞪眼望著他。李小龍只好作罷，將喉嚨裡冒上來的半截話嚥了下去，偃旗熄鼓，因為他明白老爸也在捍衛他的偶像，兩人的力量相比太懸殊了。

上次，李白買回的史努比，李小龍也分了一套，但也挨了一頓揍。「李小龍！」李白回到家裡，就喊了一聲。那次李小龍倒是自覺，聽見老爸的喊聲，自動扒了褲子，亮出白白嫩嫩的屁股讓揍的。李白說揍他的理由，不是因為三百元，而是因為不誠實，撒謊逃學。李小龍挨了揍，卻得了心愛的東西，例也沒有怨恨老爸。

肖老師有天詢問李白，是否讓李小龍參加學校的興趣小組？

李白連聲說：「好呀，就繪畫組吧。」

於是李小龍走出家門去學畫，對這他倒沒什麼怨言，因為他看過那些漫畫後，的確想動手畫畫，希望將來也做個漫畫畫家，既娛己也娛人，這樣何其樂也。李白當然對畫畫也是有興趣的，也在照本臨摹，和李小龍互相攀比一番。

李白喜滋滋忙活著這些的時侯，支行裡的各種危機漸漸突顯，首先是支行的存款額下降，貸款的收息率下降，爛帳數目多起來，律師整天跑來跑去，去法院打官司，信貸員也忙著催收或打呆帳，信貸部的林經理整天焦頭爛額，支行的效益在走下坡路，業績在全分行的排名中，是倒數第二，獎金是越發越少了，員工士氣受到很大的打擊，再加上又要響應總行「減員增效」的號召，準備裁減部分員工，搞得人人自危，人心惶惶的，暗地裡紛紛透過各種途徑打聽裁員的名單。李白對這些危險卻渾然不覺。

這天一上班，李白跑去行長室，將一份史紅旗要的稿子交了，是管轄支行召開關於「減員增效」動員大會用的。史紅旗泡好茶，一邊喝著，一邊打開稿子審閱，一看就不禁大發雷霆，打電話讓李白馬上到行長室來。

李白交了稿子回來，剛坐下，心想看幾頁漫畫吧，他剛從抽屜拿出書來，可以說屁股還沒有坐熱，就又被電話叫了上去，他想，媽的又要改了，就趕緊跑了回去。

史紅旗見他進來，手拿著幾張漫畫畫稿，指著李白的鼻子，問：「你搞什麼鬼！」李白一看，就傻眼了！原來史紅旗手上拿的，是他給肖老師畫的漫畫畫。

他替史紅旗起草的那份稿子，的確是弄完了。不過弄完後，當時又突發奇想，心想看用漫畫畫的形式，是否也可以將同樣的意思表達清楚，於是，李白就將那份稿子的意思，用漫畫畫的形式演繹一遍。當然，在主席臺上做報告的史紅旗，也被畫成了漫畫形象。

李白當時看著眼前的兩份東西，覺得十分有趣，他有點得意洋洋，便將兩份東西分裝在同一款式的銀行專用信封裡，都塞公事包裡，打算也讓肖老師樂樂。不想拿錯了，闖下了大禍。

史紅旗問李白，還有什麼好解釋的，斥責他辦事越來越不嚴肅，越來越像兒童一樣不可教。說行裡已給過李白很多機會了，可惜他從不珍惜，還說懷疑李白的腦子，是否也出了問題，要不工作能力怎麼越來越差，簡直已到了無藥可救的地步。

李白還想爭辯，史紅旗拉開抽屜，將一疊報紙拍在辦公桌上。李白登時只有閉嘴的份兒了。那幾份報紙圖文並茂，登有上次麥當勞售賣史努比玩具狗的新聞報導和照片，其中一張報紙上，有李白被擠得東倒西歪的照片。

自然，李白最終列入了被裁人員的名單裡。其實，李白應該早就對公司裡的危險有所警惕才對，但他的業餘時間，甚至上班的部分時間，都被漫畫占用了。而小高呢，對李白早生異心，對李白的位置漸感興趣，一直在尋找機會取而代之，只是李白不覺察而已。

李白經常持漫畫書帶回辦公室偷看，雖然行事小心謹慎，但也有疏忽的時候，比如急著大解小解之時，就會忘記關門鎖櫃。有次，小高來找李白拿一份數據。李白不在，小高心想可能放在抽屜了，當然，小高對李白的抽屜，也是懷有一份好奇心的，這下好了，一拉開抽屜，「媽呀！這麼多漫畫書！」小高暗地叫起來。

後來，就有種種傳聞，說李白上班時間不幹正事，偷偷給外面幹私活；還有說得更嚴重的，是說李白的腦子有毛病等等。當然，這些風涼話李白是不會聽見的，人家也不是說給他聽的。

史紅旗也聽到了有關的風言風語，開始只當耳邊風，認為是別人妒忌他，就沒放心上，後來聽多了，再加上李白近期的表現，漸漸對李白有了看法，心想他也太不檢點自己了，讓人有話柄，間接來說，也就是讓自己給別人留話柄，影響到了自己，心裡自然對他不滿。

這次裁員，辦公室因為是二線，是重災區，原來兩個主任，一正一副，現在只留一個職位，五個司機只留兩個。小高因為關係到自身的利益，所以對有關李白的傳聞，就做了額外的加工。結果那天，史紅旗對李白說：「你這樣不失業，我還怎麼工作？」

李白離開的那天，他的心情也沒太差，只是覺得離開一個自己熟悉的環境，有點悵然罷了。當然，他對史紅旗也有點歉意的，畢竟他對自己那麼信任，自己卻這樣讓史紅旗有點難堪。他本來想和史紅旗談一次的，但想想最後還是作罷。

他離開時，除了一大包的漫畫書，他什麼都沒拿。李白的解釋是拿不動，其實他也是下了決心的，要告別那堆文字檔案，和它們徹底了斷，輕輕鬆鬆簡簡單單地回家。

李白在家裡晃蕩了一些日子，居然想到要學畫畫了，還和李小龍參加少年繪畫班，他是班裡年紀最大的學生。他學得很賣力，程度也提高很快，這讓他對自己的未來充滿了自信。

學習一段時間後，他找了家卡通製作公司，此時他的繪畫水準又有不小的長進，他想在那家公司多學些東西，從最初級的工作幹起，他想了解公司運作的流程，他相信這對自己的將來很有用的。

他還有個長期計畫，那就是等兒子大了，能進中央美院深造，以後就以畫畫為生，他可以和兒子開一家卡通製作公司，製作出精美的經典的卡通作品，娛人娛己，讓人們的生活變得輕鬆快樂。

目前，李白所能做的，就是在這家公司老老實實地幹，學到真本事。這之前，李白本想開一家漫畫書專賣店，但他發現國內的漫畫書品種少，從國外進貨的管道又少，難以經營，計畫只好推後。

李白想，以後等時機成熟，自己畫自己發行，那才過癮呢！李白對這個計畫，還是很有自信心的，他有些很有力的證據支持他的這一想法。看看日本，這些年來其全國一年的出版品中，漫畫讀物就占了三分之二之多。還有近在對面的香港，有個叫黃玉郎的漫畫家，就是靠搞漫畫成為億萬富翁，還使看漫畫在香港成為了一種時尚。臺灣的漫畫家蔡志忠，不也用漫畫，圖解了幾乎所有的先秦諸子的古書嗎？而我們的國內市場，比他們大得多呢。

李白相信，二十一世紀的影視業和圖畫業會更發達，那時將是個讀圖的時代，人們會更青睞這種一看就明白的媒體。不論人們相信與否，李白都正在雄心勃勃籌劃著，為那個時代的到來努力做好準備，希望透過自己的勞動成果，讓人們都快樂得忘了時間和煩惱，讓每個人都能在漫畫人物的帶領下，一起回到簡單快樂的時代，那時每個人肯定都會說：「媽的，我愛卡通！」

楊小薇不時來看李小龍，發現李白的愛好後，有點氣急敗壞。

「李白你，有病啊？」

李白說：「健康著呢。」

「你別把兒子給毀了！」楊小薇罵他。

李白說：「我為兒子好啊！」

楊小薇臨走，丟下一句話，說她要更改兒子的撫養權。

「小龍在這好好的啊！」李白急了，追出門去。

楊小薇大聲吼起來，「但你有病！」

貌合神離：

欲語還休，一段關係背後的隱藏的裂痕

作　　者：謝宏
發 行 人：黃振庭
出 版 者：崧燁文化事業有限公司
發 行 者：崧燁文化事業有限公司
E-mail：sonbookservice@gmail.com
粉 絲 頁：https://www.facebook.com/sonbookss/
網　　址：https://sonbook.net/
地　　址：台北市中正區重慶南路一段六十一號八樓 815 室
Rm. 815, 8F., No.61, Sec. 1, Chongqing S. Rd., Zhongzheng Dist., Taipei City 100, Taiwan
電　　話：(02)2370-3310
傳　　真：(02)2388-1990
印　　刷：京峯數位服務有限公司
律師顧問：廣華律師事務所 張珮琦律師

定　　價：399 元
發行日期：2024 年 04 月第一版
◎本書以 POD 印製
Design Assets from Freepik.com

國家圖書館出版品預行編目資料

貌合神離：欲語還休，一段關係背後的隱藏的裂痕 / 謝宏 著 . -- 第一版 . -- 臺北市：崧燁文化事業有限公司 , 2024.04
面；　公分
POD 版
ISBN 978-626-394-177-9(平裝)
857.7　　113004063

電子書購買

臉書

爽讀 APP